KB023010

레디 슛
Ready- Shoot!

제1판 1쇄 2024년 4월 25일

지은이 고호
펴낸이 이경재
책임편집 비비안 정

펴낸곳 도서출판 델피노
등록 2016년 8월 11일 제2020-000082호
주소 서울시 양천구 신정중앙로 86, 덕산빌딩 5층
전화 070-8095-2425
팩스 0505-947-5494
이메일 delpinobooks@naver.com
ISBN 979-11-91459-80-7 (03810)

REC 00:00:38

레디 숏
Ready- Shoot!

고호 장편소설

델피노

● REC   00:00:38

목차

▼
ıʰııₗıₗııₗıₗııₗıₗıₗıₗıₗıₗıₗı

프롤로그

새벽 2시. 인천의 한 부둣가.

희부연 안개 속. 저 멀리 커브를 돌며 검정 세단 두 대가 제한속도보다 빠르게 다가오고 있다. 이윽고 차가 서자 거침없이 내린 얼굴들이 어쩐지 신토불이는 아니다. 동남아, 몽골, 러시아도 더러 섞인 데다 옷차림도 그만큼 다양하다. 공장 작업복, 트레이닝복, 고무 앞치마에 장화까지. 맨 마지막으로 뒷좌석에서 검정 슈트 차림의 한 신사가 단추를 잠그며 내렸다. 올백으로 넘긴 머리를 한 손으로 살며시 쓸자 손목에 찬 리차드 밀이 유난히 돋보였다. 보스로 보이는 그가 담배를 태울 때까지 다들 일렬로 서서 기다리고 있다. 그러다 그가 뭐라 말하려는 듯 몸을 돌리자, 준비가 됐다는 듯이 일제히 가볍게 어깨를 털었다. 그가 검지와 중지 사이에 목숨이 다한 담배로 반원을 그렸다. 꺼내라는 뜻이다.

부하 두 명이 트렁크 안에서 꺼낸 것은 길게 누워있는 까만 비닐 자루. 겉은 굵은 노끈으로 꽁꽁 묶여있었다. 그는 자루를 잠시 노려보다가 문득 고무 앞치마를 두른 동양인에게 시선을 옮겼다.

"잘 처리했어?"

"죽였어."

"요."

"죽였어…요."

"어떻게?"

그러자 고무 앞치마를 두른 남자가 자신의 목에 두 손을 엇갈려 쥐었다.

"무식한 새끼. 그나저나 처음 보는 얼굴이네? 이름."

"황제의 자손이야."

버린 꽁초를 밟아 뭉개며 다시 물었다.

"그 양반이 이름은 안 지어주든?"

"……"

"중국 어디서 왔어?"

"……"

"한국말은 할 줄 알아?"

"약간."

"됐어. 빨리하고 가자."

턱으로 바다를 가리키자 중국인과 부하들이 비닐 자루를 마주 들고 천천히 걸음을 맞추었다.

하나- 둘- 셋-

풍-

덩-

이윽고 자루는 하얀 물보라를 일으키며 바다 깊이 잠식해 버렸다. 물결이 잠잠해질 때까지 골똘히 내려다보던 보스가 입을 열었다.

"인생 별거 없어. 저 봐. 세상에 올 때만 해도 둘인데, 갈 땐 다 혼자잖아. 근처에 어디 문 연 데 있나?"

차에 올라타며 말했다.

"뜨끈한 매운탕이나 먹으러 가자. 여기까지 왔는데."

★ ★ ★

열흘 후. 청주 ○○여자교도소.

철커덕! 하는 쇳소리와 함께 철문이 열리고 물밀듯이 밀려 나오는 사람들. 까랑까랑한 욕설, 고함, 탄식으로 표현되는 반가운 인사가 곳곳에서 흘러나왔다. 목욕탕에서 막 나온 여자들처럼 다들 뽀얗고 밝은 피부로 재잘댔다. 두부를 한입에 베어 먹는 광경 또한 심심찮게 보이는 와중에 한쪽에선 두부를 바닥에 엎으며 소소한 다툼도 벌어졌다.

"지가 무슨 금자 씨야, 뭐야."

양심보다 가벼운 발걸음으로 하나둘 차츰 자리를 떠나고 혜수만 남았다. 키는 165센티미터에 야구 모자를 대충 눌러쓴 단발머리. 마중 나온 사람 한 명 없지만 아무래도 괜찮다. 툭! 하고 보스턴 가방을 내려놓더니 크게 기지개를 켰다. 새파란 하늘 위에 뭉게구름이 두둥실 떠다니고, 햇살이 세상 곳곳을 빈틈없이 비추자 가로수, 인도 블록, 차량 등 할 것 없이 온 세상이 눈부신 빛을 뿜어냈다.

"하아-"

얼마 만에 맡아보는 바깥 공기인가. 그러다 흔들리는 나무 잎사귀 사이로 씨씨티비가 보이자 금세 표정이 싸늘하게 식어버렸다. 아니지, 이제 무서울 것 없지, 오늘부로 자유의 몸이니까. 그때, 철커덕! 하는 소리에 움찔한 혜수가 뒤를 돌아보았다. 교도관이 마뜩잖은 얼굴로 철문을 걸어 잠그는 소리였다.

"오빠?!"

그러자 철창 사이로 교도관이 힐끔 시선을 던졌다.

"오빤 진짜 길에서 내 눈에 띄지 마라?! 응? 퉤!"

지하상가를 빠져나와 백화점으로 가는 방향으로 조금 걷자 고속버스 터미널이 나왔다.

대합실에는 평일인데도 많은 인파가 몰렸다. 휴가를 마치고 복귀하는 군인, 연인, 가족 단위 나들이객, 여행을 떠나는 친구들. 그들 눈에 혜수는 어떻게 비칠까? 한 시간 전, 높은 담 위로 철조망이 둘러쳐진 교도소에서 나온 줄도 모르고 그저 평범한 30대 여성으로 여길 것이다. 혜수는 자신만만한 표정으로 입 안에 혀를 굴렸다. 세상에 털어서 먼지 안 나는 사람이 어디 있겠냐마는. 그들에게서 나는 냄새는 다를 줄 알았는데, 재소자들과 다를 바 없다는 게 참 재미있게 느껴졌기 때문이다.

티켓을 발권한 혜수는 곧장 편의점으로 향했다. 간만에 느껴보는 활기찬 인파도 좋았지만, 무엇보다 편의점 냉장고의 엔진 돌아가는 소리와 시원한 냄새가 전율을 일으켰다. 알록달록한 유제품들, 보기만 해도 구미가 당기는 라면 코너. 바깥세상이 이토록 아름다웠던가? 하지만 아차 싶은 건

잔돈이 없다는 사실. 주머니를 뒤지지만 나오는 거라곤 오만 원권 달랑 한 장이다. 앞서 다른 손님이 계산하는 동안 아르바이트생의 눈치를 살피던 혜수는 다시 지폐를 집어넣었다. 그리고 아무렇지 않게 음료를 소매 속에 감추고 편의점을 나섰다.

"승차홈 5번… 5번…"

차량의 도착과 출발을 알리는 전광판 앞을 지나다가 문득 멈춰 섰다. 벽면에 걸린 커다란 TV화면에서 뉴스 속보가 흘렀다.

[속보] 인천 부두 인근 해상서 40대 여성 시신 발견

오늘 새벽에 발견된 시신은
키 152센티미터에 상반신에 문신을 한 40대 여성으로
새벽 조업에 나서던 고깃배에 건져 올려져…

쏴아— 인양되는 시신에서 대량의 바닷물이 쏟아졌다. 시신은 마치 이렇게 될 줄 몰랐다는 듯이 하얀 천에 덮인 채 구급 차량에 실렸다. 화면에는 인근 주민들이 나와 하얗게 질린 얼굴로 현장을 에워쌌다. 경찰들이 폴리스라인 너머로 그들을 얼씬거리지 못하게 물리쳐보지만 사실 슬픔보다 호기심이 먼저인 게 인간이란 동물이다.

화면에서 눈을 떼지 못하는 혜수의 얼굴이 충격에서 공포로 변했다.

비록 취재 영상에는 모자이크 처리됐지만 확실히 알아볼 수 있었다. 등에 새겨진 호랑이 문신. 혜수는 눈동자를 어수선하게 굴렸다. 잘 생각해 보

자. 분명하다. 똑똑히 봤다. 오래 한방을 쓰면서 수도 없이 봤다. 호랑이의 목 가운데를 가로지르던 브래지어 끈 자국과 그 위로 범벅이던 거품과 흘러내리던 부연 온수.

'왕언니다…!'

이어서 기자는 시신의 경부에서 목 눌린 흔적을 발견했다며 타살에 무게를 싣느니 어쩌니 누가 봐도 뻔한 소리를 해댔지만, 누구도 알지 못하는 전말에 대해서는 심층 수사가 이루어질 것이라고 덧붙였다.

TV앞에 모여 웅성거리던 인파를 빠져나온 혜수는 느리게 걸음을 뗐다. 그리고 5번 승차홈으로 향하며 한쪽 입 꼬리를 씰룩였다. 어이가 없어서 나오는 그 웃음이 맞다.

한 마디로
인간 세상 모든 일들은
전적으로 어리석음의 독무대라 하겠습니다.

- 에라스무스 『우신예찬』

1

맴맴- 맴맴-

청단풍이 아른거리는 스마트 폰을 터치하자 시각은 오후 3시 15분을 가리켰다. 어느새 공인중개사의 와이셔츠 옆구리와 등에는 땀으로 젖은 얼룩이 생겨났다.

"그래도 어제보단 좀 선선해졌죠."

목덜미를 손수건으로 닦으며 공인중개사가 말했다. 아까부터 그는 주변 하수구에서 올라오는 코를 찌를 듯한 악취가 제 탓인 것처럼 멋쩍은 웃음을 지었다. 그러나 갓 출소한 위치답게 혜수는 그 을의 미소가 아직은 어색했다.

"글쎄요."

"그래도 이 동네는 큰 나무가 많아서 다행이에요."

"그러네요."

'갑'의 지위를 누리는 재미도 금방 끝이 났다. 높고 가파른 계단을 넘자 눈앞에 펼쳐진 풍경은 또다시 혜수를 보기 좋게 배신했다.

복잡하게 엮여있는 전선 줄 아래 오도카니 자리한 슈퍼. 좌판에 늘어놓은 매실 박스에서는 매실 향이 풍기고, 마루에는 간이 선풍기를 목이 빠져라 세워놓고 수다를 떠는 아줌마들이 있었다. 한 손에 참외를, 다른 한 손엔 과도를 들고 깔깔대는 그네들로부터 가끔 듣기 민망한 농담이 들려왔다. 보아하니 슈퍼 마루는 이 동네 여자들의 만남의 장인 것 같다. 이번엔 좀 나이 들어 보이는 중년 남자가 막 소주 한 병을 사 들고 나온 참이다. 테이블 의자에 바짓자락을 한 줌 올리고 앉았는데, 나름 2차인 셈인지 이미 발밑에는 빈 병 두 개가 나뒹굴었다. 설상가상, 헬멧은 엿 바꿔 먹은 배달 오토바이가 묘기를 하듯 계단을 내려갔다. 그러다 기어이 어느 차량과 부딪혔는지 쿵, 하는 소리와 함께 쓰러졌다. 참견하기 좋아하는 누군가가 기다렸다는 듯이 신고하고, 오토바이 주인은 인증샷을 찍고, 차에서 헐레벌떡 나온 차주는 어쩔 줄 몰라 경황없는 얼굴로 몸을 떨었다. 그 불행을 두고 저럴 줄 알았다며 신나게 힐난하는 마루 위의 여자들.

딱 봐도 견적이 나오는 동네다. 당장 하루하루의 끼니와 일일연속극 편성 시간에 더 초점이 맞춰진. 맥락 없이 정부를 비난하는 것만으로 국민의 소임을 다했다고 믿으며 흡족해하는, 뭐 그런.

"뒤돌아보세요. 저어기 인천 앞바다가 훤히 보이죠."

생각의 흐름을 끊어 놓으려는 듯 공인중개사가 괜히 시원한 척을 했다. 멀리 바다에는 윤슬이 일렁이고 햇살은 밝았다. 다만 중국발 미세먼지가 전체적인 색의 농도를 망쳐놨을 뿐. 그런대로 뷰는 괜찮은 동네다.

"아! 이 집입니다."

삼십 년 가까이 됐다는 다세대 주택은 인터넷으로 확인한 것보다 형편없었다. 한국어와 중국어가 뒤섞인 경고문 아래 군데군데 쓰레기 무단투기는 기본이고 아무렇게나 버려진 담배꽁초, 심지어 길고양이 대변까지. 어디선가 쥐 소리도 난 것 같은데 환청이라 믿는 편이 낫겠지 싶다. 입구에는 유물 같은 자전거들이 뽀얀 먼지를 뒤집어쓰고 있었다. 한 마디로 오래도록 관리를 안 한다는 뜻이다.

"근방에 이런 거 찾기 힘들어요. 정말 싸게 나왔거든요. 8,800."

그러면서 B01호에 가까운 101호 현관문 앞에서 흡사 작은 미사일 같은 열쇠를 욱여넣었다. 요즘 세상에 스마트 도어 락이 없는 집도 있다니, 어째서 세상은 안팎으로 감옥인 걸까? 설상가상 위층으로 향하는 계단이 오른편에 있는 바람에 웬 남자를 위해 길을 비켜 주지 않으면 안 됐다. 세 들어 사는 주민인 모양이다.

"아이고- 안녕하십니까?"

일면식도 없으면서 공인중개사가 넉살을 부렸다. 구부정한 어깨에 순찰차가 한 번쯤 멈칫하고 주시해봄직한 낯빛을 가진 남자는 예기치 못한 알은체에 거부감을 느끼는 듯했다. 돌연 싸늘한 눈길로 훑어보더니 그대로 지나갔다. 공인중개사는 그 패배감을 보상받기라도 하듯 이번엔 혜수에게 웃어 보였다.

"요즘 같은 세상에 이웃 간에 서로 인사하고 지내면 참 좋을 텐데. 안 그래요?"

2층으로 올라간 남자가 배달 음식 스티커가 덕지덕지 붙어 있는 끝 집에 들어간 걸 본 혜수의 미간이 찌푸려졌다.

"말이 다르네요. 이 건물에 세입자 없다고 하지 않았어요?"

"아, 그게… 없는 줄 알았는데…"

"게다가 남자잖아요. 위험하게."

"방금 보셨다시피 없는 것처럼 살고 있습니다. 걱정 마세…"

"복비 깎을 거예요."

"그러시죠, 뭐…"

마침 둔탁한 소리와 함께 문이 열리자 시원한 곰팡이 냄새가 두 사람을 반겼다. 볕이 들지 않는 내부의 어둠이 눈에 익기까지 얼마간의 시간이 필요했다. 그 공백을 허용치 않겠다는 듯이 공인중개사가 얼른 전등 스위치를 켜며 덧붙였다. 원래는 일억 천에 나온 건데, 하도 안 나가서 내리고 내리다 보니 이 지경이 됐다고. 그러니 여기서 더는 절충이 힘들 것 같다고. 그럭저럭 괜찮았다. 외관과 달리 내부는 깔끔하고 넓었다. 방 두 개, 거실 한 개. 다만, 화장실은…

"판타스틱하네요."

혜수가 크게 박수를 세 번 쳤다.

"옛날에 지어진 거라 변기가 좀 높은 데 있죠. 젊은 사람들은 기생충 화장실이다 뭐다 하는데, 그래도 전에 살던 사람이 깨끗하게 써서. 아참, 혼자 사실 거라고 했죠?"

"여자 혼자 산다고 무시해요? 지금?"

최대한 집에 대한 호감을 억누르며 까칠하게 되물었다.

"그럴 리가 있나요. 확인차 여쭤보는 겁니다."

"확인을 몇 번을 하시는 거예요. 저쪽이 작은 방인가요?"

"네. 인터넷 선이 들어오고."

"주변은 어때요?"

벽에 달린 보일러 컨트롤러를 무의미하게 쓰다듬으며 물었다.

"인프라는 뭐, 아까 보셨다시피 슈퍼 하나 있고. 고 밑으로 쭉 내려가면 약국이랑 동네 의원 하나 있습니다. 거기 원장이 경상도 사람인데 무뚝뚝해서 그렇지 실력은 와땁니다. 소아과, 내과, 피부과할 거 없이 종류별로 싹 보고요."

"아까 계단 올라올 때 보니까 외국인 근로자들 좀 보이던데?"

"다들 새벽에 나가서 밤늦게 되어서야 들어오니까 부딪힐 일은 없을 겁니다. 아, 이거 명함이 늦었네요."

대박인지 대왕인지 쓰여 있는 명함을 건성으로 주머니에 찔러 넣으며 혜수가 되받았다.

"아까가 늦은 밤은 아니잖아요?"

"삼교대인가 보죠. 헤헤. 그리고 여기가 가스 놓는 자리."

"치안은요?"

"치안? 치안이라면 걱정 하덜덜덜 마세요. 근처 지구대에서 빼먹지 않고 야간순찰 착실히 돕니다. 예."

물론 환심을 사기 위한 거짓말이란 걸 알기에 용서해 준다. 방범에 열을 올리는 동네였더라면 애당초 보러 오지도 않았다.

"그래요?"

"걱정 마시래도요. 참, 보시면 여기 새시도 얼마 전에 집주인이 새로 다 교체했고요. 겨울에 난방만 외출로 꾸준히 떼시면 곰팡이 걱정은…"

"어머, 이게 누구야?"

그때였다. 소리 나는 쪽을 돌아보니 어느새 현관문 앞에 한 여자가 반쯤 허리를 굽히고 서 있었다. 이쪽을 향해 반가워하는 눈치인데, 아무리 봐도 모르겠다. 짧은 펌에 옅게 풍기는 향수, 왠지 이런 동네에 안 어울리는 듯한 신간 편해 보이는 사모님 패션. 누구더라?

"너 변혜수 맞지? 맞네! 변혜수!"

"김… 세영?"

"그래! 동인천여고 9회 졸업!"

세영은 손뼉을 치며 호들갑을 떨더니 부리나케 현관으로 들어와 신발을 벗느라 두 발을 비벼댔다. 벌써 이십여 년이 흘렀다. 그동안 썩 달가운 사이가 아니었음을 새까맣게 잊었는지 입은 함빡 벌어져 있었다. 좋단다. 웬일이야- 웬일이야- 넌 그대로다-

"친구분이셨어요? 이거 잘됐네! 이분이십니다. 여기 집주인."

세영이 알은체 한 순간부터 얼굴 전체에 웃음꽃이 핀 공인중개사가 말했다. 계약을 성사시킬 자신감으로 한껏 고조된 목소리로. 만일 일일연속극의 한 장면이었더라면 많은 시청자들이 대리 수치심을 느끼고 채널을 돌렸을 것이다. 오랜만에 만난(그러나 만나고 싶지 않은) 동창이 세를 내어줄 집주인이라니. 혜수는 온몸이 활활 달아오르는 것만 같았다.

사람이 나이를 먹으면 저절로 얻는 지혜라는 게 있다. 길에서 마주쳐도 아는 척해선 안 되는 사람이 있다는 걸. 누군가에게 반가운

조우가 다른 누군가에겐 고통일 수 있으니까. 가령, 과거와 단절하고 결혼생활에 찌든 기혼여성과 수년 만에 마주친 옛 미혼 친구가 딱 그렇다. 반가움의 대상이라기보다 안 그래도 없는 형편에 축의금을 뜯어갈 가능성이 있는 사람, 자신의 처지에 대해 이 살 저 살 보태서 어디에 또 말을 나를지 모르는 사람, 자신의 과거와 현재를 알아 버렸으니 미래를 점치는 것 또한 어려울 게 없는 사람, 그 이상도 이하도 아니니까. 혜수 자신이 기혼여성이라는 게 아니라 말이 그렇다는 거다. 그런데 김세영, 저 계집애는 아무래도 나이만 허투루 먹었지 싶다. 모든 게 최악인데, 꽝인데, 혼자만 신났다. 혜수는 소스타인 베블런의 『유한계급론』을 떠올렸다. [사람들의 존경을 얻고 유지하려면 부나 권력을 단지 소유하는 것만으로는 충분치 않다. 존경은 증거를 토대로 해서만 얻어지는 것이므로, 부나 권력은 증거를 보여야 한다.] 한마디로 자랑할 거면 입만 나불댈 게 아니라 뭐라도 베풀어 가면서 지껄여라- 이 얘기다. 그런데 세영은 오랜만에 만난 동창 앞에서 남편, 자식 자랑을 정신없이 쏟아냈다. 마치 너 잘 걸렸다는 듯이, 안 그래도 입이 근질거렸다는 듯이, 지금 아니면 자랑할 기회가 영영 사라질 것처럼 말이다. 그 뻔뻔함의 출처에 대해 궁금해졌다.

"집주인이 너였어? 참 신기하네."

"아니. 명의는 우리 친정 아빠. 전세 얻으려고?"

"응."

"어때? 이만하면 괜찮지?"

"응. 깔끔하네."

혜수는 '판타스틱한' 변기로 이어진 계단을 오르며 대답했다. 왠지 아카데미 여우주연상을 수상하기 위해 무대 위를 오르는 배우가 된 것 같아 재미있었다.

"그렇지? 세입자 구하려고 급하게 신경 좀 썼어. 도배랑 싱크대도 새로 바꿨는데, 봤고?"

세영이 능숙하게 싱크대 문마다 열어젖히며 득의양양한 미소를 지었다. 마치 이 집의 최종권한이 자기에게 있다는 것을 피력하는 것처럼 느껴지자 재수가 없었다. 살림한다는 여자가 기본적으로 주방 후드 설치를 안 한 건 무슨 심보냐고 되묻고 싶었지만, 어차피 이쪽에서도 뭔가를 해먹을 생각은 전혀 없으니까 그 정도는 패스.

"봤어. 좋아."

변기 뚜껑을 덮고 그 위에 앉은 혜수는 왼쪽 벽에 작게 난 창문을 열었다. 저만치 오래된 아파트가 보였다. 마치 바다 마을의 정체성을 어필할 생각에서인지 외벽에 파도가 그려져 있었는데, 시에서 저 예산을 들였음직한 티가 났다. 그만큼 촌스럽고 저렴해 보였다.

"그런데 듣자 하니 사무실로 쓴다고 했다며? 아까 전화로 부동산 아저씨가 그러던데."

"응."

여전히 창밖을 보며 대답했다.

"무슨 일 하는데?"

"그냥."

"계집애, 옛날부터 똑똑하더라니. 뭔데? 무슨 일 하는데? 스타트

업, 뭐 그런 건가?"

"전문직."

"전문직?? 뭔데? 뭐길래 이런 데서 개업 해?"

전문직이란 말에 세영의 목소리에 살짝 패배감이 실렸다. 공인중개사도 듣느니 처음이란 얼굴로 눈이 휘둥그레졌다. 혜수는 그쪽엔 눈길도 주지 않은 채 다리를 꼬고 앉았다. 그리고 창밖으로 보이는 아파트의 층수를 손가락으로 세어가며 대답했다.

"사짜지. 당연히."

✦ ✦ ✦

오후 5시. 인천 동구 부둣가 근처.

호프집 '귀도'.

가게 문을 열자마자 때마침 두 노인이 나오는 바람에 부딪힐 뻔했다. 그들에게서 얼큰한 술 냄새가 풍겼다. 안에선 옥녀가 그들을 향해 코맹맹이 소리로 손을 흔들었다. 또 와요- 다소 경박한, 잘 쳐주면 섹시한 표정으로. 안에는 역시나 이제 막 나간 흔적답게 연기가 채 가시지 않은 재떨이 옆으로 빈 소주병 세 개와 쟁반, 땅콩 부스러기가 널브러져 있었다.

혜수는 한쪽 팔꿈치를 카운터에 대고 삐딱하게 선 채로 말했다. 일부러 아재 목소리로,

"오늘은 일찍 문 여셨네?"

"네에- 어서 오…!"

카운터 밑에서 웅크린 몸을 막 일으키던 옥녀가 쏟아질 것 같은 큰 눈을 하고 그대로 멈추어 버렸다. 2년하고도 6개월이 흘렀다. 처음엔 공금 횡령, 그다음엔 특수상해. 하지만 거기에 대한 변명이라면 늘 준비되어 있다. 일하던 극단의 사무실에 몰래 들어가 금고에 손을 댄 것은 수개월째 밀린 출연료 때문이었다. 수십 차례 연극 무대에 섰어도 제대로 된 보수를 받지 못한 것에 대해 항의하자 돌아온 답변은 *"고작 아동극을 하면서 배를 채우려 했어? 그만한 봉사심도 없이 돈만 밝히니까 네가 안 되는 거야!"*. 두 번째도 항변의 여지가 있다. 극단에서 나온 뒤에 시작한 심부름 아르바이트가 화근이었다. 떼인 돈 받으러 찾아간 유흥주점에서 공격을 당했던 것은 혜수 자신이었다고, 양주병으로 후두부를 가격한 것은 도리어 과도로 위협하던 '피해자'에 대한 어쩔 수 없는 정당방위였노라고 재판장에서 아무리 눈물로 호소해도 소용없었다. 그 떼인 돈이 마약 운반책으로 벌어들였다는 게 더 큰 문제였으니까. 물론 그 또한 몰랐다. 물건만 배송하면 된다고 했는데 그 뒤에는 알지 못하는 또 다른 이야기들이 더럽게 얽히고설켜 있었다. 하지만 더 이상 '몰랐다'는 말로 관용을 바라는 것도 우습다. 세상엔 몰라서 죄인이 되는 경우가 생각보다 많다.

"눈 쏟아지겠다."

"언니…!"

둘 사이에서 어처구니없다는 듯이 실소가 터져 나왔다. 점점 웃음은 커졌다. 어깨가 들썩일 정도로 배를 잡고 웃었다. 처음에는 경계하고 공격하는 사이였다가 점차 서로 의지하는 사이로 발전하는 데만 해도 딱 그 정도의 시간이 걸렸다.

"뭐 하고 사나 했더니 대낮부터 술판이야?"

"내가 요즘 정신이 없다니까. 달력에 체크해놓고도 몰랐네. 언제 나왔어?"

"어제, 이년아. 그간 별일 없었고?"

"나야 아임 파인 땡큐지."

그러면서 옥녀는 주머니에서 오만 원권 다섯 장을 부채 모양으로 펼쳐 보였다. 짜잔— 조금 전에 노인들로부터 얻어낸 아웃풋이다. 긴 소파에 몸을 던지듯 대짜로 누운 혜수가 코웃음을 쳤다.

"새벽부터 바닷바람 맞아가며 쎄빠지게 일하는 분들이시다. 그걸 다 털어먹으면 어쩌자는 거야?"

"어차피 자식들 안 줄 거래. 눈 감는 순간까지 꽉 쥐고 있다가 어깨 주무르는 놈한테 몰아 줄 거래."

"노망났네."

"똑똑한 거지. 요즘 자식들이 밥상 차려주는 세상인가, 어디?"

"하긴."

"히히. 언니 아직 저녁 안 먹었지? 빈대떡이라도 해줄까? 노인네들이 해달라고 해서 반죽 많이 해놨거든. 아니다! 삼겹살 구워 먹자. 특별히 언니 나온 기념으로. 마침 사다 둔 거 있어."

부탄가스를 리듬 있게 흔들며 말했다.

"큰일이다. 너 그렇게 웃음이 헤퍼서."

"새삼스럽게 왜 이러셔? 어디까지나 친절인 거지."

"노인네들한텐 틈이고. 너 명심해. 남자는 나이 들어도 남자야."

"연령대를 낮춰볼까? 요 앞에 카센터 박 사장님은 괜찮지?"

"그 인간 애 있어."

"결혼했어?"

"재혼도 했어."

"에이, 뭐야. 돈 많다길래 좀 잡아보려고 했는데, 다 틀렸네."

어차피 마음에 없는 소리라는 걸 잘 알면서도 눈을 흘겼다. 옥녀의 말로는 어디서 점을 봤는데 자기 사주는 돈 많은 사모님 사주라며, 그래서인지 가만히 앉아만 있어도 남자들이 돈을 싸 들고와 치마폭에 안겨준다는데 새빨간 거짓말이다. 이미 몇 번 버려진 전력이 있다. 그저 친한 언니에게 동정받고 싶지 않은 알량한 자존심이고, 불우한 시절을 함께 견뎌왔다는 사실만으로도 혜수는 그것을 지켜줄 의무가 있었다. 예전부터 옥녀는 늘 뻔히 드러나는 거짓말을 했다. 옥녀의 엄마가 바람이 나서 자식을 버리고 도망갔다며 동네 아줌마들이 수군거릴 때도 자기를 만나러 학교 앞에 찾아온다고. 글쎄다. 그래도 아버지 쪽은 덜 망나니여서 어린 옥녀를 고아원에 버리지 않고 거두었다. 물론 키우는 것은 고모의 전담이었지만. 대학 진학은커녕 집에서 가까운 상고를 나와 공장 경리로 취업한 뒤에 살림에 돈이나 보태라며 입버릇처럼 말하는 옥녀의 고모를 혜수는 좋아하지 않았고, 그녀 역시 걸핏하면 교도소를 들락거리는 혜수를 썩 달갑지 않아 했으니 피차 비긴 셈이다.

"맞다, 언니."

옥녀가 냉장고에서 이것저것을 꺼내며 물었다.

"살 집은? 어디 지낼 데라도 있어?"

"구했어. 전셋집."

"벌써?"

"나오자마자 바로. 근데 짜증나는 게 뭔지 알아? 집주인이 고등학교 때 동창이야."

"정말??"

옥녀가 충격을 받았다는 듯이 품에 안고 있던 야채와 버섯 따위를 바닥에 떨어뜨리는 시늉을 했다.

"어찌나 지 자랑을 하던지."

"결혼했겠네?"

"남편이 사업한대. 애들은 홈스쿨링한다나 어쨌다나. 원래 건물이 부모님 명의인데, 해외여행 중이라 대신 보러 왔대."

"언니 진짜 표정 관리 안 됐겠다."

"형량 선고받았을 때보다 더."

"밥맛 떨어져. 그런데 뭐 하러 계약했어?"

"다 이유가 있지."

"어마어마하게 쌌구만."

"더구나 너한테 신세질 수도 없고."

"말 되게 섭섭하게 하네. 내가 남인가?"

그러면서 옥녀는 달궈진 불판 위에 고기를 올려놓으며 덧붙였다.

"보나 마나 일자리는 아직 안 구했을 테고?"

"일은…"

"됐어. 우리 사이에 뻥 안쳐도 돼. 그냥 나랑 같이 일하자."

"무슨 일."

"무슨 일은? 여기서 호프집 하자고. 안 그래도 손 딸렸거든."

"한 달 임대료는 제대로 나오냐?"

"안 그래도 메뉴 업그레이드 시킬 거야."

옥녀가 코를 훔치며 딴소리를 했다.

"여기서 뭘 더? 호프집이라면서 육개장은 왜 파는데?"

혜수는 도무지 정체를 알 수 없는 내부 인테리어를 훑어보며 말했다.

"그건 점심 특선이고. 아, 아무튼! 대대적으로 바꾼다고. 이대론 안 되겠어. 백종원이 보면 뭐라고 할까?"

"그냥 때려치우라고 하겠지."

"나 심각하거든?"

"아우 그래서? 얼마나 줄 건데? 삼백은 줄 수 있냐?"

"벼룩의 간을 빼 잡숴. 최저시급보다 쪼끔 더 줄 수 있어. 언니니까 특별히."

치익- 탁!

뚜껑이 열리면서 경쾌한 소리를 냈다. 이 또한 얼마 만에 마셔보는 맥주인가. 그 차가운 청량감이 구강 근육에 기분 좋은 뻐근함을 가져왔다. 이게 행복이지. 이어서 고기를 굽는 옥녀의 잔에 맥주를 반만 따르며 혜수가 말했다.

"그러지 말고, 네가 나랑 같이 일하자."

"웃기셔. 언니가 무슨 재주로. 비계 먹어?"

"아니. 재주야 만들어서 나왔지."

이번엔 소주 뚜껑을 열었다.

"오호라, 제빵 기술?"

"땡."

"그럼? 목공? 언니 나 그런 거 못 해."

"아, 할 거야, 말 거야?"

"얼마 줄 건데?"

여전히 대답이 건성인 옥녀의 잔에 소주를 반 섞어 따랐다. 숟갈로 바닥 정중앙을 적당한 세기로 찍어 누르자 잔 안에서 아름다운 회오리가 일어났다. 그것을 단숨에 들이킨 옥녀가 CF의 모델처럼 과장된 액션을 취하자 혜수가 키득댔다.

"최저시급보다 쪼끔…"

"아이고, 됐네요."

"빼고 다 줄 수 있어."

"허풍은."

"언제 내가 지키지 못할 말 하는 거 봤어?"

열이 바짝 오른 가스버너를 가운데에 두고 옥녀가 눈을 깜빡거리며 혜수의 얼굴을 훑어 내렸다. 진위를 가늠하려는 시도다. 형광등 위로 연기가 무럭무럭 피어오르고, 그 너머 팔짱을 낀 혜수는 자신만만한 얼굴을 하고 있었다. 생각해 보면, 가게에 처음 들어왔을 때부터 줄곧 저 표정이었던 것 같다.

투두두둑-!

어느새 밖은 비가 내리고 있었다. 어떤 것이 빗소리이고 삼겹살 굽는 소리인지 분간이 어려운 가운데 냄새는 기가 막히게 좋았다. 다시 한번 뒤집자 고기의 한 면이 알맞게 익었다. 비계 없는 부분을 혜수의 앞으로 미루며 옥녀가 말했다.

"들어보고."

✦ ✦ ✦

"내가 출소만 하지? 이부진 저리 가라야. 그야말로 돈방석에 앉는 다고. 나가면 제일 먼저 백화점에 가서…"

3개월 전.

같은 방을 쓰던 왕언니가 그런 소리를 늘어놓았을 때, 한쪽에서 발톱을 손질하고 있던 혜수가 후후 불며 코웃음을 쳤다.

"저 언니가 드디어 맛탱이가 갔네. 눈 뜨고 잠꼬대를 다 하고."

그러자 말허리를 잘린 왕언니가 일그러진 얼굴로 다가왔다. 벽걸이 TV 뉴스 속 코스모스처럼 우아한 이부진과 비교되는 왕언니는

152센티미터에 90킬로그램은 족히 넘어 허릿살에 마치 튜브를 두른 것처럼 걸을 때마다 씰룩였다. 샤워할 때 봤는데, 먹는 족족 다 살로 가는지 등에 문신 새긴 호랑이조차 초고도 비만이었다. 언제부터 비만이었는지는 알 바 아니고. 왕언니는 그게 문제다. 자기 몸에 쌓인 지방질을 근육과 분간을 못 한다. 그때도 어마어마하게 출렁이는 뱃살을 들이밀며 다가오더니 위압적인 말투로 물었다.

"너 스물아홉이라고 했나?"

"서른아홉. 그건 밖에 있을 때 얘기고."

"에라 이년아. 깜빵 담벼락 하나 두고 십년이나 사기를 쳐?"

"아니다. 구년일걸?"

"뭐?"

"대통령이 앞으로 나이 바뀐다잖아. 그러니까 구년이지. 좀 줄여 줘요."

"지랄하네."

"왜 이래? 법자교도소의 은어, 법무부의 자식을 뜻함답게 살겠다는데."

"얼씨구."

"이부진 어쩌고 하는 것보단 낫잖아?"

TV를 턱으로 가리키며 말하자 방 안 곳곳에서 키득거리는 웃음소리와 반박 비슷한 말들이 나왔다. 한쪽에서는 4B연필로 굵게 눈썹을 그린 다른 재소자가 손거울을 들고 고개를 갸웃거렸다. 혜수가 '프리다 칼로' 같다고 하자 다들 그게 누구냐며 이해하지 못하는 얼굴들을 했다. 다시 말을 고쳐서 '쓰리랑 부부' 같다고 하자 이번엔 비교적 적절한 설명이 됐는지 아까보다 웃는 사람들이 더 많아졌다. 어느새 왕언니는 잊혀졌다. 간사하리만큼 조롱적인 분위기가 짙어지자 왕언니는 화를 억누르듯 n번 쌍꺼풀 수술한 눈을 질끈 감았다 떴다.

"야!!!"

"행주야. 이 방에 야-가 어디 있냐?"

그러자, '행주'라는 별명을 가진 재소자의 입에서 '아침에 똥 싸다 뒤지고 없는데요.'하는 장난기 짙은 대답이 돌아왔다. 누가 봐도 말년병장을 대하는 내무반의 하극상. 왕언니는 좋은 말로 해서는 안되겠던지 이를 악물었다.

"이 개년이. 네가 나를 아주 띄엄띄엄 보는구나. 너 빵에서 나오면 내 손에 뒤져. 어떡하려고 이렇게 설쳐?"

"미안… 내가 오늘 그날이라서 좀 예민했나 봐. 어떻게? 머리라도 박을까?"

그래- 한창때다 이거지- 애도 아니고 적당히 해라- 왕언니는 당장에라도 죽사발을 낼 것처럼 소리쳤지만 그것은 어디까지나 중간에 누가 말려줄 사람이 있을 때나 나오는 객기였다. 사실 혜수를 이길 능력이 없으니 고래고래 소리만 지르는 것이다.

하지만 보기와 달리 은근히 속이 꼬일 대로 꼬인 건 다름 아닌 혜수 자신이었다.

분명 **'5세 여아 살해 및 사체유기'** 혐의로 감옥 벽에 똥칠할 때까지 있어야 할 왕언니가 갑자기 형량이 대폭 줄어든 것이다. 이유인

즉슨 모범수란다. 툭하면 난동을 부려 징벌방에 갇히기 일쑤인데 모범수라니? 저 뚱땡이가 뭐가 예뻐서? 대체 누가 힘을 써준 걸까? 또 그럴 계제나 되고? 무엇보다 정도 이상의 생기를 되찾은 덴 분명히 다른 이유가 있을 거라고 짐작해 오던 터였다. 혜수보다 더 일찍 나간다는 것에 대한 억울함이 아니다. 본능적으로 냄새를 맡았다. 왕언니의 이른 출소 뒤에 숨겨진 무언가가 있음을.

이 모든 것은 '5세 여아 살해 및 사체유기'의 **비하인드 스토리**부터 시작해야 한다.

죽임을 당한 아이는 인천의 향토기업인 신건그룹의 손녀. 아이의 친할아버지는 창업주이자 한때 지역구 의원이었던 김신건으로 지방 선거 때마다 후보들이 눈도장을 찍기 위해 그 집 문턱이 닳도록 드나들고, 경찰 서장 취임식에조차 맨 앞자리를 차지할 만큼 잘 알려진 지역 유지였다. 그룹 홈페이지에 소개된 기업의 연혁에 따르면 그의 부친이 독립운동 자금을 모으기 위해 시작한 장사가 그 시초라고 한다. 구멍가게를 물려받은 청년 김신건은 유달리 사업수완이 좋아 건설업으로 업종을 변경했다. 그러다가 본격적으로 떼돈을 벌기 시작한 건 한창 건설 붐이 일어나던 1980년대에 사우디에 뛰어든 다음부터였다. 경제호황이 왔고, 돈은 홍수처럼 불어났다. 그 후에 지역 금고, 사립 고등학교, 문화재단 등 문어발식으로 몸집이 커지더니 거대 그룹을 형성한 것이 기본 배경이다. 그야말로 신건 왕국. 삼성이 대한민국을 선도한다면, 신건그룹은 수도권 외곽지역에 똬리를 틀며 지방 호족의 지위를 누린 셈이다.

왕언니는 그런 대단한 집안에서 태어난 금지옥엽을 납치해 죽인 다음, 야산에 암매장했다. 더구나 시신이 발견된 날이 아이의 생일이라는 사실이 알려지자 세간에 공분을 사기도 하여 교도소 안에서는 들어오기 전부터 이미 악명이 높았다.

그런 왕언니가 복역한 지 2년도 채 안 되어 출소를 앞두고 있다는 것은 충분히 미심적은 일이었다. 광복절 특사도 아니고 상식적으로 그것이 어떻게 가능할 수 있을까? 영원할 것 같던 신건그룹의 왕, 김 회장이 죽어서? 아니다. 그가 폐암으로 사망했어도 슬하에 외아들이 있지 않은가? 죽은 아이의 아버지 말이다.

"애 아빠? 죽었대. 교통사고로."

"뭔 교통사고?"

"내가 알아?"

왕언니는 자신으로 인해 파탄 나 버린 한 가정에 대해 한낱 연예계 가십 다루듯이 말했다. 어쨌거나 일이 그 지경에 이르렀다면, 신건 가(家)의 며느리도 경찰의 수사망에서 자유롭지 못했을 것이다. 남편과 딸아이가 짧은 간격을 두고 사망했으니 당연하다. 하지만 아무리 털어도 나오는 게 없을 수밖에.

"애 엄마도 그때 같이 사고로 죽었다는데? 킥!"

왕언니는 턱과 쇄골 사이 어디쯤에 묻혀있는 목살에 대고 손날을 흔들어댔다. 혜수는 새 속옷과 때밀이 타월을 챙기며 코웃음 쳤다. 감옥 생활이 곤혹스러운 이유 중 하나다. 엄청난 사건 사고를 마치 볼링 스트라이크를 낸 것처럼 떠들어대는 얼굴들을 늘 마주해야 하는 것.

"애 죽고, 애 부모도 얼마 후에 죽고? 그게 다 무슨 소리야?"

"순진한 척한다, 또. 일가족이 다 죽었다는 건 뭔가 이상하잖아. 그게 뭐겠어? 그 집구석에 제대로 억하심정 있는 진짜 주범이 따로 있었단 얘기가 되잖아."

"이제 와서 사주받은 거다?"

"그럼 내가 미쳤냐? 알지도 못한 애를 죽이게? 나 그 집 식구들 본 적도 없어."

그러고 보니 왕언니는 아이를 납치한 뒤에 어떤 협박도 하지 않은 것으로 알려졌다.

"사주받았다 치고. 그래서? 사주한 사람이 누군데?"

샤워장으로 향하는 긴 줄. 혜수의 가슴께밖에 오지 않는 작은 키의 왕언니가 주변을 살피며 휙 하니 몸을 돌리자, 그녀의 어깨에 두른 긴 이태리타월이 혜수의 뺨을 가볍게 때렸다. 왕언니가 목소리를 낮추며 말했다.

"옛날얘긴데. 인천 바닥에 홍 마담이라고 들어봤냐?"

"홍 마담?"

본명은 홍희란. **소문**에 의하면 자유당 정권 시절, 날고 기던 어느 유력인사와 기지촌에서 일하는 마담 사이에서 태어난 여자였다. 당시로선 드물게 첩 자식이어도 자식이라며 핏줄은 챙기던 아비의 덕으로 이대 가정과까지 나왔지만 선 자리마다 불순한 탄생 이력이 장애물이 되어 번번이 퇴짜를 맞던 여자. 그래서 급기야 모든 걸 벗

어딘지고 제 발로 화류계로 돌아가 세간의 화제가 되었다는 여자. 모 방송국 드라마 작가가 그녀의 일생을 극본으로 썼다가 명예훼손으로 고소를 당한 일이 있을 만큼 그녀의 삶은 파란만장했다. 요정을 운영하면서 빼어난 미모와 명석한 두뇌로 거물급 남자들과 교류했지만, 정작 싫증이 나서 먼저 버리는 것 또한 그녀였다는 점이 호사가들의 흥미를 자극한 것이다. 게다가 유창한 영어에 장사 수완도 남달라서 여야 할 거 없이 국회의원들의 월급은 한날한시에 모두 홍희란의 주머니로 들어간다는 말이 나돌 만큼 시대를 풍미했던 그야말로 요녀(妖女).

그런 그녀가 나이 33살에 돌연 자취를 감추게 되는데, 항간에는 김신건의 첩으로 들어갔다는 풍문이 떠돌았다. 사람들은 입을 모아 수군거렸다. 돈 많고 배울 만큼 배운 그녀가 뭐가 아쉬워서 유부남을 꼬시냐는 둥, 이래서 피는 못 속인다는 둥, 모녀가 대를 이어 쌍첩질을 한다는 둥. 성 관념의 기준과 지조가 뚜렷했던 당시에 천벌을 기원하는 수많은 저주가 쏟아졌고, 그것은 곧 현실이 되었다. 사업에 승승장구하던 김신건이 돌연 정계 진출을 꾀하면서 그녀의 존재가 걸림돌이 된 것이다. 결과는 불 보듯 뻔했다. 그녀를 가차 없이 버린 것이다. 당시 홍희란에게는 어린 자식이 하나 있었는데, 세상의 눈을 두려워한 김신건이 아랫것들을 시켜 그녀를 범하게 한 뒤 자식을 부정했다고 한다. 유전자 검사가 발달하기 전인만큼 증거보다 증언이 더욱 효력을 발휘하던 시대였다.

그 후, 신건그룹이 번영과 발전을 거듭할 동안 홍희란을 봤다는 사람은 단 한 명도 나타나지 않았다. 소문만 난무했다. 누군 달리는 지하철에 냅다 몸을 던졌다고도 하고, 누군 끝내 미쳐서 정신병원에 들어갔다고도 하고, 가장 유력했던 소문에 따르면 미국에서 유흥주점을 운영하다가 총기사고로 죽었다고도 하고. 뭐가 됐든 결말은 새드엔딩.

그.런.데.

그런 홍희란이 수십 년 만에 모습을 드러냈단다. 그것도 김신건이 죽기 몇 달 전에. 목적은 하나. 바로 **친자 확인 소송**이다. 막대한 재산을 나눠줘야 할지도 모른다는 생각에 그의 가족들은 그녀에게 회유와 협박을 서슴지 않았으나 소용없었다. 분쟁 중에 아들과 며느리가 교통사고로 즉사했기 때문이다. 그리고 얼마 후에

"홍희란 쪽이 이겼어. 소송에서. 그럼 이게 뭐겠어? 홍희란 자식한테도 나중에 유산 상속권이 생긴다는 거잖아."

"아들이야? 딸이야?"

"기업을 꿀꺽하겠다는 거 보면 모르냐? 아들이잖아."

사물함 앞에서 왕언니가 브래지어를 마저 벗자, 등에 그려진 비만 호랑이의 목에 가로줄이 선명하게 남았다. 그 두터우면서 매끈한 지방 덩어리를 노려보던 혜수가 작게 속닥였다.

"솔직히 불어. 그거 다 왕언니 작품이지? 그 집 아들, 며느리까지 말이야."

"아니야, 나!"

"대체 어떡하려고 그래? 그 죄 다 덮으려면 열두 폭 치마도 부족해."

"이게 미쳤나?"

"아무리 돈이 좋아도 그렇지. 시킨 대로 다 죽여?"

"아니라고. 손녀만 내가 죽인 거라고. 걔 부모는 나도 몰라."

왕언니가 이를 악물고 낮게 말했다.

"아무래도 이상한데. 나중에 나가면 신고해야겠다."

그러자 왕언니가 손을 뻗었다.

"해. 너 같은 전과자 말을 누가 믿어 주겠냐마는."

혜수는 잇몸이 아프리만큼 턱을 움켜쥔 왕언니의 두툼한 손을 거칠게 뿌리치며 냉소를 흘렸다.

"그럼 말해봐. 아들 내외는 누가 죽였어? 왕언닌 알 거 아냐?"

"나도 추측인데. 뻔하지 뭐."

"홍희란?"

"그럼 또 누가 있는데?"

"무서운 사람이네. 그래서? 어린애 죽여주는 조건으로 왕언닌 얼마 받았어?"

"놀라지 마. 선금 일억."

"잔금은?"

"사억. 그거 받으려고 나가는 거지롱. 이번에. 킬킬."

"겨우 오억이야?"

"겨우라니? 나가서 땅을 파봐라. 십 원짜리 한 장 나오나."

"난 또 뭐라고. 세상에. 그깟 푼돈에 애를 죽여? 살날이 구만리인 애를? 내가 판사였으면 왕언니 넌 사형이야. 아, 정말 사형제 폐지의 수혜자가 여기에 있네."

혜수가 일그러진 얼굴로 자리를 벗어났다. 그리고 김 서린 문을 열고 샤워장에 들어가려는데,

"그런데 내가 미쳤냐? 겨우 그거 먹고 떨어지게?"

"오-"

"대신 손에 피 묻혔는데 겨우 오억으로 되겠냐고?"

"잘 해 봐. 파이팅-"

혜수의 반응을 마치 도발로 받아들였는지 초조해진 왕언니가 앞을 가로막으며 다시 말했다. 혜수의 기대치에 부응해야겠다는 일념이 훤히 드러나는 얼굴로.

"여기서 반전! 친자 확인 소송을 걸었던 자식 놈이…"

"……?"

"반푼이래. 이거 말이야, 이거."

왕언니가 자신의 옆머리에 대고 검지를 돌려댔다.

"그럼 기업을 어떻게 물려받겠다는 건데? 가능해 그게?"

"가능하겠냐?"

다시 자기 쪽으로 승세가 기울었다고 여긴 왕언니는 차분함을 되찾고 긴 숨을 내뱉었다.

"그럼 그 많은 유산은?"

"다 그년이 먹는 거지."

"주식이랑 그 수많은 계열사는?"

"다 그년이 처분하는 거지. 비싸게. 이래서 돈 앞에선 부모 자식도

없는 거야. 결국 최종 승자는."

"홍희란…"

"딩동댕!"

다소 놀란 듯한 혜수를 보며 키득대던 왕언니는 순식간에 표독스러운 표정을 짓더니 말했다. 결정타를 날릴 때가 왔다고 여긴 것이다.

"더 대박은 뭔지 알아? 뭘 거 같아? 맞춰봐. 땡! 바로바로 말이야… 그 늙은 여우가… 두구 두구 두구 두구…"

니코틴에 절은 왕언니의 숨결이 미지근한 온기로 고막을 두드렸다.

"지금 치매가 왔댄다. 흐흐흐."

"뭐…?"

"하늘이 이 몸을 돕는다 이 얘기야, 이년아!"

왕언니가 흥분으로 두툼한 어깨를 떠는 동안, 혜수의 눈이 크게 벌어졌다. 머릿속으로 오만가지 생각이 오가는 가운데, 교도관의 "삼십 분까지 샤워 마치고 집합!" 소리가 대화의 흐름을 깨뜨려 놓았다.

온몸에 비누칠하며 미친 듯이 웃어 재끼는 왕언니의 표정이 퍽 괴이했다. 등에 새겨진 탐욕스러운 호랑이 위로 온수가 흘러내렸다. 그러면서 핑거스냅을 튕기며 말도 안 되는 스텝을 밟았는데 그럴 때마다 그녀의 뱃살이 불쾌하게 출렁거렸다. 최소한의 염치도, 수치도 모르는, 오로지 탐욕으로 응축된 댄스. 샤워장 내부는 흥에 겨운 김추자의 '무인도'로 내내 울렸다.

"솟아라- 태양아- 어둠을 헤치고-"

✦ ✦ ✦

"잠깐."

옥녀가 집게를 치켜올리더니 말을 끊었다.

"그러니까, 정리해 보자. 신건그룹… 내가 아는 거기 맞지? 인천 국제공항 가는 방향에 있는 큰 건물?"

"맞아. 10층짜리."

"막 꼭대기에 별 그려져 있고?"

"응."

"거기 회장이 죽기 전에 첩이었던 홍희란이 복수를 하기 위해 칼을 품고 나타났다? 그것도 몇십 년 만에?"

"응."

"유산을 다 차지하려고?"

"응."

"회장의 아들과 며느리, 손녀까지 모두 죽이고?"

"손녀는 맞는데, 아들 며느리는 죽였다는 증거는 없어. 의심만 갈 뿐이지."

"보나 마나 백 퍼센트야. 어쨌든 그렇게 해서 회장의 모든 유산을 제 자식이 받게 생겼는데… 걔가 좀 어디가 아프다, 이거지?"

"응."

"그럼 결국 홍희란 꺼나 마찬가지네."

"그렇지."

"말도 안 돼. 이 이야기 실화야?"

"실화야."

"어떻게 그게 가능해? 사이즈가 너무 크잖아? 뉴스에도 안 나왔고?"

"뉴스에 나오는 게 다가 아니야. 그리고 확실한 건 그렇게 날고 기던 홍희란이 지금은 치매에 걸린 독거노인이 됐다는 사실이야. 이 빨 빠진 호랑이가 됐다고."

"그 어마어마한 일을 벌여놓고?"

"응."

"그 어마어마한 돈을 받게 생겼는데?"

"응!"

"소름 끼쳐!"

"내 말이."

하지만 직감적으로 경계해야 될 건 위험 요소가 이쪽에도 유효하느냐다. 신나서 출소한 왕언니는 얼마 안 되어 죽임을 당했다. 어쩌면 그것이 홍희란이 복수를 위해 계획한 마지막 단계였을 것이다. 세상 풍파 다 겪은 노련한 그녀에게 왕언니 같은 잡범 따위를 한눈에 간파하는 것쯤은 식은 죽 먹기였을 테니까. 잔금을 받고도 나중에 돈이 떨어지면 다시 찾아와 협박할 위인이라는 걸 알아봤을 거란 얘기다. 그러니 죽여 없앤다면 돈은 돈대로 굳고, 화근도 없애는 것이 여러모로 보나 홍희란에게는 이득이었을 것이다. 그래서 일찌 감치 감옥에서 빼낸 것이다. 살리기 위해서가 아니라 죽이기 위해서. 문득, 형량이 줄어든 이후에 웅성대던 분위기를 즐기던 왕언니의 얼굴이 떠올랐다. 거울 앞에서 콧노래를 부르며 피지를 짜던 그여유. 출소 후에 받을 잔금으로 만족하지 않고 아예 치매에 걸린 홍희란을 거꾸로 작업해보겠다는 그 발칙한 계획. 그러나 현실은 어땠나? 왕언니가 가져온 건 치매에 걸린 홍희란을 크게 등쳐먹었다는 달콤한 소식이 아니었다. 예정에 없던 감형이 '공범'의 배려라고 철석같이 믿었던 무지의 대가였다. 하나만 알고 둘은 몰랐던 탓이다. 홍희란, 그녀는 일반인의 상식으로는 도저히 납득할 수 없는 희대의 악녀라는 것을.

그러나 혜수는 다르다.

"옥녀 넌, 내가 하자는 대로만 따라오면 돼. 어려울 것 없어. 사실 집도 다 그런 계산속에서 구한 거야."

"그 할망구 어디에 사는지 알고 있었어?"

"이번에 구한 집 건너편 아파트."

"오 마이 갓! 지척에 살고 있었네!"

"지척으로 내가 온 거지."

"그런데, 언니. 그 할망구 보통내기가 아닌 것 같은데?"

"그래서?"

"우리가 상대가 되겠어?"

"해봐야 알지."

야무지게 고기 한 점을 씹으며 대답했다.

"이 언니 말 쉽게 하는 것 보소. 그게 말처럼 간단해? 목숨이 달린 거잖아? 막말로 여자가 한을 품으면 오뉴월에도 서리가 내린다지만, 서리뿐이었어? 한 집안을 쑥대밭으로 만들었잖아. 가만 보자. 그럼 죽인 사람이 모두 몇 명이야? 회장의 아들, 며느리, 손녀, 왕언니…"

"아들, 며느리는 아직 모른다니까."

"우리 그냥 관두자."

"왜 관둬? 어떻게 관둬?"

"돈이 목숨보다 중요해?"

"옥녀야."

"언니이."

"홍희란이 혼자 거머쥘 유산이 얼만지나 알고 하는 소리야?"

"얼마가 됐든 무서워서 그러지."

"치매 노인이 뭐가 무서워?"

"왕언니란 사람이 죽을 때도 그 할망구 치매였다며? 그게 뭐겠어? 중증은 아니란 거지. TV에서 보니까 치매도 종류가 있더라. 아예 못 알아보는 사람도 있는가 하면, 어떤 사람은 가끔 제 정신이 돌아온대. 멀쩡하게."

"홍희란이 후자일 거다?"

"그렇지 않고서야 어떻게 왕언니를 처리했겠어? 멀쩡하다 못해 머리가 팍팍 돌아가니까 가능한 거겠지. 어휴 무서운 할망구. 어떻게 그런 일을 벌여."

"걱정 마. 치매는 나빠졌으면 나빠졌지, 좋아질 수가 없대."

"악화되는 건 막을 수 있대. 아, 몰라, 몰라. 관둬. 쥐도 새도 모르게 사람 시켜서 없애 버리고. 그게 뭐야? 나 오래 살고 싶단 말이야. 언닌 감옥에서 별 이상한 걸 주워듣고 와선…"

다소 김이 빠진 혜수가 신경질적으로 흰자를 굴리더니 말했다.

"돈 안 벌 거야?"

"벌어."

"됐네, 그럼."

"적어도 언니가 말한 식으론 아니야."

옥녀가 야무지게 청양고추를 베어 물며 응수했다.

"내가 말한 게 어때서?"

"치매 노인 돈 뺏자는 거잖아?"

"치매 걸렸다고 다 선량한 노인이야?"

"그런 뜻이 아니라…"

"막말로 치매 걸렸으니까 해볼 만한 게임인 거지. 제 정신이었어 봐? 나도 감히 비빌 생각 못 했지."

"어머머! 게임? 언니 진짜 감옥에 있는 동안 간땡이가 부었구나? 건강검진 좀 받아봐."

"말버릇하고는. 걱정 마. 우린 안전해."

"어떻게 확신해?"

"느낌 딱 오잖아."

"휴… 느낌은 개뿔. 언니는 안 무서워? 난 무서워. 이상 끝! 먹어, 고기나."

"너 예전에 동거하던 남자는 안 무섭고?"

유치하지만 아킬레스건을 건드려 보기로 했다.

"지금 그 얘기가 왜 나올까?"

"새벽에 술병에 얻어맞아서 응급실 간 거, 기억 안 나? 몇 년 후에 만난 놈은 네 이름으로 사채 써서 빚만 남기고 도망치고. 그래서 너 사채꾼들이 찾아와서 너 머리채 잡힌 거. 기억 안 나냐? 그것만 아니었으면 이 호프집도 대출 없이 차릴 수 있었잖아. 최근에 마지막 놈은 또 어땠고?"

"그 새끼 내가 찼거든? 바람펴서! 난 도박하고 무능한 건 참아도 바람피우는 건 못 참아! 왜 이러셔!"

"그러니까. 그런 놈들 나는 생전 가도 구경도 못 했는데, 대체 너는 어떻게 된 게 잘도 발견하고 만나냐고? 눈도 좋아!"

"언니!"

"네 말에 어폐가 있다는 거야."

"어프… 어려운 말 써도 소용없어. 빚이야 차근차근 이자 잘 갚아 나가고 있으니까 뭐… 난 그냥 혼자 편하게 살다가 돈 많은 남자 만나서 팔자 고칠 거야. 그게 더 빠르고 안전해. 언니도 그냥 가만히 있다가 나중에 내 덕이나 봐."

"덕?"

"그래. 혹시 알아? 내가 아주 근사한 부잣집 싸모님이 되어서 언니한테 건물 하나 턱 하니 줄지."

"지랄하네. 석 달 열흘 삶아봐라. 개꼬리가 소꼬리 되나."

"이봐요, 변혜수 씨. 여자는요, 예쁘면 일단 고시 3관왕인 거 몰라요?"

그러자 혜수가 헛웃음을 터뜨렸다. 그리고 잔에 맥주를 따르려다 말고, 아예 소주를 잔뜩 따라 단숨에 마셨다. 식도를 타고 올라오는 쓰디쓴 알코올 향과 구강을 지배하는 쓴맛에 인상을 쓰자 옥녀도 덩달아 미간을 찌푸렸다. 그리고 다시 소주병을 수직으로 세워 마저 잔을 채우더니 병을 탁! 놓고 말했다.

"이봐요, 서옥녀 씨. 너처럼 없는 형편에 비싼 돈 들여 시술하고, 눈썹 문신하고, 헤어라인 그려 넣고, 어휴… 이것저것 손에 집히는 대로 떡칠해 놓은 게 무슨 고시 3관왕 타령이야. 진짜 고시 3관왕은…"

그러면서 빈 소주병에 그려진 상큼한 표정의 모델을 가리키며 말했다.

"이런 애가 고시 3관왕이고. 너 같은 애들은…"

화가가 대상의 구도를 재듯 옥녀의 얼굴을 향해 손바닥을 돌렸다. 옥녀가 그 손을 신경질적으로 찰싹이는데도 아랑곳 않고 말했다.

"잘 쳐줘야 쩌어기 땅 끝 마을에 말단 계약직이야. 그것도 기간 연장도 안 되는!"

"진짜 죽을래?!"

"죽긴 왜 죽냐? 같이 잘 먹고 잘 살아야지. 간만에 피가 되고 살이 될 만한 정보를 물어 왔구먼 계속 섭섭하게 굴래 진짜?"

"아, 됐어. 그 얘긴 끝났어. 그만해."

이래서 신은 공평하다고들 하는 걸까? 옥녀는 스스로 얼마나 예쁜지 잘 알고 있었다. 그러나 애석하게도 그 미모를 이용해 먹을 머리는 없었다. 혜수의 경우는 그와 반대고. 감옥에 들어가기 전까지만 해도 어느 동화에서처럼 혜수가 머리 역할을 하고, 옥녀가 미모를 담당하며 잘 살아왔는데, 이젠 그 환상의 케미스트리도 끝이다. 더 이상 손발이 안 맞는다. 홍희란이 불쌍해서도 아니고, 감옥에 갈까봐 두려워서도 아니었다. 이유는 단순했다. 죽을까 봐. 혜수는 그 우려를 잘 알면서도 안전할 것이라는 어떤 확신을 주지 못하는 상황에 화가 났고, 동시에 일을 벌일 배포가 없는 옥녀에게도 마찬가지로 화가 났다. 나중 문제는 나중으로 미루면 좋겠건만, 옥녀는 좀처럼 혜수에게 곤경을 모면할 기회를 주고 싶어 하지 않는 것 같았다.

"너 TV에 나오는 그런 근사한 레스토랑 차리고 싶다며? 언제까지 이딴 바다 촌구석 호프집 월세 내느라 아등바등 살래?"

고작 꺼낸 공격이 그거였냐는 듯이 옥녀가 한숨을 쉬었다.

"꿈 깨. 제발. 언니 벌써 별이 몇 개야? 언니는 걱정도 안 돼? 그래, 언니가 처음부터 의도 했던 건 아니란 건 알아. 나.는. 알.아. 그런데 그걸 세상 사람들도 알아줘? 아- 변혜수 씨가 원래는 착하고 바른 사람이고, 성실한 배우였는데 어쩌다 보니 팔자가 기구해서 감옥도 다녀왔구나- 해? 아니잖아? 내가 진짜 언니 생각해서 말하는 건데 더는 위험하게 살지 마. 나 이제 면회 가는 것도 지겨워. 저번에 갔을 때도 없는 형편에 기껏 영치금 오십 넣어준 거 알지? 참고로, 나 아빠가 돈 빌려달라고 전화 온 거 싹 다 안 받은 사람이야. 언니한테만큼은 이제까지 의리 하나로 할 만큼 했다고. 제빵 배웠다며? 그거나 해. 아니면 편의점에서 아르바이트라도 하든, 극단을 다시 알아보든 하라고. 굶어 죽지는 않겠지. 옛날 구질구질하던 때로 다시 돌아갈 거야? 이젠 남들처럼 정상적으로 살라고!"

속사포처럼 실컷 쏟아냈음에도 옥녀는 아차 싶었는지 자살골 넣은 얼굴을 하였다. 그리고 재빨리 눈치를 살펴보지만 때는 늦었다. 집게로 고기를 뒤집자 어느새 새까맣게 탔다. 불편하고 냉랭한 침묵이 흘렀다. 혜수는 한 치의 움직임도 없이 기름이 튀어 둥둥 떠 있는 술잔을 노려보았다. 둘의 삶은 언제나 그랬다. 세상과 어울리지 못하고 동떨어진 채 독하고, 구차하고, 지저분했다. 혜수는 잔에 남은 술을 단숨에 마셔 넘기더니 자리에서 벌떡 일어나 말했다.

"그렇게 쭉 살아, 넌."

쾅! 하고 바람결에 문 닫는 소리가 더 크게 울렸다. 옥녀는 무의미하게 고기를 뒤적이던 집게를 바닥에 집어던지며 소리쳤다.

"언니나 그렇게 살아!!!"

2

이틀 후.

버스 창문에 기댄 옥녀의 머리가 약하게 흔들렸다. 띵동- 바닷가 근처에 다다르자 버스가 서서히 속도를 늦추면서 안내 방송이 흘러나왔다.

"이번 역은 어시장 입구입니다."

인도를 따라 죽 걷다가 모퉁이를 돌자 입구가 나왔다. 〈대한민국에서 가장 정직하게 정량만을 팝니다〉라 적힌 빛 바란 플래카드가 펄럭이는 가운데 온통 시끌벅적했다. 날파리를 쫓기 위해 설치한 모빌 아래 좌판에는 새벽 바다에서 갓 잡아 온 생선들이 생동감 있게 파닥이고, 그 사이를 행인과 오토바이가 혼잡하게 오가는 가운데 '오징어나라' 앞에 다다랐다. 새벽 오징어 배의 화려한 불빛이 생생하게 내걸린 작디작은 가게다.

"뭐 드릴까?"

안에서 작은 체구의 육십 대 여자가 식사 중이었는지 입을 우물거리며 서둘러 나왔다. 비쩍 야윈 하체에 대조를 이루는 통 넓은 고쟁이 바지가 선풍기 바람에 허수아비처럼 펄럭였다. 그러다 옥녀를 보더니 돌연 저승사자를 본 것처럼 파랗게 질려서는,

"어, 어쩐 일이야? 연락도 없이?"

"고모는… 새삼스럽게 무슨 연락이야."

그러면서 준비해 간 보온병을 무심하게 건네며 말했다.

"이거 여주랑 돼지감자 우린 물. 오늘 아침에 공복혈당 체크했어?"

"아, 아니…"

"신경 좀 써."

"알았어…."

"내가 충격요법으로 또 한마디 하겠는데, 당뇨 관리 안 하면 합병증으로 고생한대. 새겨 들어. 제발."

"으응. 알았어. 잘 마실게. 역시 너밖에 없다. 바쁜데 어서 가."

"뭘 오자마자 보내려고 해. 아 싫어. 나 좀 쉬었다 갈 거야. 회덮밥이나 해 줘. 배고파."

하고 안으로 들어가려 하자, 고모가 그 앞을 서둘러 막았다.

"안 돼."

"왜 이래?"

"다음에."

"응?"

"다음에 와. 오늘은… 그러니까…"

엄지와 검지로 입가에 묻은 양념을 쓱 닦으며 변명거리를 생각해

내는 옆얼굴이 어쩐지 수상하다고 느꼈다. 그때, 가게 안에 마련된 작은 방에서 축구 중계 소리가 들려왔다. 누군가의 익.숙.한. 목소리도 함께였다. 패스-! 패스-! 패스하라고-! 새끼야-!!!

"내 이럴 줄 알았어."

옥녀가 방을 차갑게 노려보며 말했다.

"안에 그 인간 왔구나?"

그러자 말이 채 끝나기도 전에 찰싹, 하고 소리 나게 등을 후려치더니 고모가 눈을 흘겼다.

"아버지한테 못 하는 말버릇이 없어!"

"돈 떨어졌대? 당장 내보내. 꼴도 보기 싫으니까."

"밥만 먹고 간대. 밥만."

다시 저자세로 고모가 사정하듯 말했다.

"아, 내보내라고."

"딸내미!"

그때, 안에서 미닫이문이 열렸다. 자다 깬 듯 부스스한 머리를 한 남자가 고개를 내밀며 히죽 웃었다. 나이가 나이인 만큼 탄력이 빠지고 생기가 사라졌지만, 그럼에도 불교의 만(卍) 자 문양 귀걸이와 두터운 금목걸이만 놓고 보자면 누구라도 알 수 있을 것이다. 인생 대부분을 제멋에 겨운 한량으로 살아온, 그래서 생업보다 주색잡기에 능한 사람이라는 것을. 이래서 아내가 도망간 덴 다 이유가 있다고 수군거리나 보다. 다들.

옥녀는 그대로 삐딱하게 서서 허리에 양손을 짚고 노려보았다. 뜬금없는 방문에 대해 해명을 하라는 뜻이다.

"안 본 새에 많이 예뻐졌다? 네가 올해 몇 살이더라?"

늘 그랬다. 옥녀 부는 일 년에 딱 두 번은 그녀를 찾았다. 할아버지의 제삿날과 돈이 떨어진 시점 아무 때나. 언제고 갚겠노란 소리가 얼마나 부질없는 것인지 알면서도 번번이 빼앗긴 건 버리지 않고 키워 준 정 때문이었다. 졸업식 때는 안 와도 적어도 초등학교 운동회 때는 늘 왔으니까. 물론 매번 술판을 벌이며 만취해서 문제였지만.

"내 나이도 몰라?"

"스물다섯?"

"나가."

"스물일곱?"

"나가라니까?!"

"장난이야, 임마! 서른!"

"서른여덟! 언제 나갈 건데?!"

"돈 좀 해 주면?"

옥녀 부가 환한 미소를 지으며 말했다. 긴 세월 수없이 반복되는 과정에서 이젠 아부하는 표정도 잃어버린 듯했다. 뻔뻔해진 건지, 무뎌진 건지.

"무슨 돈!"

"무슨 돈은 무슨 돈이냐? 대한민국 돈이 다 똑같은 돈이지."

"대체 어디서 뭘 하고 다니길래 빚을 져?"

"어허. 애비한테."

"아빠. 이제 환갑이야. 옛날 같으면 할아버지야, 할아버지!"

"아직 두 달 반 남았어. 계산은 똑바로 하자."

"가. 빨리."

"돈 좀. 급해서 그래. 금방 갚을게."

"뭔 수로 갚아? 그 말도 한 번만 더 하면 백 번이야."

"정말이야. 내가 이제 곧 성공한다니까? 내가 한다면 하는 거 모르냐?"

"솔직히 말해! 사기당했어?"

고모는 말려봐야 별 소득이 없다는 걸 알면서도 변명조로 대신 거들었다. 지난겨울에 노름판에서 진 빚이 800인데, 여태 갚지 않아서 이자가 산더미같이 불어났다고. 3,000으로. 그 타이밍에 뭐라 말하려는 듯 옥녀가 입을 열었다가 어처구니가 없어서 다시 다물고 말았다. 옥녀 부는 관용을 바라는 죄수처럼 고모의 말끝마다 고개를 끄덕이며 두 손을 모았다.

"그런데 그걸 갚겠다고 다른 사람한테 카드를 빌려 썼나 봐… 현금을 거기서 수백만 원을 꺼내 썼는데, 그 사람이 네 아버지를 신고했단다."

이런 상황을 두고 엎친 데 덮친 격이라고 하던가? 옥녀가 억지로 그의 팔을 붙잡고 끌어내는 액션을 취하자, 고모가 도리어 허리를 잡고 뜯어말리는 풍경이 펼쳐졌다.

더는 못 참아- 같이 죽자- 왜 살아-

그렇게 십 분쯤 지났을까?

"계십니까?"

어느새 가게 앞에는 멀끔하게 차려입은 두 남자가 서 있었다. 두 사람 모두 짧은 머리에 가무잡잡한 얼굴을 하였다. 옥녀는 대번에 알아보겠는데, 고모는 여전히 눈치가 없는지 황급히 표정을 수습하고 영업용 웃음을 지었다.

"네. 뭐 드릴까요?"

넥타이를 매지 않은 캐주얼 남방 차림의 한 남자가 경찰증을 보이며 물었다.

"서태광 씨 안에 계십니까?"

그러자 슬로우 모션처럼 옥녀가 그의 어깨에서 손을 떼고, 옥녀부 역시 천천히 몸을 일으켜 세웠다.

"왜… 찾으십니까?"

"서태광 씨?"

"아닌데요?"

고모가 불규칙하게 눈을 깜빡거리며 무언의 메시지를 보냈다. 그냥 모른 척하라는 뜻이다. 어렸을 때부터 줄기차게 겪어온 일이다. 경찰이 찾아오면 무조건 모른다고 할 것. 그러면 아버지가 알아서 도망을 치거나, 운이 나쁘면 수갑이 채워지거나. 그건 어른들의 일이다.

"그럼 관계가?"

"아아. 저는…"

닳고 닳은 산악용 운동화의 앞코를 차가면서 시간을 벌었다. 자연스럽게 모자까지 눌러쓰며 그들 앞으로 한층 가까이 다가갔다. 그리고 이어서 말했다.

"지인입니다. 지인."

"지인이요?"

하면서, 형사가 옥녀에게 시선을 옮겼다. 정말이냐고 묻는 것이다. 그러자 옥녀가 다시 옥녀 부를 향해 한쪽 눈썹을 치켜 올리며 미소를 지었다. 눈빛은 이렇게 묻고 있었다. '뭐라고 대답해 줄까?'

"신분증 좀 볼 수 있을까요?"

"예. 신분증… 신분증이 여기에…"

"맞아요. 서태광 씨. 우리 아빠예요. 경마장 사기 사건 때문에 오셨죠? 잡아가세요."

그러자 기겁하며 옥녀를 돌아보았다. 그러나 낭패 젖은 얼굴로 곧 닥칠 불행에 몸을 맡길 옥녀 부가 아니다. 형사 두 명이 짧은 순간에 눈빛을 주고받는 사이, 순식간에 일이 벌어졌다. 형사들에게 생물 오징어가 담긴 바구니를 냅다 집어 던지더니 그대로 줄행랑을 친 것이다.

"잡아!!"

행인들을 거칠게 밀치며 쫓고 쫓기는 촌극이 벌어졌다. 냉동 박스를 첩첩이 실은 리어카가 오갔는데, 불행인지 다행인지 그것들을 펄쩍펄쩍 뛰어넘을 만큼 잽쌌다. 그러다 하마터면 닭을 튀기던 남자가 기름을 쏟을 뻔도 하여 주변이 크게 술렁이기도 했다. 끝내 그가 시장 맨 끝 출구로 달아나는 것까지 보고 나서야 옥녀가 의자에 주저 앉았다.

"너 이게 무슨 짓이야!"

"고모가 자꾸 아빠한테 돈 갖다주니까 정신을 못 차리지!"

"그럼 어쩌냐? 배고프다고 찾아왔는데 굶겨 보내? 밥은 다 먹이고 보냈어야 했는데. 이걸 어째!"

그동안 살아오면서 두 사람 사이에 수천 번도 더 했을 익숙한 언쟁이 오간 뒤, 옥녀는 그 길로 가게를 빠져나왔다. 바닥에 팽개쳐진 세발낙지와 우럭을 어떻게 보상할 거냐는 옆 가게 상인의 윽박에 고모가 절절매는 모습을 뒤로 하고. 어시장에서 벗어난 옥녀는 어느 상가 유리창에 비친 제 모습을 뚫어져라 보았다.

그 시각, ○○종합병원.

또각, 또각, 또각…

조명에 윤이 나는 병원 로비를 가로질러 엘리베이터 앞에 선 혜수는 거기에 비친 모습을 보자 저절로 미소가 지어졌다. 검은색 쉬폰 블라우스 차림에 칠 센티미터 높이의 힐까지 더해지자 누가 봐도 며칠 전에 출소한 사람처럼 보이지 않았다. 좀 더 자연스럽게 옆구리에 미니 백을 끼고 한 손은 바지 주머니에 찔러 넣었다. 엘리베이터 문 위에 찍히는 층수를 보는 혜수의 입에서 아무 허밍이 흘러나왔다. 주변에서는 혜수의 머리부터 발끝까지의 명품값에 대해 재빠른 수군거림이 오갔지만 전부 틀렸다. 모두 가품이다.

그렇게 엘리베이터를 타고 향한 곳은 7층 입원실. 두 번째 병실 앞에 섰다. 벽에 걸린 입원환자의 명단을 보니 단 두 명. 코를 고는 노인을 제외하면 '녀석'은 창가 쪽 침상에 있는 게 분명하다. 가까이 다가가자 커튼 밖으로 튀어나온 붕대 감은 발끝이 눈길을 사로잡았다. 그다음엔 반갑지 않게도 보호자 침대에 다리를 쩍 벌리고 앉은 십 대 소년들 서너 명이 보였다. 친구들인가 본데, 어린 환자가 입원했을 때 종종 벌어지는 그 야단법석까지는 예상치 못한 듯 혜수가 어색하게 웃으며 말했다.

"안녕? 네가 지섭이니?"

혜수의 인기척에도 아랑곳없었다. 병상에 누운 아이는 여전히 스마트폰 게임에서 눈을 떼지 않은 채 이따금 가벼운 욕설과 함께 신경질적으로 화면을 터치했다. 아이에게선 엄마를 잃은 자식으로서의 상념도, 살뜰한 손길이 닿지 못해 생긴 허술함도 전혀 찾아볼 수 없었다. 알아서 컸고, 멋대로 살아온 티가 역력했다. 잘못 찾아왔는가 싶지만, 아니다. 제대로 찾아왔다. 녀석은 죽은 왕언니의 아들이 맞다.

"아, 졌다."

"네가 지섭이니?"

다시 물었다.

"누구세요?"

아이는 힐끔 보더니 다시 스마트폰 화면을 빠르게 터치하는 데 열중했다.

"엄마 친구."

"그 성질에도 친구가 있었다고요?"

그러자 옆에 녀석들이 함께 키득거렸다.

"감옥에서 만났어."

바로 받아치자 키득거리는 소리가 차츰 사그라들었다. 그러자 녀석은 이것 봐라? 하는 눈으로 스마트폰을 한쪽에 올려두고 시선을 혜수에게 옮겼다.

"근데 엄마 여기 없어요."

"알아."

"죽었단 뜻이에요."

"그것도 알아."

아이의 한쪽 눈썹이 아까보다 더 치켜 올라갔다. 아직도 게임에서 헤어 나오지 못하는지 상대의 레벨을 가늠하기 위한 경계 어린 눈빛으로.

"많이 다쳤나 보구나. 물어볼 말도 있고 병문안 겸 왔는데."

"근데 빈손?"

"미안. 뭐 먹고 싶은 거 없니? 나가서 먹을래? 병원 밥은 맛이 없잖아."

"엄마가 모르는 사람 따라가지 말랬는데요."

아이가 희미한 웃음을 흘리며 붕대 감은 다리를 턱 하니 베개 위로 올렸다. 자랑스레 지껄이는 말에 따르면, 전치 3주라고 한다. 가해자는 아르바이트하는 치킨집 근처에서 가구 공장을 운영하는 사장이라 치료비와 별도로 합의금까지도 두둑하게 받아낼 수 있을 거라고도 했다. 하이에나같이 몰려와 호들갑을 떠는 친구들의 목적도 바로 거기에 있었던 것이다. 녀석이 활짝 기지개를 켜며 다리를 곧게 펴자 키가 제법 커 보였다. 178센티미터쯤 될까? 아직 중학생인데 이렇게 군살 하나 없이 훤칠하다니. 열 달 배 아파 낳아놨더니 친탁했나 보군, 왕언니가 입이 찢어지게 자랑했을 만하네, 하고 속으로 삼켰다.

"그럼, 배달이라도 시켜 줄까?"

"피자요."

"좋아. 나 좀 몇 가지…"

"라지요."

"그래. 나 좀 몇 가지 물어볼게."

앱으로 배달 주문을 하며, 혜수가 계속 말했다.

"사십구재는 언제니?"

"그게 뭔데요?"

"관두자. 보호자는? 아빠 안 계셔?"

"보다시피. 근데 우리 아빠 몰라요? 월미도에서 스크린골프장 운영했는데."

"그러니?"

"네. 사장은 아니고 실장. 엄마는 그 밑에서 다방 일했고. 두 분 나이 차이가 스무 살인 건 아시죠?"

"너희 엄마가 연상이야?"

옆에 한 녀석이 끼어들었다.

"닥쳐. 아무튼 아빠도 여기 없어요."

낄낄대는 분위기 속에서 아이가 다시 혜수에게 시선을 옮기며 계속 말했다.

"복상사로 죽었거든요."

녀석의 친구들이 배를 잡고 깔깔거렸다. 만우절에 학교 선생님을 상대로 '도가 지나치게' 장난치는 부류라는 것은 한눈에 알아봤지만 제 엄마를 닮아서 그런지 끝없이 되바라진 구석이 있어 보였다. 이래서 피는 못 속인다고 하는가 보지.

"슬프다."

"그렇죠. 같이 있던 여자가 엄마가 아니라서."

아이의 입가에 경멸이 스쳤다. 분위기는 완전히 엉망진창이 되어 버렸다. 그러나 휘말리는 순간 지는 것이다. 절대 원하는 반응을 보여주지 않을 태세로 팔짱을 끼고 희미하게 웃음을 머금고 있자 녀석이 다시 물었다.

"그런데, 아줌마. 여기에 온 진짜 목적이 뭐예요?"

"바로 얘기해? 이따 피자 먹으면서 하자."

"같이 먹게요? 아, 싫은데. 빨리 물어보고 가시죠?"

"그럴까? 얘들아. 잠깐 자리 좀 비켜줄래?"

그러자 뭉그적거리며 하나둘 자리를 떠났다. 석양으로 붉게 젖은 빈 병실 안. 가습기만 온전히 존재를 알리는 가운데 혜수는 마치 살벌한 대치전을 벌이듯 녀석을 노려보다가 금세 웃음을 지었다. 바로 본론이다.

"엄마가 돌아가시기 전에 마지막으로 만난 사람이 있니?"

"어떤 아저씨요."

"한 명? 누군지는 모르고?"

"몰라요. 그 많은 사람을 일일이 어떻게 알아요?"

"혹시 노인은 없었니?"

"좀 나이 들어 보이는 사람은 있었던 것 같아요. 옷 쫙 빼입고. 가오 딱 잡던데요? 영화에 나오는 킹스맨 같았어요."

결국 들어보면, 감형을 위해 면회를 오갔던 담당 변호사다. 그만 맥이 탁 풀렸다. 배달 조회를 해보니 7분 후 도착이다.

"갑자기 큰돈이 생겼다거나 하는 일은 없었고?"

한쪽 엉덩이를 옆으로 비스듬히 들어 방귀를 빡! 뀌며 대답했다.

"있었으면 제가 아르바이트를 안 했겠죠. 가뜩이나 가입한 보험도 없어서 사망보험금도 안 나와서 짜증 나는데. 뭘 그렇게 봐요?"

"혹시 엄마 계좌 내역은 봤니?"

"그런데 콜라도 시켰어요?"

"시켰어. 엄마 계좌…"

"피클은 빼달라고 했어요? 그거 물 빼고 버리기 짜증 나거든요."

"묻는 말에나 대답해. 피자 혼자 처먹고 싶으면. 네 엄마 계좌 내

역은 봤냐고?"

도망간 요점의 뒷덜미를 낚아채며 혜수가 날카롭게 물었다. 그러자 십 대 특유의 도발적인 비웃음이 입가에 흘렀다.

"아줌마 엄마 친구 아니죠?"

"목욕도 같이 한 사이야. 너희 엄마 등에 호랑이 문신 있었잖아."

"맞네. 계좌 봤는데 별거 안 나오던데요."

"마지막으로 물어볼게."

"진짜 이번이 마지막이에요. 피곤하니까요."

"알았어. 혹시 너한테 엄마 휴대폰 있니?"

"없어요. 죽기 며칠 전부터 통화 연결도 안 됐고요."

뭐 하나 얻어낸 것이 없다. 어째서 왕언니는 죽기 전에 홍희란에 대한 흔적을 단 하나도 남기지 않았을까? 어쩌면 홍희란이 그 흔적을 모두 지운 건 아닐까?

"맞다! 엄마가 죽기 전에 심부름시킨 적이 있어요."

"무슨 심부름?"

"무슨 봉투를 배달하라던데요."

"편지일 리는 없을 테고. 혹시 그 안에 뭐가 있었는지 아니?"

"몰라요. 사진 같았어요."

"사진??"

"네. 혹시 돈인가 해서 햇빛에 대보니까 돈은 아니고… 빳빳하고 그림 같은 게 있는 게 딱 사진이던데요? 한 두세 장쯤? 아님 말고."

왕언니는 드러내놓고 돈을 요구한 것보다 더 큰 죄를 지은 것이

틀림없다. 다시 말해 홍희란에게 있어 돈보다 더 큰 가치를 지닌 것을 건드렸고 그것이 홍희란의 노여움을 샀다는 얘기가 된다. 그것이 사진과 무슨 상관일까? 사진의 피사체는 공간 혹은 인물. 여기선 인물일 것이다. 홍희란에게 가장 중요한 인물?

'자식.'

가설이 맞다면, 왕언니는 홍희란의 자식에 대한 정체를 알고 있다는 얘기가 된다. 그런데 단순히 자식의 사진을 보낸 것만으로 죽음에 이르렀다 하기엔 설명이 빈약하다. 자식의 약점을 '인질' 삼아 협박했다면 또 모를까.

그런데 배송업체를 이용하지 않고 아들을 시켰다? 왜? 기록을 남겨선 안 되니까. 그런 면에서 녀석은 배달 라이더다. 주변에서 흔히 볼 수 있고, 나이까지 어려서 경계의 대상이 되지도 않는다. 당연히 어딜 오가는 것에 대한 기록도 없다. 사건 사고가 벌어지지 않는 한 지극히 사생활이기 때문이다.

"혹시 어디로 보냈는지 아니?"

"기억 안 나는데요."

"대강 어딘지는 알 거 아냐."

"모른다고요."

"그냥 시키니까 한 거야?"

"네. 돈 준대서."

"무슨 돈?"

"오만 원이요."

그때였다.

"이지섭 님."

때마침 간호사가 들어오며 무심하게 커튼을 둘렀다.

"항생제 드리고, 혈압 좀 재볼게요. 팔 걷으실 필요는 없고요. 재는 동안 움직이거나 말씀하지 마세요."

커튼 밖에 잠시 비켜 나와 있던 그때, 옆 테이블 위에 놓인 녀석의 스마트 폰이 눈에 띄었다. 옆 침상이 공석인 관계로 그냥 올려둔 것으로 보였다. 의료용 혈압계가 작동하면서 가벼운 소음이 침묵을 메꿨다. 기회는 지금이다. 혜수는 손에 넣은 스마트 폰의 암호를 금방 풀었다. 십 대 남자아이의 암호 패턴은 간단하다. 기역, 니은, 혹은 브이. 서둘러 최근 행선지를 알 수 있는 라이더 전용 앱을 열었다.

왕언니가 출소한 건 6월 18일이고, 그로부터 열흘 후인 6월 28일에 혜수가 출소했다. 그리고 출소 당일, 익사체로 발견된 왕언니의 소식을 터미널에서 뉴스로 접했다. 그러므로 공백은 열흘이다. 그 사이에 왕언니가 죽었다. 녀석의 스마트 폰에는 그 열흘 동안 입력한 주소 여러 개가 거뜬히 나왔다. 이 중의 하나가 홍희란의 집일 것이다.

밑으로 터치하며 찾던 그때, 주소 하나가 눈에 들어왔다. 재빨리 동, 호수만 머릿속에 넣은 뒤에 다시 제자리에 올려두었다.

"혈압 정상이시고요. 이따 저녁때 다시 재러 오겠습니다."

간호사의 말이 끝나기가 무섭게 녀석이 거칠게 커튼을 열어 젖혔다. 혜수는 급하게 스마트 폰을 내려놓은 만큼 머릿속에 잔상으로 남은 주소를 저장하기 위해 잠시 멍한 채 서 있어야 했다. 일부러 무의미하게 헛기침만 내뱉었다. 그리고 때마침 피자가 도착했다.

"배달하신 피자 왔습니다."

보온 가방에서 막 뜨끈한 라지 사이즈의 피자를 꺼내자 아이가 두 팔꿈치로 상체를 일으켰다. 가만히 지켜보던 혜수가 낚아채며 말했다.

"너 이거 먹지 마."

혜수는 병실을 나오면서 복도 데스크를 지키고 있는 간호사들에게 대신 피자를 건넸다. "고생 많으시죠. 드시고 하세요. 파이팅." 그리고 어디론가 통화버튼을 눌렀다.

─ 두꺼비 아저씨. 나예요, 변혜수.

─ 혜수? 언제 나왔어?

─ 며칠 됐어요. 잘 지냈어요?

─ 아파트 매매 사기로 4억 날린 것 빼고는 잘 지내.

─ 오래 살고 볼 일이네. 아저씨가 되레 당하는 걸 다 보고.

─ 그러게. 나도 이제 한물갔나 봐. 그런데 무슨 일이야?

─ 부탁할 게 있어요. 인천 동구 연안동에서 쓸 만한 업체 하나만 찾아줘요. 가능하면 오늘 중으로 빨리. 궁금할 것 같아서 미리 말해두자면, 누굴 좀 잡아먹어야 하거든요.

─ 나오자마자 일하게? 근면 성실한 건 알아줘야 해. 누군데 그래?

─ 자세한 건 나중에 들으시고. 여하튼 부탁해요. 끊어요, 나 전화 왔어.

◆ ◆ ◆

전화가 아니라 문자였다.

요청하신 서적
『버림받은 여자의 일생』의 재고가 확인되었습니다.
가상계좌로 입금 시, 배송이 시작됩니다.
– ○○ 중고 서적몰 –

혜수는 즉각 은행 앱을 통해 금액을 이체했다. 그러자 5분여 만에 발송을 준비한다는 메시지가 도착했다. 『버림받은 여자의 일생』은 어느 작가가 홍희란을 주인공으로 하여 일인칭 시점에서 쓴 책으로 오래전에 출간되었다. 표지 안쪽에 적힌 소개말에 따르면 지금은 환갑이 넘었을 작가는 홍희란과 가까운 사이로 당시 책 제목처럼 '버림받은' 상태였던 그녀의 일생을 책으로 쓰자고 제안, 홍희란이 이를 흔쾌히 수락하였다고 한다. 항간에 떠도는 소문에는 드라마 작가의 러브콜도 매몰차게 거절한 홍희란이 책으로 출간했던 긍정적인 이유는 작가와 그렇고 그런 사이라는 소문도 있었다는데 그건 아무래도 상관없다.

그 책을 통해 홍희란에 관한 '진짜 이야기'를 알아낼 수 있을 것이다. 복수와 탐욕에 사로잡혀 여러 사람을 제거하고, 거대 가문을 무너뜨린 경위에 대해 알기 위해서는 그녀의 삶을 아는 게 먼저니까.

어쨌거나 저렴한 값으로 책을 구입한 건 행운이었다. 뒷부분 1/4 가량이 없는 낙장이지만 판매자가 눈치가 빨라 고객의 안달 난 구매욕을 알아차렸더라면 능구렁이처럼 값을 더 불렀을지도 모른다.

하루 일정을 마치고 집으로 향했을 때는 밤 9시.

집 근처에 다다랐을 무렵, 어디선가 흐느끼는 소리가 귀에 닿았다. 느린 걸음으로 다가가자 집 앞에서 나는 소리였다. 스마트 폰으로 플래시를 켜자 소스라치게 놀라고 말았다. 긴 머리를 늘어뜨린 여자. 피에로처럼 검은 눈물자국이 해괴하게 일자로 남아있는, 옥녀였다. 본 순간 뛸 듯이 기분 좋은 전율이 온몸에 일었다. 그러나 일부러 퉁명스레 말했다.

"거기서 뭐 해?"

"언니…"

"우리 각자 인생 살기로 하지 않았나?"

그러면서 비꼬는 말투 어딘가엔 다시 한패가 될 수 있어 반가운 감정도 실려 있었고, 그 사실을 모를 리 없는 옥녀가 머뭇거리며 입을 열었다.

"언니, 나…"

"같이 일해보자 이거지? 들어와."

열쇠를 욱여넣으며 말했다.

"응?"

"너 돈 필요하잖아. 푼돈 말고 큰돈."

"나 돈 필요한 거 알고 있었어?"

"그걸 내가 어떻게 아냐? 밑천 떨어진 얼굴로 왔으니까 하는 소리지."

"웬수가 따로 없어."

"잘나신 춘부장? 그래, 이번엔 뭐래? 또 도박?"

방마다 불을 켠 혜수가 각티슈를 통째로 건네며 물었다. 집안은 미처 풀지 않은 짐들이 즐비하게 쌓여 있었다.

"아니. 경마."

한쪽에 쌓여 있는 『연기학개론』, 『마이클 케인의 연기수업』 등의 책을 쓰다듬으며 옥녀가 대답했다.

"그게 도박이야."

"응…"

"천륜도 이젠 철륜이란다. 녹이 슬면 얼마든지 끊어내는 세상이라고."

"남들은 잘만 그러는데, 나한텐 해당 안 돼…."

"왜 못 해? 하면 하는 거지. 우거지상 할 거 없어."

"아니 어떻게 된 게 하루라도 사고를 안 치는 날이 없냐고? 웬수야, 웬수! 이번이 잘 된다는 보장도 없고, 갚으면 뭐 해? 또 빚질 거 아니냐고? 갚고, 빚지고, 갚고, 빚지고. 도대체 언제까지 그렇게 살거야? 언제까지 내 발목을 잡을 거냐고? 내가 죽어야 끝나! 언니, 내 말 듣고 있어?"

"왜 나한테 성질이야? 빚더미에 올린 너희 아버지 놔두고."

"짜증 나니까 이러지!"

"도대체 당하면서도 매번 싸고도는 이유가 뭐야?"

"어쨌든 날 키워줬잖아. 안 버리고."

"말은 바로 하자. 아빠가 키웠냐? 네 고모가 키워 준 거지."

"어쨌든. 고모 때문에라도 더더욱."

라면 물을 올리다 말고 스마트폰 메시지를 확인했다. 마침 알림이 울린 참이었다.

"그만 징징대고 현관문이나 열어봐. 택배 왔대. 일찍 왔네. 생각보다."

"뭘 또 주문했는데."

옥녀가 가져온 택배 상자를 거실 한 귀퉁이에 내려놓았다. 혜수가 웃으며 말했다.

"이 언니가 말이다. 홍희란이 정확히 몇 동 몇 호에 사는지 알아냈단다."

"정말? 언제?"

"네가 꼬라지 내고 연락 안 받는 동안."

"미안. 근데 어떻게 알아냈어?"

"왕언니가 감옥에 있을 때 그랬거든. 홍희란이 오랫동안 어디에 짱박혀 숨어 살다가 작업 할 때 되니까 일부러 김신건이 사는 곳 근처에 있는 아파트로 이사를 왔다는 거야. 그런데 그 아파트가 재건축을 앞두고 있어서 반대하는 주민들이 농성을 벌인다 어쩐다, 하는 것까지 들었거든?"

"재건축이면 좋은 거 아냐? 왜 농성을 벌여?"

"주로 노인네들이 벌이는 거지. 나가야 하니까. 나중에 웃돈 주고 다시 들어와야 하는데 그럴 돈이 없으면 환장하는 거지. 이사하는 것도 일이고. 그냥 한 곳에서 쭉 살다가 눈 감고 싶지 않겠어? 아무튼. 김신건이 살다 죽은 이 인천 동구에 소재한 아파트 중에 재건축을 앞둔 곳은 총 두 군데야. 그런데 한 군데는 이미 입주민들 대부분이 작년 봄에 모두 퇴거했어. 왕언니한테 들은 게 한 달 전이니까 남은 건 재건축 되지 않은 한 군데지."

"얼마 전에 이사 온 언니네 집 근처 맞지?"

"응. 바다아파트."

"근데 동 호수는? 그건 어떻게 알아냈는데? 우편함 뒤졌어?"

"아마추어도 아니고. 홍희란 나이 정도면 당연히 누군가의 도움 없인 일상생활이 어렵지. 하지만 의심이 많아서 하루 종일 자기 곁에 누굴 둘 위인이 아니라고 생각했어. 그 말은 뭐냐? 도움은 받되, 하루 일정 시간만 보살펴 주는 방문요양서비스를 받을 거란 얘기지."

"아! 들어봤어. 요양보호사!"

"그래. 그런데 요즘 방문 요양보호사도 일반 취업 과정이랑 똑같거든. 마찬가지로 구인구직 사이트에 채용공고가 올라와. 그럼 노인이 남자냐, 여자냐, 독거냐, 가족이랑 사느냐, 또 장기 요양 등급에 따라 컨디션 봐가면서 지원하고, 면접을 보는 거야. 홍희란의 경우 독거에 거동이 불편한 여자 노인. 거기다 기초 생활 수급."

"돈이 그렇게 많은데?"

"말은 바로 해야지. 아직 유산 못 받았어. 받았다 해도 자식놈 명의일 테고. 그럼, 보통 3등급 내지 4등급이야. 그래서 구인구직 사이트에 들어가서 검색했지. 기간은 최근 3개월, 지역은 동구 연안동으로 설정했더니 세 집이 나오더라고. 그런데 그중 한 집은 할아버지도 같이 거주한다고 했으니 탈락."

"두 집이 남았네."

"맞아. 그리고 확인 사살은 오늘 왕언니의 아들을 만나고 나서 빵!"

혜수가 총을 쏘는 시늉을 했다. 녀석의 스마트 폰에서 확인한 최근 방문지에서 본 주소와 혜수 자신이 걸러놓은 두 집의 주소 중 일치하는 곳이 목표 지점이었다. 그렇게 해서 얻은 주소는 인천 동구 연안동 바다아파트 103동 109호.

"언니 정말 똑똑하다… 진짜 언니는 대도가 될 거야."

"고마워. 자, 이제 앞으로 하루에 세 시간씩 두 번, 우리가 그 집엘 찾아갈 거야."

라면 물을 올린 냄비에 가스를 켜며 말했다.

"어떻게? 무슨 명분으로?"

"뜯어봐."

혜수가 고갯짓으로 택배 상자를 가리켰다. 옥녀가 포장 테이프를 뜯어 개봉하자 안에는 에어캡으로 칭칭 감긴 아크릴판과 명패 제작에 관한 팸플릿이 담겨 있었다. 설마설마하는 얼굴로 판 전면에 부착된 불투명한 테이프를 뜯어냈다.

천세누리 방문요양센터

"설마?"

"아무래도 자연스럽지? 오늘 속성으로 주문 제작했어."

"대박이야!"

"이제 홍희란은 우리 꺼야."

"언니 진짜 장난 아니구나?! 역시 인문계야!"

순식간에 계획이 이해되자 옥녀가 하이톤으로 소리치며 아이처럼 발을 굴렸다. 그러다 다시 물었다.

"그런데 이것만으로 들어갈 수 있겠어? 우리 진짜 요양센터도 아니잖아?"

"당연히 빌린 거지. 명의만."

"명의만?"

"정부 돈 뒤로 타 먹은 센터 하나 잡았어. 쉬는 날도 근무한 걸로 쳐서 뒷주머니를 챙겼더라고. 신고당해서 문 닫기 전에 명의 빌리는 걸로 합의했고."

"언니가 이틀 만에 그 많은 걸 다 했다고?"

"당연히 두꺼비 아저씨한테 부탁했지. 업체 좀 알아봐 달라고."

"세상에! 그 아저씨 요즘 어떻게 지낸대? 아직도 동대문에서 상표 가지고 장난쳐?"

"음음. 이젠 마음잡고 금은방 한대."

"퍽이나. SNS 프로필 보니까 의사 가운 입고 있던데 뭘."

"어쨌든. 요양보호사가 되어서 홍희란의 집에 하루 두 번 방문하는 거야. 오전, 오후로 나눠서 말이야. 오전엔 내가 갈 거고, 오후엔 다른 사람이 갈 거야."

"다른 사람 누구?"

"예전부터 그 집에서 요양보호사로 일하던 아줌마."

"믿을 만해?"

"아무리 센터를 넘겨받았어도 요양보호사 전체를 자를 순 없어. 그 아줌만 그대로 고용해야지."

"그래도 그렇지. 이 큰일에 생판 모르는 사람을 끼워 넣자는 거잖아?"

"이용하자는 거야. 시급의 두 배로 쳐서 주기로 했어. 사는 게 어려운가 봐. 돈만 주면 무조건 오케이라네. 그럼 우리는 일당 7만 원을 주는 대가로 고급 정보를 얻는 셈이라고."

"난 반대."

"어쩔 수 없어."

"인생은 전쟁이야. 실전이라고. 어제의 후방이 오늘의 전선이 된다는 거 몰라?"

"그냥 전우라고 생각하자. 아군."

"얼마든지 적군이 될 수 있는 아군이겠지."

"뭘 그렇게까지 비관적이냐."

"현실이 그래. 그 아줌마 너무 믿지 마."

"방법이 없어. 갑자기 요양보호사가 바뀌고 센터장까지 바뀌면 홍희란이 의심할 수 있잖아. 오히려 안심시킬 수 있는 좋은 방패막이가 될 거야."

"센터장은 누군데?"

"너."

"나? 내가 뭘 할 수 있는데?"

"경우에 따라선 사회복지사 역할도 해야 해."

"왜 나만 어려운 거 시켜?"

"제일 편한 거야. 별거 없어. 가끔 와서 어르신 불편한 덴 없으시냐, 건강은 괜찮으시냐, 그런 거 물어보면 돼. 들어보니까 가뭄에 콩 나듯 얼굴 비치면 된다니까 너무 쫄지 말고. 연기한다고 생각해. 아, 화장 너무 짙게 하면 들통난다. 옷 그런 거 절대 안 돼. 최대한 단정하게. 오케이?"

"오케이."

"명심해. 우린 완벽한 세트장에서 완벽한 연기를 해야 해."

끓는 냄비에 스프 두 개를 털어 넣으며 말했다.

"완벽한 세트장에서 완벽한 연기."

"응. NG에 허비할 필름 없어. 자칫 잘못하면 간판 내려야 되는 거야."

옥녀는 책상 위에 널브러진 서비스 일정표와 지침서 따위의 서류들 틈에서 근로계약서를 꺼내 들었다.

근로계약서

(갑) 사업자 : 천세누리 방문요양센터

대표자 : 서옥녀

소재지 : 인천시 동구 연안동 37-2

(을) 근로자 : 변혜수

주민등록번호 : 861109-2XXXXXX

주소 : 인천시 동구 연안동 16-5 101호

업무 내용은 기본 목욕과 식사 도움, 외출 시 동행 및 말벗 등으로 말 그대로 독거노인의 일상을 보살피는 일이다. 어디까지나 표면적으로는.

"언니도 참. 내가 안 오면 어쩌려고 대표자 란에 내 이름을 떡하니 써놨대?"

"내가 널 모르냐?"

"너무 잘 알아서 탈이지."

"그나저나 참 얍삽해."

"뭐가?"

"보니까, 요양 서비스 받는데 자기 부담금이 8만원밖에 안 돼. 라면 반으로 부술까?"

"마음대로. 근데, 이거 나라에서 하는 사회복지 아니야? 그래서 저렴한 거겠지. 뭐가 문제야?"

"모르긴 몰라도 그간 모은 돈이 있을 텐데 정부 보조금을 받는다는 것 자체가 문제지. 자식도 있는 양반이 도대체 무슨 수로 기초 생활 수급자가 됐나 몰라."

"언니. 여러 사람 증거도 안 남기고 해치운 할망구야. 동사무소 직원 속이는 것쯤은 누워서 떡 먹기였을 걸."

"하긴."

"이런 사람들 뉴스에서 많이 나오잖아. 차는 외제 끌고, 걸핏하면 동네 의원에 가서 공짜로 물리 치료도 받고. 궁상에 진상에."

"가장 중요한 건 기한이야."

혜수가 편의점에서 사 온 김치와 그릇을 세팅하며 말했다.

"기한?"

"오늘 뉴스를 보니까 경찰 쪽에서 왕언니 사건 수사하려고 대대적으로 전담팀을 꾸렸대. 게다가 신건그룹 회장의 유산 상속 기한도 임박했고."

"얼마나 남았는데?"

"한 달."

"한 달?? 코앞이잖아? 그 사이에 경찰이 왕언니의 죽음을 자세히 파헤치면 안 되는데…!"

"내 말이. 그렇게 되면 홍희란이 제일 의심을 받을 거야. 그러니까 수사가 더 진전되기 전에 얼른 상속받고 도망을 가든 하겠지. 그 안에 우리가 작업해야 해. 그런 의미에서 보면 홍희란이 치매에 걸린 건 진짜 하늘이 도운 거야."

혜수가 행주로 냄비의 양 끝을 잡고 가져가자, 옥녀는 눈에 보이는 두꺼운 책자 아무거나 받침대로 들이밀며 물었다. 『감독을 위한 영화 연기 연출법』.

"그런데 언니. 우리 정말 잘할 수 있겠지?"

"문제없어."

"우린 영화에 나오는 것처럼 막 되게 똑똑하고 작전 잘 짜고 그런 사람들이 아니잖아. 어설플 수 있는데… 잘… 되겠지?"

"우리가 왜 안 똑똑해? 그동안 손발 척척 맞았던 적이 얼마나 많았어?"

"많았지."

그러면서도 이렇다 할만한 '업적'이 떠오르지 않는 눈치였다. 사기 진작을 위해 혜수가 들었던 젓가락을 도로 내려놓고 말했다.

"너 중학교 때 담임한테 귀걸이 압수당한 거에 앙심 품고, 다른 애들이 뺏긴 것도 같이 훔쳤잖아. 덕분에 학부모들이 와서 담임한테 배상해 내라고 난리치고. 그때 교무실 캐비닛 누가 따줬는데?"

"언니가."

"공항 세관 창고에서 단기 아르바이트할 때 빼돌린 짝퉁 샤넬 가방. 그거 정품이라고 속여 판 세관 공무원 역으로 협박해서 돈 뜯어낸 거 기억 안 나? 그거 누가 했는데?"

"언니가."

"우리가."

"우리가."

"그래 우리가 해냈어, 옥녀야. 덩달아 지게차 팔레트 안에 필로폰 숨겨진 것까지 밝혀지는 바람에 우리 용감한 시민상도 받았잖아."

"듣고 보니 우리 대박이었네. 이런 걸 두고 포트폴리오라고 하나?"

"거봐. 너 똑똑하다니까."

신이 난 두 사람이 라면을 힘 있게 흡입했다. 양 볼 가득 야무지게 채워 넣은 옥녀가 다시 물었다. 정작 중요한 것에 대하여.

"그런데, 그 할망구 말이야. 상속받을 유산이 정확히 얼마일까? 언닌 알아?"

"모르긴 몰라도… 한 2,000억?"

한 손으로 입을 틀어막은 옥녀가 천천히 다른 한 손을 들었다. 소리 없는 하이파이브지만, 서로의 땀이 묻어날 정도로 두 손을 꽉 맞잡고 흔들었다.

"불겠다. 빨리 먹어."

돈독해진 두 사람 사이에 라면의 열기가 더했다.

3

늦은 밤. 인천 동부 경찰서 형사과.

퇴근시간이 한참 지난 만큼 곳곳에는 자리가 비어 있다. 바깥에는 굵은 비가 주룩주룩 창문에 비껴드는 와중에 채 형사는 책상에 떡하니 두 발을 올려놓고 입을 벌린 채 잠에 들었다. 구멍 난 양말이 꼴불견인 건 둘째 치고, 드렁드렁 코까지 곤다. 막 깊은 잠에 빠질 무렵, 휴대전화의 벨소리가 울리는 바람에 소스라치게 일어나는 채 형사. 발신자를 확인하더니 목을 가다듬고 몇 박자 뒤에 받았다.

– 예, 김 경위님. 아뇨, 아직 퇴근 안 했습니다. 어디요? 포구 7가 27… 매운탕 집 씨씨티비요? 예예, 아유 번거롭기는요. 내일 애들 보내서 확인해 보겠습니다. 네? 바로요? 아… 알겠습니다.

열심히 메모하지만, 실상은 가운데 손가락(凸)을 정성스레 낙서했을 뿐이다. 그렇게 전화를 끊고 난 다음, 방금 전의 응대와 달리 다시 의자 뒤로 몸을 깊숙이 묻으며 몸부림에 가까운 기지개를 켰다. 그때, 마침 순찰을 마치고 돌아온 젊은 순경 하나가 눈에 띄었다. 어깨에 묻은 빗물을 털며 유유히 자기 자리로 돌아가려 하자, 괜

히 노려보더니

"너 일로 와 봐."

그리고 발 만지던 손을 쓱 올리자, 순경은 한두 번이 아닌 듯 그 앞에 얼굴을 가져다 댔다. 그리고 볼을 쓰다듬으며,

"복귀했으면 인사 좀 하자. 언제까지 내가 먼저 아는 척을 해야 되냐?"

"죄송합니다."

"나랑 친하게 지내기 싫어?"

"친하게 지내고 싶습니다."

"그럼 가서 커피나 타와. 하는 거 봐서 마음 연다."

"네."

순경이 등 떠밀리듯 탕비실로 들어간 사이, 채 형사가 이번엔 벽 끝 파티션을 향해 말했다.

"어이, 박 형사."

"예, 선배님."

그러면서 괜히 코끝을 훔치더니 자연스럽게 방금 전에 부여받은 임무를 토스하며 말했다.

"내가 주소 하나 찍어줄게. 이따 포구에 가서 씨씨티비 좀 따 와. 새벽 한 시부터 세 시 사이로. 상인회 사무실 알지? 수협 위에 2층. 거기 가면…"

"제가 그런 거나 따올 짬밥입니까?"

"아, 부탁 좀 하자."

그 사이, 이쪽을 힐끔거리던 순경은 뜨거운 물에 커피믹스를 털어 넣고, 이어서 자신의 가래침을 엿가락처럼 길게 늘어뜨려 넣는 데 성공했다.

"또 김 경위님이죠?"

"응. 나이도 어린놈이 지네 일을 꼭 나한테 시키고 지랄이야. 가뜩이나 날도 안 좋은데."

"어라? 여기…"

"왜? 아는 데야? 어, 땡큐."

채 형사는 순경으로부터 받아 든 커피를 소리 내어 한 모금 마셨다. 후루룩.

"이번에 여성 시신 발견된 사건인가 본데요? 등에 호랑이 문신 있던 40대 여자."

"아, 그래?"

"네. 그때 용의자가 한둘이 아닌 것 같던데… 행적을 추적하다 보니까 매운탕 집에 들렀다는 제보가 있던 걸로 알고 있어요. 그래서 씨씨티비 확보하라는 건가 보네요."

"잠깐. 혹시 죽은 그 여자…"

"맞아요. 신건그룹 손녀 살해범."

콰광…! 밖에서 천둥이 치면서, 번쩍 하고 하늘이 갈라지는 빛이 났다.

"5세 여아 살해범을 죽인 놈들이라… 나쁜 놈들이야, 착한 놈들이야?"

"당연히 나쁜 놈들이죠. 선배님도 참."

"나도 알아. 여하튼 부탁해. 나 오늘 거기 갈 시간 없어. 집에 장모님 오셨대서."

따르르릉-

그때, 어디에선가 전화벨이 울리자 순경이 달려가 받았다.

- 네, 동부 경찰서 형사과… 어디시라고요? 잘 안 들립니다. 말씀 좀 똑바로 해보세요. 댁이 어디시죠?

차츰 감이 잡히자 조금씩 순경의 태도가 느슨해졌다. 늘 이런 쓸데 없는 전화가 온다. 장난 전화, 경찰을 봉으로 아는 전화.

- 네… 전화 주신 분 성함이 어떻게 되시죠? 알겠습니다. 바로 접수하겠습니다.

물론 아니다. 순경은 어깨와 턱 사이에 끼고 있던 수화기를 내려 놓은 다음, 경멸의 웃음을 지었다.

"무슨 전환데?"

채 형사가 물었다.

"장난 전홥니다."

"그런 건 무시하고 끊어야지, 쓸데없이 뭐 하러 길게 붙들고 있어? 연애하냐?"

"누가 자기를 해코지할 거라나 뭐라나… 말이 많아서요. 약간 정신이 아픈 사람 같기도 하고요."

"요즘 떠오르는 단골 진상 얘기 하나 해줄까? 사거리 앞에 작은 빌라 하나 있지? 거기 사는 신혼부부인데 걸핏하면 남편이랑 쌈박

질하고 전화를 하거든? 신고할 땐 당장이라도 이혼할 것처럼 굴더니 또 그렇지도 않아. 언젠가 출동했을 때 정 도움이 필요하면 연락하라고 지자체에 관련 센터 번호 알려줬더니, 개뿔. 지난 주말엔 부부가 팔짱 끼고 하하호호 하면서 마트에서 장을 보더라고. 그런 진상들은 삼진아웃제로 아주 신고도 못 하게 해야 되는데 말이지. 일일이 상대해 주지 말란 얘기야."

"네. 알겠습니다."

책상 위에는 조금 전에 순경이 끄적인 메모지가 선풍기 바람에 나풀거렸다.

'연안동 바다아파트 103동 109호'

✦ ✦ ✦

치이이익- 치이익-

벌레 수백 마리가 기어가는 듯 거친 입자의 방송조정 화면이 나오고, 앉은뱅이 소반 위엔 먹다 남은 수박 조각과 틀니가 날파리의 괴롭힘에 무방비로 당하고 있었다. 수화기를 천천히 내려놓은 노인의 작은 체구가 달빛에 오도카니 빛이 났다. 품이 넓은 인견 남방은 구김 하나 없이 단정하게 손질이 되어 있지만 미처 염색하지 못한 흰머리는 그이가 세월 앞에 나약한 노인이라는 것을 과감하게 들추어내고 만다.

잠시 후, 노인의 작은 등이 들썩이면서 키득대며 웃는 소리가 새어 나왔다. 전화기 LCD 액정화면에는 112가 찍혀 있었다.

REC 00:00:38

2부

제대로 된 사기를 치기 위해서는
두 가지가 필요했다.
대단한 사기꾼과
대단한 바보.

- 슈테판 츠바이크 『마리 앙투아네트』

『버림받은 여자의 일생』 13쪽

1964년.

"이 애비도 없는 것아. 흙장난 그만하고 와서 밥이나 먹지 못해?!"

그러자 뚝배기에 막 수저를 가져가던 손길도 멈춘 채, '중절모 아저씨'는 왜 애를 그리 부르냐며 엄마를 크게 타박하였다. 물론 '애비도 없는 것'을 낳은 여자가 들을 만한 호칭으로 말이다. 너, 야, 어이. 하지만 그중 최악은 '이 년'이었다. 그럼 마치 그 소리가 나오기만을 기다렸다는 듯이 엄마는 상을 뒤엎었다.

"내가 어디 틀린 말 했수?"

"에잇! 또 시작이냐?!"

중절모 아저씨가 수저를 팍! 하고 방바닥에 내던졌다.

"당신이 암만 귀한 집 고량자제면 뭔 소용이오? 내가 천하디천한 술집 년인 것을. 그러니 내 새끼도 지 애비가 눈앞에 떡하니 있는데도 애비라고 부르지도 못하는 거 아니오? 내가 어디 틀린 말 했냐 이 말이오?! 입이 있으면 대답을 해 봐! 인간아!"

결국 한바탕 벌어지는 육탄전의 결론은 첩 자식도 자식이니 당당하게 호적에 올리고 이름을 지어내라는 것이다. '중절모 아저씨'는 집에 본처가 두 눈 뜨고 서슬 퍼렇게 있는데 어떻게 밖에서 낳은 자식을 데려갈 수 있겠냐고 우는 소리로 항변했다. 그러면서 급한 대로 당장 발등에 떨어진 불을 진압하고자 그 자리에서 밥 먹다 말고 이름을 하나 뚝딱 지어 냈다.

"희라이. 어떳노? 홍 희라이. 예쁠 희! 꽃 란! 뜻 죽이제? 그쟈?"

그러나 그것에 만족하고 물러설 엄마가 아니었다.

며칠 후.

아침 일찍부터 나는 엄마 손에 이끌려 종로 모처에 있는 으리으리한 한옥 집에 도착했다. 초인종이 있음에도 엄마가 온 힘을 실어 대문을 쾅쾅쾅! 하고 두드렸다. 일종의 선전포고인 셈이다. 이윽고 안에서 일하는 여자가 헐레벌떡 뛰어나와 문을 열었다. 그러나 한눈에 봐도 옷차림이며 얼굴 생김새가 평소에 그 집 문턱을 드나드는 님들의 그것과 확연히 다르다는 것을 깨달았는지 아니면 같은 여자로서 어떤 촉을 느꼈는지 몰라도 목소리에 가시가 돋쳤다. 하대하는 투였다.

"어떻게 오셨어요?"

"나 이 집 마나님 보러 왔습니다!"

"여기가 어딘 줄 아세요? 홍낙균 의원님 댁이에요!"

일하는 여자가 질책하듯 말했다. 그때 처음 들었다. 홍낙균. 종종 우리 집엘 찾아와 엄마의 옷고름을 가지고 장난치고, 나에게 바나나와 빨간 샌들과 크레용과 미제 주스를 사다 주던 '중절모 아저씨'의 이름을.

옥신각신하는 소리가 길어지자 안에서도 어떤 기척을 느꼈는지, 중후한 인상의 여자가 고운 한복 치맛자락을 한 손에 감아쥐고 나왔다. 안주인이었다. 엄마보다 열 살은 많아 보였고, 엄마에게 없는 기품이 있었다. 대문을 사이에 두고 선, 아니 안주인이 엄마보다 두 계단 정도 높은 데서 내려다보는 그 구도를 보고 있자니 이유가 분명치 않은 굴욕감이 마음에 번졌다.

"자네 이름이 뭔가?"

안주인이 대뜸 물었다. 어디서 뭐 하다 왔는지, 저 아이는 누구이며 내 집에 무슨 일로 왔는지는 다 건너뛰고 말이다. 아마 온 곡절을 한눈에 알아봤기 때문이리라.

"허이고. 오다가다 정붙인 년 이름을 죄다 외우면 어디 머리 아파서 살겠소?"

"묻는 말에나 대답하게."

"나 우이동 향운각의 심애숙이오."

그러자 안주인의 눈빛에 어떤 위화감이 떠올랐다. 엄마에 대해 이미 들어 알고 있었던 눈치였다. 어떻게 알고 있었을까? 도처에 남자들이 들끓는 요정의 마담으로? 거물을 붙잡으면 동전까지 탈탈 털어갈 정도로 돈에 환장한 여자로? 기세로 말할 것 같으면 뭇 사내 못지않은 독한 여자로? 그것도 아니라면 술에 취해 귀가한 남편의 눈치없는 주정을 통해서겠지.

"그래. 뭘 어쩌자고 아침 댓바람부터 남의 집 대문을 두드렸는가?"

"긴말 않겠소."

엄마는 대각선으로 하늘을 올려다보며 능청스럽게 말했다.

"이 집 씨니까 이 집에서 키우시구려."

그러자 안주인은 고개를 살짝 꺾더니 우두커니 서 있는 나를 위아래로 훑어보았다. 그리고 다시 엄마에게 물었다.

"의원님의 아이인가?"

"예! 집구석엔 시커먼 사내놈들만 있다고, 그래도 이 애는 여식이라고 애지중지 죽고 못 삽디다. 며칠 전엔 이름도 지어줬소. 못 믿겠으면 자, 보시우! 홍낙균 그 인간을 쏘옥 빼닮지 않았소?!"

"어허! 이런 천박한!"

처음으로 안주인의 미간에 내 천자가 생겼다. 남들 눈에는 그것이 일평생 하늘처럼 떠받드는 남편의 존.함.을 함부로 지껄여서 생겨난 노여움으로 비치겠지만, 약삭빠른 나는 알았다. 그것은 자신에게 곁을 내어주기는커녕 눈길도, 마음 한 자락도 허락지 않은 남편이 다른 여인과의 사이에서는 그 무엇도 범접하지 못할 농익은 정을 쌓고 있었더라는 사실을 깨달은 데서 오는 패배감이라는 것을. 순간 그 안주인이 가여우면서도 엄마가 이긴 것 같아 기쁘기도 하였다. 중절모 아저씨가 더 사랑하는 것은 우리 엄마라는 게 밝혀진 것 같아서 말이다. 그만큼 화류계 여자 특유의 도발적인 자태, 같은 여자가 봐도 너무 아름다워서 공포가 느껴질 정도의 매력, 그것이 엄마의 무기이자 자산이었다.

"이러다 애 얼겠네!"

엄마의 말에 비로소 내가 마시고 뱉는 숨결에서 입김이 난다는 걸 깨달았다. 어렴풋이 떠올리자면 내가 네 살인가 다섯 살인가 먹었을 적이었고, 크리스마스를 며칠 앞둔 겨울이었다.

"본데없이 구는 것도 정도가 있지…! 내 몇 가지 묻겠네."

"그러시구려."

"의원님도 아시는 일인가?"

"오늘 저녁에 들어와 보면 알겠지. 지도 눈이 달렸으면."

뒤에서 보다 못한 식모가 뭐라 거들려던 참에 안주인이 우아하게 손을 들어 제지했다.

"의원님과 정리는 다 되었고?"

"정리? 정리하고 자시고 할 게 뭐 있소? 그 인간 이제 나한테 낫 띵, 아무것도 아니올시다."

승기는 엄마의 온몸을 둘둘 감싸 휘광을 내뿜고 있었다. 안주인이 끝없이 밀리고 있는 게 느껴졌다.

"그 말 믿어도 되겠나? 또 의원님을 귀찮게 하지 않을 자신 있냐는 말이야. 설마하니 아이를 핑계로 또 이 집엘 들락거리…"

"이보시우, 성님."

엄마가 돌연 내 손을 획! 뿌리치고 대문 앞으로 성큼성큼 올라갔다. 나는 갈 길 잃은 내 손이 너무 가여워 엄마에게 서운한 마음마저 들었다.

공평하게 딱 마주 보고 서자, 비로소 두 사람의 눈높이가 같아졌다. 다만, 엄마의 키가 안주인보다 한 뼘은 더 컸다. 엄마는 쓰고 있던 털모자와 벨벳 장갑을 세게 벗더니 얼굴을 가까이 들이대고 크게 말했다. 내 귀에도 들릴 정도로 말이다.

"듣자 듣자 하니까… 한강에 배 지나가는 흔적 남는 거 봤수? 보

다시피 나 아직 이팔청춘이오. 더 늦기 전에 새출발해야겠으니, 성
님이 홍낙균이하고 계속 붙어 사실 요량이면 이 애도 거두라 이 말
이오."

"애를 거두라?"

"왜요? 이도 저도 싫으면 성님두 이참에 보따리 싸 들고 나오시
든가. 아, 세상천지에 널리고 널린 게 남자 아닙디까?"

그러면서 엄마는 안주인의 불호령을 단칼에 자르기라도 하듯, 휙
몸을 돌려 나에게 말했다. 이년아, 뭘 멀뚱거리고 서 있느냐고, 인사
드리라고, 이제부터 여기가 네 집이라고.

원했던 바다.

4

1일 차.

집에서 출발하여 도보로 20분. 연식이 40여 년이 되어가는 바다 아파트는 최근 트렌드를 따라 짙은 네이비 색으로 저층부에 도색을 했음에도 특유의 음울하고 막막한 분위기는 감추지 못했다.

단지 입구에 들어서면서 마음속에서 그동안 품어본 적도 없는 꿈, 희망, 야망-심지어 스스로도 깨닫지 못했던-이 꿈틀대고 있음을 느꼈다. 대학에 진학해서 배우고 싶었던 연기를 본격적으로 공부할 것이다. 극단 보조출연자로 있으면서 겪은 설움이 투영된 목표다. 여행도 좋다. 제일 먼저 호주 울룰루에 올라 가슴 가득 퍼지는 전율을 느껴볼 것이다. 체르니 50에서 멈췄던 한이 있으니 야마하 업라이트, 아니 그랜드 피아노를 한 대 구입한 뒤에 일대일 과외를 받을 것이고, 기본기를 다진 후엔 바이올린을 전문적으로 배워 시에서 주관하는 오케스트라에 오디션을 볼 것이다. 오케스트라에 오디션을 볼 생각은 최근에 했다. 초등학교 5학년 때 같은 반 짝꿍이 플루트를 했다. 당시에 피아노조차도 부의 상징이었고, 배우는 이가 적었는데 그 아이는 더불어 플루트를 다뤘다. 콩쿠르에도 출전했다. 그만큼 집이 잘살았다. 컴퓨터가 있었고, 그 컴퓨터 타자를 능숙하게 두드리는 그 아이의 엄마를 본 순간 큰 충격을 받았다. 사는 세상이 다르다는 것을 처음 깨달은 것이다. 차마 따라잡을 수 없는 경지의 수준이었기에 질투하는 대신에 동경하는 편이 빨랐다. 그런데, 그 동경의 대상이 곤두박질쳐진 모습을 본 건 몇 년 전이었다. 두꺼비 아저씨의 제안으로 막 오픈한 어느 편의점에 야간 아르바이트로 들어가 금고를 털기로 했다. 비가 주룩주룩 쏟아지던 날이었고, 날씨 탓에 손님이 없다는 건 금고를 털기에 더없이 용이한 조건이었다. 그때, 위태위태한 우산을 쓰고 누군가 들어왔다. 야간 아르바이트 공고를 보고 왔다며 비에 젖은 이력서를 내밀었다. 이쪽도 그쪽도 동시에 알아봤다. 응당 대기업에 취직하거나, 어린 시절의 꿈대로라면 국제기구에서 일을 하거나, 그도 아니면 본인이 잘했던 플루트로 뭐가 됐어도 됐을 그 아이가 이미 혜수가 꿰찬 최저시급의 편의점 아르바이트 자리를 갈구하고 있었던 것이다. 이제 공고가 끝났다고 했고, 그쪽도 알겠다고 했다. 모든 것이 서로 모른 척하는 상태에서 존댓말로 이루어졌다. 가게를 나서는 그 뒷모습을 보며 충격과 묘한 통쾌함이 온몸을 훑었다. 그동안 그 아이가 누린 것들, 마치 몸에 밴 듯한 총명함, 남들보다 신문물에 빨리 접근할 수 있었던 환경과 감각, 타고난 것만 같던 행운 그 모든 것들이 결국 '돈'으로 유지되어 온 공중누각에 지나지 않았다는 걸 알았다. 용기가 생겼다. 그 아이보다 못 할 것이 없었던 거라고. '돈'만 있으면 혜수 자신도 똑같은 삶을 누렸을 것이라고. 생각이 거기까지 미치자 가슴 한구석이 저릿하면서 동시에 의욕이 샘솟았다. 이제 직진뿐이다.

일 층 현관으로 들어갔다. 거대하고 두터운 원형 기둥이 두 개 세워져 있고, 한쪽에는 희끄무레한 창문 너머로 버려지다시피 한 경비실이 자리했다. 물론 제구실을 하지 않은 지는 오래되어 보였고 대신에 다양한 청소도구들이 공간을 채웠다. 어차피 이용할 일은 없겠지만 작게 창문이 난 엘리베이터도 아파트의 수명을 증명했다. 그 비좁은 통로를 지나면서 현관문에 붙어 있는 국가유공자의 집 명패, 교회 전단지, 관리비 미납 독촉 고지서, 잡지물 등을 통해 세 들어 사는 주민들의 정보를 차근차근 확인할 수 있었다.

109호. 현관문을 잠시 노려보던 혜수는 아. 에. 이. 오. 우. 입술을 자유자재로 당기며 준비된 미소를 연습했다. 친절해 보이게, 웃을 때 안면근육이 경직되지 않게, 산전수전 다 겪은 노인이 방심할 수 있게. 지금부터 시작이다. 그때, 현관문을 두드리기 위해 들던 손길이 멈칫했다. 이미 문틈이 벌어져 있었다.

"안에 계세요?"

잠시 머뭇거리다가 서늘함이 들어 뒤를 돌아보았다. 거기엔 백발의 노파가 이쪽을 노려보고 서 있었다. 왜소한 체격이었지만, 어딘가 모르게 단단한 구석이 느껴지는 모습으로. 서로 정체를 더듬는 눈길이 짧은 순간에 오갔다. 눈빛도, 표정도, 분위기도, 노인네치고 카메라 연기를 제법 한다. 혜수가 먼저 준비된 웃음으로 말했다. 질

수 없다는 듯이.

"안녕하세요? 어르신? 저 오늘부터 새로 온 오전 요양보호사입니다."

"……"

"들어… 가실까요?"

전용면적 15평. 거실 겸 안방에는 이 찌는 날씨에 전기장판이 깔려 있었고, 작은 체구가 빠져나온 그대로 이불 동굴이 만들어졌다. 그 자리에서 온종일 먹고 자는 모양이다. 어떤 노인들은 특별한 질환 없이도 한여름에도 추위에 떤다고, 감옥에 있을 때 TV에서 본 기억이 났다. 거실 한쪽에는 작고 쌈지막한 원목 책장이 있었는데, 소설책이나 잡지, 교회에서 나눠주는 전단물 따위가 꽂혀 있었다. 그러나 한 가지 공통점이 있다면 꽂혀있는 소설들이 『제인 에어』, 『소공녀』, 『오싱』, 『빨강머리 앤』 등 가여운 소녀들의 초년 운이 심난한 이야기들뿐이었다.

'하나같이 자기 팔자 같은 것만 쌓아두고 사네.'

노파는 요즘 시대에 드문 새하얀 삼베 저고리를 입고 있었는데, 그 모습이 마치 과부 며느리의 군기를 잡는 깐깐한 시어머니로 비치기도 했고, 어떤 면에선 겹겹이 쌓인 꽃잎처럼 우아함이 풍기기까지 했다. 눈썰미가 좋은 사람이라면 총기 넘치는 눈빛에서 젊은 시절에 한가락 했을 미색도 발견할 수 있을 것이고, 그보다 더 예리한 사람이라면 푹 파인 미간의 주름으로부터 산전수전의 행간까지도 모두 읽어낼 수 있을 것이다. 무엇이 됐든 혜수는 노파에 대해 어떤 정의도 속 시원히 내리지 못한 채 주섬주섬 자리에 앉았다. 앉고 보니 꽤나 멀찍이 떨어졌다. 자리에 앉기까지 줄곧 혜수에게 눈을 떼지 않던 노파는 그래도 손님 대접을 해야겠던지 작은 소반 위에 있는 두유를 손으로 넌지시 밀며 말했다.

"이거라도 먹어요."

상온에 오래 두어 미지근한 그것을 두 손으로 잡으며 혜수가 대답했다.

"감사합니다."

마시는 동안 치켜 올린 시선은 거실 내부를 훑기에 용이했다. 이.상.하.다. 으레 생애주기를 알 수 있는 가족사진이 단 하나도 보이지 않았다. 자식이나 그 외 가족이 없는지 궁금한 것이 아니다. 중요한 소품을 누락했다는 건 그만큼 급하게 마련한 세트장이라는 방증이고, 동시에 언제든 떠날 준비가 되어 있다는 뜻이기도 했다. 어쩌면 이런 데서 하루하루 지내는 게 노파에겐 고역일지도 모른다고 생각하자 웃음이 났다.

두유를 마신 후에 찾아오는 침묵을 어떻게 메꿔야 할지 고민에 빠진 가운데, 혜수는 또다른 '옥에 티'를 찾아냈다. 아직도 덜덜거리며 돌아가는 금성 선풍기이지만 110볼트 콘센트도 변압기도 찾아볼 수 없다는 점, TV 아래 첩첩이 쌓아둔 약 봉투가 구김 없이 빳빳하다는 점, 구형 밥솥에 달린 추는 낡았지만 그 주위에 말라비틀어진 수증기 자욱 없이 깨끗하다는 점 등. 명품연기자일 줄 알았는데 이제 보니 발연기자였다. 괜히 겁먹었다 싶은 혜수는 자신감이 생기자 가방에서 서류 더미를 꺼내며 기세 좋게 말했다. 본격적으로 레디 숏이다.

"들어서 아시겠지만, 기존에 센터장님께서 일신상의 이유로 센터를 양도하셨습니다. 그래도 염려하실 거 없어요. 오후에 오실 요양보호사 선생님은 그대로거든요."

"……"

"듣자 하니까 이번 달 말에 보청기 새로 맞추러 가신다고요?"

"……"

"제가 모시고 가면 되겠네요. 참, 여기 계약서에 나와 있는 대로 저는 변혜수 요양보호사예요. 그 밑에 할머님께서 사인 해주시면 돼요. 언제고 편하실 때 하세요. 그리고 여기 팸플릿을 보시면…"

그러면서 보건복지부에서 배포한 돌봄 서비스에 관한 자료를 펼치며 영혼을 담아 열연을 펼치는 것 또한 잊지 않았다. 하지만 이상한 것은 노파가 테이블에 시선을 떨어뜨린 채 고개를 주억이면서도 **딴생각**을 하고 있다는 느낌이 들었다는 사실이다. 특히 눈빛이 그랬다. 상대방 말은 안중에도 없고 그저 다음 차례에 자기가 무슨 대사를 쳐야 할지 속으로 고르고 고르는 눈치였다. 감옥에 있을 때 수많은 사기꾼들 틈에서 체득한 것 중의 하나는 그들은 방어를 위해 과장된 몸짓을 보이거나 시선이 불안정하다. 그런데 노파가 지금 그렇다. 조각처럼 꼿꼿하게 굳은 것 같지만 어딘가 모르게 불편해 보였다. 긴장하고 있다는 증거다.

그러다 무심코 던진 시선이 베란다 유리창에 닿았을 때, 소스라치게 놀라고 말았다. 조금 전까지만 해도 테이블을 향해 본드를 붙인 것처럼 미동도 없던 노파의 눈빛이 어느새 혜수를 향해 있던 것이다. 옆얼굴에서 소름이 끼쳤다. 다시 노파를 돌아봤을 때, 시선이 마주쳤다. 심지어 너무 가까운 거리에서. 머리털이 쭈뼛거리면서 숨이 멎는 줄 알았다.

"우리 선생님은 나이가 어떻게 되시나요?"

노파가 대화 전개와 전혀 상관없는 질문을 던졌다.

"서른… 아홉입니다."

"서른아홉…"

그러면서 손마디를 하나하나 짚더니,

"범 띠시구만."

"네."

"한창때네."

"감사합…"

"아참! 내 정신 좀 봐!"

그러더니 손뼉을 마주치며 부엌으로 향하는데, 냉장고에서 참외 하나를 꺼냈다. 어쩐지 그 행동조차 연기의 한 장면 같았다. 대강 시니어 모델을 불러다 찍은 듯한 저예산 지역광고의 한 장면처럼.

"괜찮은데요."

"잡숴 봐요. 어제 옆집에서 받은 건데, 아주 달고 맛있어요."

노파는 자신의 손님 대접이 스스로 생각해도 흡족했는지 뿌듯한 웃음을 띠며 싱크대 위에 과도를 집어 들었다. 그러다 얼마 안 가 짧은 비명과 함께 뚝뚝, 선혈이 떨어졌다. 손을 베인 것이다.

"에구머니!"

"가만히 계세요!"

혜수가 얼른 몸을 일으켰다. 노파의 손가락을 급한 대로 휴지로 지혈하고, 칼을 물에 헹구기까지 대략 몇 분이 지났다. 재수 없게. 불길하게. 처음 보는 자리에서 피를 보다니. 보통 영화나 드라마에서 초반부에 피가 나오면 꼭 끝에 가서는 누군가가 진짜 피를 흘리기 마련이다. 그리고 진부한 규칙상 일단 노파는 제외해야 맞다. 과연 그 대상이 누가 될지 찝찝하고 불길한 예감에 사로잡히던 그때였다. 왠지 이때쯤, 노파의 눈을 보는 게 맞겠다- 싶은 생각이 들었다. 그 느낌은 자려고 눈을 감았는데 쇠창살을 통해 느껴지는 남자 간부의 시선, 푸른 신호임에도 좌우를 살펴야 될 것 같은 한밤중의 건널목, 머리를 감을 때 뒤통수에 감지되는 서늘함 따위의 것이었다. 옆으로 고개를 돌린 순간, 노파의 태연하다 못해 싸늘한 시선이 순식간에 걷히는 느낌을 받았다.

'조금 전까지만 해도 무표정이었잖아. 왜 갑자기 웃는 건데?'

노파가 평온한 목소리로 말했다.

"고마워요. 선생님."

"별말씀을요. 앞으론 저한테 시키세요."

"알겠어요. 내가 첫날부터 선생님만 귀찮게 해드렸네요."

"정말 괜찮아요."

간신히 노파를 자리에 앉힌 혜수의 눈에 벽에 걸린 시계가 눈에 들어왔다. 약이 떨어진 것이다. 무려 세 시간이나 늦다.

"할머니, 집에 남은 건전지가 있나요?"

"건전지는 왜요?"

"시계 약을 좀 바꿔야겠어요. 시간이 안 맞네요."

"잘 돌아가는 것 같은데요?"

"아니에요. 지금 아침 10시인데, 이건 오후 1시…"

그.런.데.

어라?

노파의 시선이 어째 이상했다. 벽에 일직선으로 곧게 뻗은 시선에서 어딘가 공백이 느껴진 것이다. 잠시 후, 혜수가 노파의 주변을 공전하듯이 천천히 돌며 다시 말했다. 일종의 그것은 모험이었다.

"아니에요. 이제 보니 시간이 맞는 것 같네요. 제가 잘못 봤어요."

"그렇대도요."

심장이 두근두근 뛰었다. 이번엔 베란다 창문으로 향하며 다시 물었다.

"그나저나 방 안이 너무 어두운 것 같은데, 블라인드를 좀 올릴까요?"

1초.

2초.

3초.

정확히 3초 뒤에 노파가 대답했다. 그래요- 라고. 혜수는 환희의 미소를 지으며 착! 하고 블라인드 각도를 **내렸다**. 그러자 집안이 금세 어두워졌다.

"어때요? 훨씬 밝죠? 오늘은 날이 워낙 좋아서 빨래를 널면 아주 잘 마르겠어요."

아까보다 더 긴 침묵이 흘렀다. 입이 바짝 말랐다. 혜수는 죽어가는 사냥감을 주시하는 하이에나처럼 노파의 두 눈을 뚫어져라 주시했다. 망망대해를 표류하는 작은 배처럼 어딘가 외로워 보이고, 비어 있는 동공을. 이윽고 노파가 웃으며 말했다.

"좋네요. 아주 환하고."

YES!

긴장이 탁 풀리듯 줄곧 경직되어 있던 혜수의 두 어깨가 자연스럽게 내려앉았다. 어쩌면 생각했던 것보다 훨씬 쉬운 게임이 될지도 모르겠다.

✦ ✦ ✦

"대박이야!"

집으로 돌아온 혜수가 현관문을 열자마자 소리쳤다. 안에서는 책상 앞에 모범생처럼 바짝 앉은 옥녀가 TV 홈쇼핑에 나오는 서유럽 패키지여행 상품을 보며 이면지에 무언가를 열심히 받아 적고 있었다.

서유럽 8박 11일

프랑스/스위스/이탈리아

대한항공 직항

전 일정 5성급 호텔

4,999,000~

그리고 보니 단 한 번도 큰돈이 생기면 뭘 하고 싶은지 이야기를 나누어 본 적이 없었다. 그런데 노트엔 여행, 여행, 여행… 오로지 여행. 전과가 생기기 전에 도쿄, 프라하, 로마 등에 다녀왔던 혜수와 달리 옥녀는 단 한 번도 해외에 나가보지 못했다. 그나마 비행기를 탄 것이라고는 고3 때 제주도 수학여행이 전부였을 것이다. 홈쇼핑 광고를 보면서 근사한 브런치 카페에서 시간을 보내고, 벤츠를 타고 로마 투어를 하며, 밤에는 라 스칼라 극장 앞에서 상영하는 간이 콘서트를 관람할 생각에 신이 났을 옥녀의 모습이 묘하게 불쌍하면서도 한편으론 한심했다. 문득 거기에 대고 '돈이 생기면 자존감도 높아질 테니 그땐 너 자신을 사랑하는 습관을 가져봐.'라고 말해볼까 싶었지만 씨알도 먹히지 않을 것 같았다. 짝퉁 명품선물인 걸 알면서도 남자들의 프러포즈를 받아준 건 자존감이 낮아서가 아니라 누군가를 간절히 믿고 싶어서였으니까. 물론 지금은 그 피사체가 혜수가 되어 버렸다. 그러니 혜수는 반드시 약속을 지켜야 했다. 한탕 제대로 해 먹자는 약속.

"왔어? 근데 뭐가 대박이야?"

옥녀가 메모로부터 간신히 시선을 떼고 물었다.

"홍희란. 치매만 걸린 게 아니었어."

"또 뭐?"

"앞을 못 봐."

"정말?"

옥녀가 상체를 의자에서 떼며 물었다. 혜수는 리모컨으로 볼륨을 잔뜩 줄이고 말했다.

"테스트해 봤어. 눈앞에서 별짓을 다 했는데도 전혀 알아차리지 못하더라고! 햇빛도 분간을 못 해."

"햇빛도?"

"그래! 그럼, 게임 끝이잖아!"

"와우! 첫날부터 실적 제대론데, 언니?!"

"내 말이. 그런데도 홍희란. 능청맞게 연기를 하더라니까?"

"멀쩡하게 잘 보이는 척?"

"응. 불쌍해서 속아줬다."

"치매는 알았는데, 눈까지 멀 줄이야. 언니, 진짜 온 우주가 우릴 돕나 봐."

싱크대에서 손을 헹군 혜수는 대강 바지에 쓱쓱 문질러 닦더니 화이트보드를 끌어당겼다. 거기엔 계도가 그려져 있었다.

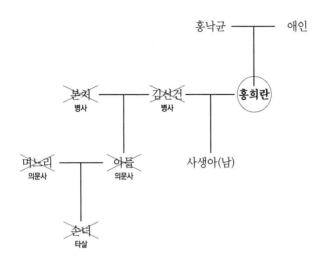

"그런데, 언니. 대체 앞 못 보는 할망구가 무슨 수로 왕언니를 처리했을까?"

"당연히 사람을 시켰겠지."

"왕언니처럼 사주 받은 인간이 더 있다는 얘긴데. 어쩌면 그 인간은 할망구가 숨긴 돈의 위치를 알지 않을까?"

"절대 모를걸."

"어째서?"

"알고 있다면 홍희란이 가만있을 리 없잖아? 게다가 왕언니가 죽은 건 홍희란이 던져준 선금에 만족하지 못하고 욕심을 부렸기 때문이야. 돈 앞에 장사 없잖아?"

띠잉- 동!

낮은 목소리로 말을 주고받던 그때, 현관 초인종이 울렸다. 옥녀가 문을 열었다.

"안녕하세요?"

중년의 여자가 다짜고짜 얼굴을 들이대며 환한 웃음을 지었다. 같은 '을'은 모래알같이 수많은 '갑' 중에서도 귀신같이 서로를 알아본다. 목과 어깨를 방정맞게 굽신거리며 들어오는 그녀는 오후 2시부터 5시까지 근무할 또 다른 요양보호사, 황정자였다. 미리 손에 넣은 이력서에 따르면 남편은 사별하고 없으며, 슬하에는 1남 1녀를 두었다. 아들은 결혼과 함께 출가하여 현재는 미혼의 딸과 인근 아파트에서 거주 중인 50대 후반의 평범한 중년 여성이다.

"이쪽으로 앉으세요. 찾아오시느라 고생하진 않으셨고요?"

"아유. 금방 찾아왔어요. 이쪽은."

"시원한 거 뭐라도 드릴까요?"

"물 좀 주세요. 물. 어휴 덥다."

어깨에서 대각선으로 멘 시장표 미니 백을 벗으며 손부채질을 했다. 청재킷에 청바지, 챙이 넓은 썬 캡에 운동화는 puma가 아닌 Imma. 전체적으로 봤을 때, 딸에게 한 번이라도 컨펌을 받았더라면 딸이 기겁했을 스타일링이다. 어디 내놓기 촌스러운 행색으로부터 혜수와 옥녀가 안도감을 느끼는 것처럼, 그녀도 마찬가지인 눈치였다. 새로 센터장이 바뀌고 뜬금없이 면접을 다시 봐야 한다고 해서 기껏 와봤더니 새파랗게 젊은 여자 둘이 앉아 있으니 눈빛엔 어느새 한 수 아래로 깔고 보는 여유마저 흘렀다. 어쨌거나 저쨌거나

이 바닥에선 황정자 자신이 선배니까.

"막 인수 하셨나 봐요, 센터?"

그녀가 먼저 물었다.

"네. 그렇게 됐어요. 잘 부탁드립니다."

맞은편에 앉으며 혜수가 말했다.

"아유, 저야말로 부탁드려야죠. 그래도 안 자르고 이렇게 써주시고."

"구관이 명관이라잖아요. 보니까 이쪽에서 오래 일 하셨던데?"

"팔 년 됐죠, 아마."

"그만하면 프로시네요?"

"말도 마요. 진짜 프로들은 따로 있어요. 저는 여태 겨우 할머님 세 분 본 게 다인걸요."

'센터장' 옥녀가 둥굴레 티백을 탄 찬물을 앞에 가져다주었다. 갈증이 심했는지 단숨에 마신 황정자가 이어서 말했다.

"그런데 전에 있던 센터장님은 왜 갑자기 그만두신 거래요?"

"개인 사정이래요."

"그렇게 학을 떼더니… 결국 정리하셨구나."

황정자가 괜히 혼잣말을 하는 척을 했다.

"정이 떨어지다뇨?"

"내가 이런 말 하면 벌 받을 수도 있는데. 솔직히 이쪽 일 하다 보면 진상들 많이 만나거든요."

"진상이요?"

"네에. 대표적인 게 노인네 자식들 말이에요. 요양보호사가 자기네들 뒤치다꺼리까지 해주는 파출부인 줄 안다니까요. 한 달에 꼴랑 돈 십만 원도 안 되는 거 내면서 평창동 부자라도 된 것처럼 착각하는 사람들이 얼마나 많은데요."

"설마요."

"설마는요? 진짜래도요. 반찬이 짜네 싱겁네, 실내 공기가 어쩌고 저쩌고… 그렇게 자기네 아버지 어머니 걱정이 되면 아, 공기청정기라도 하나 사다 놓고 그런 소리나 하면 또 몰라. 아주 수선도 그런 수선이 없어요. 시집살이가 따로 없다니깐. 툭하면 센터에 전화질이고. 그리고 이건 우리끼리 하는 말이지만, 요양보호사한테 맡겨놓고 들여다보지도 않는 자식들은 또 얼마나 많은데요. 우리가 돌봐 드리는 하루 세 시간 빼면 노인 분들이 종일 혼자 있는데도 전화 한 통 없어요. 지네들 아쉬울 때나 가뭄에 콩 나듯 들여다보지. 괘씸해요, 그럴 때 보면. 내 자식도 아닌데."

그러면서 그녀는 자식들이 자신들의 불효를 상쇄시키기 위해 거꾸로 요양보호사에게 저지르는 갑질에 대해 한참 늘어놓았다. 아까부터 가소롭다는 얼굴로 듣고만 있던 옥녀가 툭 하고 물었다.

"그러는 아줌만요? 아줌만 부모님 모셨어요?"

옥녀의 단어 선정하며 가벼운 말투까지 전부 낙제점을 주고 싶다는 듯이 혜수가 눈길로 경고를 보냈지만 정작 옥녀는 보지 못한 모양이었다. 역시 눈치 채지 못 한 황정자가 빈 컵을 매만지며 말했다.

"저야 모시고 싶었죠. 그런데 또 내 상황이나 마음이 그러질 못하니까 그게 문제지. 그래도 아가씬 맡기지 말아요. 그저 가족은 붙어 지내는 게 최고야. 그나저나 말이 나와서 말인데, 요즘 젊은 사람들 보면 참 뭘 맡기는 걸 좋아해. 부모는 요양원에 맡겨, 애는 걸핏하면 키즈 카페 아니면 친정에 맡겨, 개는 펫 숍에 맡겨. 아니 그래 놓고 말이에요. 지네들은 지박령마냥 집구석에 따악 붙어서 안 나가려고 한다니까요. 아유, 누가 누굴 나무라. 우리 딸부터가 그렇게 될까 봐 걱정인데. 벌써부터 집구석에 틀어박혀선…"

"결혼했어요?"

"우리 딸이요? 아뇨, 아직. 자긴 시집 안 간다는데, 보면 꼭 그런 것들이 일찍 가더라고요. 호호."

무의미한 수다 속에서 혜수는 서류 더미를 뒤적이며 생각했다. 요양보호사들의 평균연령은 55세다. 일을 하면서 목격하는 노인들의 말로가 남 일 같지 않은지 우울함을 전염병처럼 옮겨 받는 사람들도 있다. 자식이 아닌 같은 부모의 입장에서 바라보는 탓이면서도 입장이 바뀌면 또 말이 달라진다. 그래서일까? 황정자는 자기의 주장에 모순과 허점을 보완할 자신이 없는지 얼른 말을 돌렸다.

"어머, 이 다육이 하월시아 맞죠?"

"모르겠어요. 개업선물로 받은 거라."

급한 대로 인터넷 쇼핑에서 첫 페이지에 파워링크로 올라온 것을 구매한 것이다.

"이거 되게 비싼 건데 잘 키우셔야겠어요. 내가 아는 사람도…"

황정자가 찾은 새로운 이야깃거리가 또다시 길어질 것 같자 혜수가 얼른 본론을 꺼냈다.

"오늘 출근하시기 전에 먼저 들르라고 한 이유가 있거든요. 부탁드릴 것도 있고요. 유선상으로 간단하게 말씀드렸긴 한데, 다시 설명해 드릴게요."

"네."

그녀가 눈을 반짝이며 자세를 고쳐 앉았다. 역시 돈이 사람을 움직인다. 어쩌면 들어오자마자 객쩍은 소리를 늘어놓은 것도 사실은 사전에 보수를 두 배로 올려주겠다는 파격적인 제안에 들떠서인지도 모른다.

"할머님을 담당하신지 얼마나 되셨죠?"

"일 년쯤?"

"그간 왕래하는 사람들도 보셨겠네요?"

"그럼요. 몇 명 봤죠."

"관계가 어떻게 되는 것 같던가요?"

"모르겠어요. 그런데 모두 가족은 아니던데?"

"연령대나 인상착의라든가, 그런 건요?"

"사십 대 여자도 몇 번 왔었고… 근데 그 여잔 할머님이 문 열어주지 말라고 해서 기억에 남아요. 되게 뚱뚱했거든요. 그리고… 젊은 남자는 아주 가끔 봤어요. 그런데 외제 차 끌고 다니는 노신사는 여러 번 찾아왔고. 할머님이 발이 넓은 양반인진 몰라도."

사십 대 여자, 젊은 남자, 외제 차 끄는 노신사

도통 연결이 어렵다. 그들은 서로의 존재를 인지하고 있었을까? 아니면 각기 다른 포지션으로 노파에게 고용된 걸까? 그러다 '노신사' 부분에서 퍼뜩 왕언니의 아들이 한 말이 떠올랐다.

"좀 나이 들어 보이는 사람은 있었던 것 같아요.
옷 쫙 빼입고. 가오 딱 잡던데요?
영화에 나오는 킹스맨 같았어요."

노신사다. 녀석도 노신사를 목격했다. 그렇다면 변호사가 아닌 홍희란의 최측근 중 한 명으로 봐야 한다.

"할머님한테 슬하에 자식은 없나요?"

"말씀하시는 거 들어보면 있는 것 같던데."

"한 명?"

"그것까진 모르겠네요. 그런데 옛날 분이신데 한 명만 낳았겠어요? 둘도 셋도 낳고, 아니면 한 번에 쌍둥이를 낳았어도 전혀 이상할 게 없죠."

그럴싸한 추리지만 쌍둥이일 리는 없다. 왕언니에게서 친자확인 소송을 한 자식은 단 한 명이라고 똑똑히 전해 들었기 때문이다. 더구나 뜬금없는 쌍둥이 설정은 작가가 스토리를 전개시킬 능력이 없을 때 저지르는 실수 중 하나다. 사실은 쌍둥이였노라고 대단한 비밀을 밝히듯이 폭로함으로써 막혀버린 서사의 통로를 강제로 뚫는 짓은 무능한 걸 뛰어넘어 무책임하기까지 하다. 노파가 나름 훌륭한 배우이자 연출자라면 절대 쌍둥이 클리셰는 선택하지 않을 것이며, 쌍둥이 소재가 빛을 본 영화는 <페어런트 트랩^{1998년에 개봉한 미국영화. 린제이로한 주연}>뿐이다.

"그럼 현재로선 피붙이를 제외한 지인 몇몇만 봤다는 거죠?"

"네."

"혹시 외출은 언제, 언제 하시나요?"

"물리치료 받으러 주 2일 정도 동네 의원에 가셨어요. 노인 양반이 혼자선 못 움직이니까 제가 휠체어 끌고요."

그래도 체중이 가벼워 다른 노인들에 비해 이동이 한결 수월하다는 말도 덧붙였다.

"그럼 집을 비우는 시간이 꽤 되겠네요?"

"아!"

황정자가 테이블을 가볍게 치며 말했다.

"요샌 안 가세요."

"왜요?"

"겁이 많으신 건지. 저번에 뉴스에서 여자 시신이 바다에서 건져졌다는 걸 듣고 난 후엔 무섭다고 밖에 잘 안 나가세요."

그 대목에서 혜수와 옥녀가 의미심장한 눈빛을 주고받았다.

"마트나 개인 외출도요?"

"장 볼 게 있으면 절 시켜요."

"계산은요? 돈을 주시던가요?"

"당연하죠. 모르셨어요? 요양보호사들은 절대 자기 돈 안 써요.

안 쓰는 게 맞고. 행여 근무 중에 카드 사용하면 나라에서는 그걸 농땡이 피운 걸로 치거든요. 아무튼 할머님께서 현찰 주실 때도 있고, 카드 주실 때도 있어요. 기초 생활 수급자라서 이게 꽤 나오더라고요."

마지막 말을 할 때에는 손가락으로 동그라미를 그려 보이며 눈을 희번덕거렸다.

"좋아요. 자, 선생님. 앞으로 하루 세 시간 할머님 돌봐드리면서 몇 가지 일을 해주셔야겠어요."

"뭔데요?"

"간단해요. 누구와 무슨 대화를 어떻게 나누는지. 그리고 할머님이 하시는 모든 말들을 저에게 전해 주시면 돼요. 가령, 과거에 어딜 다녀왔다거나 앞으로 어딜 가고 싶다거나 하는 그런. 시시콜콜 모두다요. 물론, 이건 선생님과 저희와의 비밀이고요."

"혹시 밀착감시 뭐 그런 거?"

"빙고."

혜수가 핑거스냅을 튕기자 황정자의 눈빛이 묘하게 흔들렸다. 결코 평범하지 않은 주문임에도 백수 딸을 먹여 살려야 하는 중년의 서민 여성이 두 배의 시급 앞에서 설렘과 두려움의 기로에 서 있는 모습을 보자니 한편으로 짠했다. 거기엔 수년 전에 마약인 줄 모르고 택배 상자를 운반하던 혜수 자신의 모습도 투영되었다. 작은 상자 하나를 배송하는데 소요되는 시간은 고작 한 시간. 그런데 50만원을 준다는 말에 혹하면서도 선뜻 수락하지 못했다. 그때, 운반총

책은 어르고 달래듯 권유했지만 그 일면에는 그 돈이 없으면 안 되는 이쪽의 절박함을 이용한 면도 없지 않아 있었다. 훗날 감옥에 들어가면서 그토록 그 인간을 혐오했건만, 배운 게 도둑질이라고 그때 그 표정과 말투를 그대로 복사하듯이 말했다. 그래도 딴엔 죄책감이 있어서 똑바로 보지는 못하고, 그녀의 콧등을 응시하며.

"솔직히 저희가 시급도 다른 데보다 반올림해서 드리는 거 아시죠? 그게 모두 선생님께서 이쪽에선 베테랑이시고, 또 그만큼 저희가 신뢰한다는 뜻이에요."

그리고 아예 쐐기를 박았다. 이 일에 정당성에 대해 꾸며내지 않으면 안 되니까.

"그리고 이건 선생님이니까 말씀드리는 거예요. 경찰 쪽에서 수사 요청이 들어왔어요."

"수사요오??!"

황정자와 옥녀가 각기 다른 의미로 휘둥그레 눈을 떴다.

"네. 아직 구체적으로 결과가 나온 상태가 아닌 관계로 자세한 건 말씀드릴 수 없어요. 나중에 차차 아시게 될 거예요."

그러자 황정자는 충격이 꽤 큰지 놀라운 표정을 감추지 못하더니 상체를 앞으로 당기고 앉아 입가를 닦았다. 그리고 그동안 수상쩍던 행동에 대해 밀고하듯이 떠들어대는데 이미 어조엔 비난이 섞여 있었다.

"어쩐지… 그 할머니 보통 사람이 아닌 것 같더라니… 무슨 큰 죄라도 지었어요?"

"아직 확실한 게 아니라니까요."

"아무튼요. 할머니가 의심이 아주 많아요. 누가 자기의 전화 통화를 엿듣는 것도 아주 싫어하고요. 흥, 떳떳하면 뭐 하러 그래요? 안 그래요? 그리고 집에 뭐만 없어지면 멀쩡한 사람을 도둑년 취급을 하질 않나… 심뽀를 그리 먹으니 친인척이 한 명도 안 찾아오지. 쯧쯧."

"아무튼 앞으로 잘 부탁드립니다. 정보의 질에 따라 더 쳐 드릴 수도 있어요."

"보너스?"

"그런 셈이죠."

"아휴, 뭘 보너스까지야…"

"자, 그럼 오늘부터 시작해 볼까요?"

황정자가 돌아간 후에 혜수는 화이트보드에 추가로 써넣었다.

〈홍희란〉

가족 없음(완전 독거)

치매+시각장애

.

.

.

왕언니의 시신이 발견된 후로 외출 자제

최근에 찾아온 사람은…

사십 대 여자, 젊은 남자, 외제 차 끄는 노신사.

혀를 굴리며 화이트보드를 응시하던 혜수는 다시 펜을 들었다. 그리고 '사십 대 여자'에 크게 엑스 자를 그었다. 이제 죽고 없으니까.

『버림받은 여자의 일생』 46쪽

1975년.

"저 애를 정말 맡아 기르실 생각이세요?"
"괜한 소문나서 좋을 게 없으니 일단 받아들여야지 어쩌겠나.
그러니 남는 방 있으면 한 칸 내주게."

그로부터 11년이 흐른 어느 날 아침.

책가방을 챙기던 내 귀에 거실에서 부산스레 움직이는 소리가 들려왔다. 사모님이 의원님의 출근길을 배웅하는 것이다. 마룻바닥을 쓰는 슬리퍼 소리를 과하게 낸다는 것은 자신이 배웅을 나갔으니 나 따위는 방 밖으로 모습을 드러낼 필요가 없다는 일종의 명령이었다. 왜인지 나는 그럴수록 오기가 난다. 과감하게 문을 열고 나갔다. 두 사람의 얼굴에서 같은 모양이지만 성분이 다른 미소가 떠올랐다.

의원님은 얼굴만 보자면 너구리를 닮았다. 툭 튀어나온 광대에 작은 코를 중심으로 이목구비가 오밀조밀하며 턱이 짧은 상. 그래서일까? 의원님은 자신과 현저히 다른 외모를 갖고 태어난 나를 볼 때마다 흡족해하며 본인만 재미있는 장난을 걸어왔다. 그날도 마찬가지. 괜히 놀란 체하며,

"아! 이게 누고?"

"저요."

"지가 누고?"

"희란이요."

"희라이."

"예."

"게 눈데?"

"저… 용돈 좀 주세요."

의원님은 눈에 넣어도 안 아플 어린 딸의 이례적인 부탁에 몹시 감격해 하셨다. 마치 하느님으로부터 은총을 받은 것처럼. 그러자 사모님이 얼른 말을 가로챘다.

"주지 마세요. 애 버릇만 나빠져요."

"버릇?"

"용돈 받은 지 얼마나 됐다고. 또…"

"아가 물 우짰는데 이래 정색이고? 으른이 되아가."

"애가 미워서 이러겠어요?"

"아니모? 심뽀 좀 곱게 써라. 뱅원을 가든가."

"전 단지 아직 어린데 벌써부터 큰돈…"

"고마 댔다! 야! 을마 필요해?"

의원님이 다시 시선을 나에게 옮겨 물었다. 그 시선은 계모 밑 응달에서만 살아온 내가 이따금 볼 수 있는 따스한 빛 한 줄기였다.

"알아서 주세요…."

"주모? 닌 낸테 머 해줄낀데?"

"뭐든지요."

"문디 가스나. 멀 시킬 줄 알고 다한다카나? 됐고. 아부이요- 소리
나 함 해바라."

"……"

"해!"

"……"

"아이고야. 내 따악 보이까네 니는 내 죽으모 염할 때나 부르게
생깄다. 그캄 머하나? 이미 난 뒤져뿔고 읎는데."

그래도 끝내 대답을 하지 않자, 의원님은 껄껄껄 웃으면서 '네 고
집은 못 꺾겠다.'라는 듯이 자신의 머리를 내게 들이받는 장난을 해
보이며 웃었다. 어쨌거나 지갑은 쉽게 열렸다. 갓 스물다섯 살에 자
신을 떠나버린 애인을 그리워하는 남자의 마음을 이용하는 것은 어
려운 일이 아니었다. 의원님은 나를 통해서 엄마를 확인하곤 했으
니까. 엄마는 의원님을 떠났지만, 떠남으로써 완전히 장악하는 방식
을 택한 것이다. 지배하고, 통제하고, 소유했다. 자신의 한 줌 영향
력 안에 완벽하게 가둔 것이다. 마음에 두는 것만큼 이길 수 있는 것
은 세상에 그 무엇도 없다. 의원님이 나를 애틋한 눈으로 바라볼 때
마다 사모님은 무너져 내렸으니까. 그렇다. 나는 점점 엄마를 닮아
가고 있었던 것이다. 외모뿐만이 아니라, 상대방의 마음을 잡고, 이
용하고 흔드는 것. 이를 두고 사모님은 '어미를 닮아 아이가 참 교활
하다'고 들으란 듯이 파출부 아주머니에게 말했다.

시퍼런 지폐가 무더기로 쏟아졌다. 동시에 사모님의 두 눈알도 쏟

아지는 줄 알았다.

"고맙습니다."

사모님의 두 뺨에 번진 굳은 증오를 읽어낸 나는 더욱 도발하고 싶은 마음이 치솟았다. 한낱 요정의 마담 따위가 명문가의 사모님에게 성님 어쩌고, 한강에 배가 어쩌고 하며 아예 맞먹으려 했던 것처럼 말이다. 성질머리가 원체 삐딱한 나는 물보다 진한 피의 농도, 또 온도를 확인시켜 주고 싶다는 충동에 사로잡혔다. 어디 한 번 앗, 뜨거! 해 보라고.

"잘 쓸게요… 아.버.지."

그 순간, 두 사람의 얼굴에서 희비가 극명하게 교차했다. 그때부터였다. 시커먼 아들만 셋이 있던 집에서 갑작스레 의원님, 아니 아버지의 후광을 받아 내가 부상하기 시작한 것이.

5

4일 차.

– 저예요, 황 선생님.

– 아유, 네.

– 뭣 좀 알아낸 것 있나 해서요.

– 먼저 전화 드렸어야 했는데, 한발 늦었네요. 호호. 안 그래도 어제 퇴근 무렵에 누구랑 통화를 하시더라고요.

– 누구랑요?

– 목소리가 좀 나이가 든 게… 아마 항상 연락하는 남자일 거예요.

– 혹시 통화 상대의 얼굴은 본 적 있어요?

– 거기까진 잘… 간혹 올 때도 선글라스를 쓰니까요.

– 좋아요. 통화 내용은? 뭐라고 하던가요?

– 첨엔 자네, 자네 이러더니 나중엔 야! 이러고 화를 내시지 뭐예요. 그리고 이렇게 말씀하셨어요. 흠흠.

그녀는 목소리를 가다듬고 노파의 흉내를 냈다.

– 야이 자식아! 그 옛날에 곡마단에서 옥수수나 팔던 놈, 돈방석 앉게 해

준 거, 그거 누구 덕이야? 누구 덕이냐고?

– ······

– 라고 역정을 내더라고요.

– … 오케이. 잘했어요. 우선 저는 오전 출근하는 중이에요. 이따 오후도 미리 잘 부탁해요.

– 말이라고요. 저… 그런데 제가 이렇게 알아내는 것도 보너스 오르는 데 일조하는 건가요?

– 그럼요. 앞으로도 더 애써 주세요.

그러자 황정자는 자신이 비로소 효용가치를 드높였다는 생각에 수선을 떨었다. 전화를 끊은 혜수는 곰곰이 통화 발언을 되짚었다.

야이 자식아!

그 옛날에 곡마단에서 옥수수나 팔던 놈,

돈방석 앉게 해준 거, 그거 누구 덕이야? 누구 덕이냐고?

통화 속 상대는 처음 황정자가 말한 세 사람인… 사십 대 여자, 젊은 남자, 외제 차 끄는 노신사, 그중 맨 후자일 것이다. '옛날'부터 알아 온 사이였다는 점에서 젊은 남자는 탈락이니까.

어느덧 아파트 입구에 다다랐다.

노파는 복도 난간에 비치된 허름한 철제 의자에 앉아 옆집 노인과 담소를 나누는 중이었다. 옆집 노인이 밖을 향해 침방울을 튀기며 열심히 말했다. 별거 없다. 오가는 사람을 구경하면서 당신 심사에 거슬리거나 하는 장면을 목격하게 되면 기다렸다는 듯이 꼭 한 마디씩 던지는 것이다. 그게 낙이다. 가령 젊은 새댁이 멀쩡한 음식물을 쓰레기통에 잔뜩 버린다든지, 주차하는 차량에도 아랑곳없이 스마트 폰 게임에 빠진 학생을 본다든지 하는. 옆집 노인은 더 연배가 있어 보였다. 일제 강점기니, 정신대니 하는 이야기를 하는 것으로 봐서 말이다. 버마에 위안부로 끌려간 언니가 돌아온 후에도 객사하고 말았다는 이야기, 만일 아버지와 오빠들이 받아줬더라면 더오래 살았을 거라는 한탄, 그러니 오빠들이 늙어 죽을 때 며느리에게 갖은 구박 다 들으면서 결국엔 고독사한 것은 벌 받아서 그렇다는 이야기, 그런 친정은 없느니만 못하다는 결론을 내리기까지 노파는 가만히 고개를 끄덕였다. 경청하며 맞장구를 치는 게 아니다. 오랜 세월 이웃하던 사람에게조차 좀처럼 자기의 속내를 보이지 않는다는 증거다. 능구렁이 같기는.

노파를 부축하고 안에 들어온 혜수는 일한 지 4일 만에 처음으로 역정을 들어야 했다. 생활 위생을 위해 침구를 교체하는 과정에 노파가 길길이 날뛴 것이다. 황정자의 말대로 지랄 맞았다.

"물 아깝게 뭘 그렇게 빨래를 자주 해요?! 자주 하기를!"

"베갯잇이 오래 됐잖아요."

하며, '이것 보세요. 기름때.'라고 하려다가 이내 관두기로 했다. 보는 눈이 없으니 알 턱이 있나.

"옛날엔 베개 껍데기도 요리조리 돌려가면서 썼어요. 내 허락 없인 절대 하지 마요."

"그래도…"

"하지 말래도 그러네요. 그냥 앉아 있다가 말벗이나 하고 가면 될 거 아니에요?"

"아무리 그래도 그렇지. 이것도 하지 마라, 저것도 하지 마라, 그럼 저보고 뭘 하라는 거예요? 이러려고 요양보호사 쓰시는 거 아니었어요?"

"냅둬요. 나는 누가 내 물건 허락 없이 만지는 거 싫어요."

'그렇게 남의 손을 타는 게 싫으면 요양보호사를 두지를 말든가. 고독사 방지용이야 뭐야.'

물론 손 하나 까딱 하지 말라면 이쪽에선 오케이였다. 원하는 대로 '말벗' 노릇이나 하면서 노인네 속을 들여다보는 게 목적이니까. 하지만 이따금 소싯적 이야기를 하도록 유도해도 소용없었다. 노인들에게서 흔히 볼 수 있는 종류의 허세가 나올 법도 하건만 노파는 끈기 있게 입을 다물었다. 마치 혼자만 정답을 알고 있고, 앞으로도 그럴 거라는 표정으로 일관했다.

그런데 그때였다. 어쩌다 라디오에서 가정폭력을 다룬 사연이 흘러나오고 있었다. 혜수는 똑똑히 보았다. 노파의 우스워죽겠다는 그 표정을. 끼어들기에 자연스러운 타이밍이었다.

"옛날 남자들은 참 편하게 살았어요. 안 그래요? 할머니들이 다 수발들어주고."

"……"

"요즘 같으면 꿈도 못 꾸잖아요. 안 그래요?"

"……"

"할아버지는 안 계세요?"

자연스럽게 김신건에 관한 이야기가 나오도록 유도했다. 노파는 가만히 고개를 저었다.

"돌아가셨나 봐요?"

"……"

"자녀분은요?"

"낳았죠. 하나."

문득 감옥에 있을 때, 왕언니가 하던 말이 떠올렸다.

> "친자 확인 소송을 걸었던 자식 놈이 반푼이래.
> 이래서 돈 앞에선 부모 자식도 없는 거야.
> 결국 최종 승자는 홍희란인 거지."

만일 정신 지체를 앓고 있는 아들마저 사망한다면 그땐 모조리 그녀 차지다. 물론 멀쩡하게 살아있다 하더라도 온전히 다루는 것은 그녀의 몫일 것이다. 문득, 아들과 왕래는 하는지 궁금해졌다.

"자제분은 근처에 사세요?"

"그건 왜 물어요?"

"위급 상황 땐 항상 알려야 될 의무가 있거든요. 복지 매뉴얼이 그래요."

"여기에 없어요."

"먼 데 사세요…?"

"……"

"자주 얼굴 좀 비추라고 하세요. 혼자 지내시기 적적하실 텐데."

"뭐 하러 오라고 해요. 괜히 힘들게."

"에이… 자식이 부모 보러 오는 데 뭐가 힘들어요."

"저어기 멀리 살아요. 한국 말고."

그러면서 노파는 외국 어디라고 둘러댈까 고민하는 듯더니, 적합한 나라가 떠오르지 않는지 아이처럼 지기 싫은 말투로 덧붙였다.

"여기보다 더 으리으리한 데서 살아요. 워낙 똑똑해서."

'거짓말. 으리으리한 정신병원 같은 곳에 가두지나 않으면 다행이겠다.'

귀에 들리지도 않을 혜수의 조롱에 타격을 입은 게 확실했다. 아무리 탐욕과 독기로 똘똘 뭉친 홍희란도 결국엔 누군가의 어머니다. 생부에게 버림받은 자식이 설상가상 제구실을 제대로 하지 못한다는 판정을 받았을 때는 아마 하늘이 무너졌으리라. 그래서 돈에 더 집착하는 걸까? 돈이면 다 되니까. 그게 아니라면? 본인도 오래 살지 못할 걸 알면서도 돈에 욕심을 부리는 건 얼마나 큰 복수심에 사무쳐야 가능한 걸까? 여러 생각이 머릿속을 스쳤다.

더 속도를 내야 한다. 모든 게임이 그렇듯이 상대방의 패를 뒤집어 보기 위해서는 먼저 내주는 것이 순서고 상식이다. 더 큰 것을 얻어내기 위한 고육책이라고 여기면 한결 편했다.

"실은 저, 부모님 없이 자랐거든요."

"그래요? 젊은 사람이 고생을 많이 했겠네."

"정말 안 해 본 일 없이 컸어요."

"그랬구먼."

"고등학교 졸업하고 대학은 꿈도 못 꿨죠. 제힘으로 먹고 살아야 해서."

작은 소극장에서 배우 생활을 했다는 이야기를 제외하고 모든 일을 털어놓았다. 생산직, 서비스직, 경리사무직, 동네 편의점 아르바이트에 이르기까지.

"음…"

용의주도하리만큼 방어적인 반응들뿐인 가운데 벌써 근무 시간이 종료됐다. 노파는 내내 아무 말 없다가 현관을 나서던 혜수의 등에 대고 이렇게 물었다.

"그런데 아버지는 어떻게 돌아가셨어요?"

옥녀를 제외한 타인에게는 처음으로 가정사를 털어놓았다. 부모님의 이혼과 재혼, 그리고 가출, 복지관 생활, 사기 피해에 이르기까지 다사다난했던 지난 인생을.

"힘들게 살았네요, 선생님도. 세상엔 참 애비 자격 없는 인간들이 왜 그리 많은지 원…"

첩 자식으로 살게 한 아버지를, 또 일평생 첩으로 남긴 남편 김신건을 겨냥한 말이다.

"그나저나 요즘에는 나이 먹은 사람들도 대학교엘 간대요. 선생님도 나중에 늙어서 후회하기 전에 가요."

그렇게 해서 무려 십오 분을 더 이야기를 주고받았다. 유산 상속에 대한 실마리는 얻을 수 없었지만, 그럼에도 노파의 마음을 사로잡는데 한 걸음 다가간 것만으로도 큰 쾌거라 여기며 집으로 돌아오던 길. 현관문 앞에 다다르던 혜수가 순간 굳은 채 섰다. 화장실과 연결된 쪽창의 방충망에 구멍이 나서가 아니었다. 왼편에 설치된 보일러를 고쳐 달라고 말한다는 것을 깜빡해서도 아니었다. 한참 동안 미동도 하지 않고 서서 기억의 테이프를 되감기 해보니 일시 정지를 눌러야 할 장면이 있다.

　　"그런데 아버지는 어떻게 돌아가셨어요?"

혜수는 아버지가 없이 자랐다고 했지, 돌아가셨다고 한 적은 없다.

"그래서? 언니에 대해 뒷조사라도 한 것 같다는 거야?"
"너무 오바했나?"
"완전. 아버지 없이 자랐다고 하면 나래도 돌아가셨나 싶은데? 괜히 민감하게 생각할 거 없어."
옥녀가 냉장고에서 새 비스킷 상자를 꺼내며 대수롭지 않게 받아쳤다.

"과자 안 먹는다며. 자신과의 싸움 한다며?"

"휴전이야."

테이블 위에는 이미 기존에 먹다 남은 과자 부스러기가 널브러져 있었다. 옥녀가 그대로 앉으려다 말고 아차 싶은 얼굴로 다시 일어나 싱크대에서 느닷없이 숟갈을 꺼내왔다. 그러더니 오레오 안에 담긴 하얀 크림을 교묘하게 긁어냈다. 그렇게 여러 번 반복하더니 크림을 제거한 까만 과자만 따로 모아 접시에 담아 침대 위에 철퍼덕하고 앉았다.

"침대에서 먹지 말랬지? 흘리잖아. 그리고 지금 뭐 하는 시츄에이션?"

"나 크림 부분은 안 먹잖아, 원래."

"왜?"

"칼로리 장난 아니거든."

입 안에 퐁당퐁당 넣으며 말했다.

"그럴 거면 왜 먹냐? 찌는데 돈 들어, 빼는데 돈 들어, 뺀 살 유지하는 데 돈 들어. 너 돈이 그렇게 많냐?"

"언니 그거 알아? 난 어렸을 때부터 이 과자 부분만 좋아했어. 이런 샌드류가 있으면 안에 크림은 다 긁어내. 살쪄. 붕어빵이나 호빵도 마찬가지야. 빵만 먹어. 안에 내용물은 별로."

"그럼 야채호빵에 야채도 안 먹겠네?"

"그건 먹어."

"너 지랄맞단 소리 많이 듣지?"

"처음 듣는데."

"앞으론 많이 들을 거야. 시답잖은 소리 집어치우고. 다음 주 월요일엔 너도 출동이야."

"왜 또!"

"왜 또?"

"어디로 출동하는데?"

"호랑이 잡으러 굴로 들어가야지."

"언니가 들어갔잖아."

"그럼 내가 네 턱 밑에까지 갖다 바쳐 주랴? 이게 놀면서 돈 벌려고 하네?"

"그럼 안 돼?"

"죽을래?"

"알았어…."

"안 그래도 센터장 바뀐 거에 대해서 내심 못마땅해하는 것 같으니까 이 타이밍에 와서 얼굴도장도 찍을 겸 같이 작업 좀 해. 할 거 있어."

"뭔 작업?"

"다달이 수급비가 들어오는 농협 통장이 있는데, 오후 선생님한테 부탁해서 비밀번호 알아냈거든?"

"설마 그 농협 통장에 큰돈이 들어올 거라고 생각하는 건 아니겠지?"

"당연하지. 홍희란이 어떤 여잔데. 내가 알고 싶은 건 따로 있어.

사실 오늘 아침에 청소하다가 봤는데 베개 속에 스마트 폰을 숨겨 놨더라고."

"정말?"

옥녀가 먹던 비스킷도 떨어뜨리며 흥분했다. 쿨럭거리며,

"나 콜라. 목 매. 아니 그거 말고. 제로 콜라."

혜수가 얼른 제로콜라를 꺼내주며 말했다.

"베갯잇 벗겨서 좀 세탁하려고 했더니 입에 게거품을 물고 화를 내더라고. 자기 말로는 물 세 아깝게 무슨 세탁이냐고 하는데. 딱 봐도 숨겨둔 스마트 폰 들킬까 봐 그랬던 것 같아. 그런데 여기서 반전이 뭔지 알아?"

"뭔데?"

콜라를 마시고 바로 트림을 뱉어내며 옥녀가 물었다.

"아이폰이었어. 완전 새 거."

"……?"

"젊은 사람도 아니면서 최신 아이폰을 쓴다? 에어팟도 있다? 뭔가 소름 끼치지 않아?"

그러자 옥녀가 좋다 말았다는 듯이 말했다.

"난 또 뭐라고. 딱 봐도 통신사 대리점에서 눈탱이 맞은 거잖아."

"눈탱이?"

"그래. 아마 요금제도 제일 비쌀걸? TV랑 인터넷 결합상품도 엄청 비싼 걸로 가입했을 거야. 자식도 없이 혼자 사는 노인네가 뭘 안다고 그 비싼 아이폰을 써. 그것도 신형을. 게다가 앞도 못 본다면서."

혜수는 잠깐이지만 머릿속을 지배했던 의심이 확 걷히는 느낌을 받았다.

"그런가?"

"뻔하지. 그래서? 본론을 얘기해 봐. 그 아이폰으로 무슨 좋은 수가 있어?"

"금융통합관리 앱을 다운로드 받아서 홍희란의 명의로 된 모든 금융권 계좌를 들여다볼 수 있잖아."

"아직 상속도 안 받았는데, 지금 들여다봐봤자 무의미하잖아."

"미리 뒤져봐서 나쁠 거 없잖아. 달러 투자를 했을지 또 누가 아냐? 이자수익 노리려고 말이야. 골드 뱅킹이 있을 수도 있고. 아, 뭐라도 해야 할 거 아니야? 이대로 손 놓고 있어? 그리고…"

"무슨 말인지 이해 완료. 근데 그거 하나 보는데 나까지 필요해?"

그러자 혜수가 허리춤에 손을 얹으며 눈을 질끈 감았다 떴다.

"옥녀야, 생각이란 걸 해 봐. 이 젊은 내가 지금 아이폰 만질 줄 몰라서 널 찾는 줄 알아?"

"그게 아니면?"

"홍희란이 의심이 많으니까 내가 홍희란의 정신을 딴 데 돌리고 있는 틈을 타서 네가 대신 보라고. 안 그래도 월요일은 목욕하는 날이야. 방문 목욕 차 부르면 오죽 신간 편하겠냐마는 군~이 집에서 씻겠다잖아, 사람 귀찮게. 하여간 까다로운 게 한둘이 아닌 노인네야. 그러니까 네가 센터장 자격으로 인사도 드릴 겸 와서 적당히 시간 떼우다가 가는 척하고 다시 몰래 들어오면 되지. 내가 화장실 문

닫고 씻기는 동안 살펴보라고. 무슨 말인지 알지?"

"알았어."

"그럼, 월요일 오전 열 시쯤 돼서 자연스럽게 와. 올 때 주스 선물 잊지 말고."

"화장은? 데일리하게? 옷은 이대로 입고 가?"

"알아서 해. 어차피 앞도 못 보는데."

"자꾸 깜빡하네, 심 봉사인 거!"

옥녀가 손뼉을 치며 푼수 같은 웃음을 지었다. 손톱을 물어뜯으며 혜수가 다시 힘겹게 말을 꺼냈다.

"근데 말이야… 황정자한테 들어보니까 홍희란이 노신사인지 뭔지 하는 사람하고 전화로 싸웠대."

"싸웠대? 왜?"

"자세한 통화 내용은 못 들었대. 그 사람이 아마 공범인 것 같은데… 만일 둘 사이가 틀어지게 되면 홍희란이 불리해. 경찰 수사망은 좁혀오지, 만에 하나라도 노신사가 경찰에 불어 버리면 홍희란이 그동안 저지른 죄상이 낱낱이 드러나게 될 테고, 또 그렇게 되면 유산상속 문제에도 차질을 빚게 되니까. 지금 이래저래 똥줄 탄다."

"그런데 말이야. 만약에 그 할망구가 유산을 땡전 한 푼 못 받게 되면?"

"왜 못 받아? 반푼이 자식이 있는데."

"그러니까. 개도 못 받게 된다면. 그 돈은 다 어디로 가는데?"

"방계혈족을 샅샅이 뒤지겠지만, 그래도 찾을 수 없다면… 국고로 귀속되겠지."

"시발!!"

♦ ♦ ♦

월요일.

띠잉- 동-

사전에 계획한 대로 적당한 타이밍에 초인종이 울렸다.

"안녕하세요? 어르신-!"

현관문을 열고 막 들어온 옥녀의 얼굴을 본 순간 혜수는 그만 아연실색하고 말았다. 앞머리엔 대강 헤어롤을 말고, 부채질을 해도 될 것 같은 긴 속눈썹, 장마철 비는 다 고일 듯한 쇄골을 훤히 드러낸 튜브톱과 짧은 팬츠 차림이었다. 해맑은 얼굴을 하며 들어온 옥녀가 걸그룹의 춤을 따라 추며 말했다.

"저 천세누리 센터장이에요-"

설상가상 발음이 이상해서 보니 아니나 다를까 질겅질겅 껌까지 씹고 있었다. 혜수가 눈으로 할 수 있는 욕이란 욕은 다 하자 마지못해 손바닥에 퉤, 하고 뱉어 싱크대 안쪽 아무 데나 대강 붙였다.

"진작 찾아뵈었어야 했는데 불편하신 덴 없으세요?"

타고난 천성은 바뀌지 않는다. 그렇게 주의하라고 일렀건만 특유의 경박한 비음은 끝내 떨쳐내지 못했다. 거실에 앉아 라디오를 듣고 있던 노파는 묵직한 상체를 일으켜 형식적으로 인사를 받았다. 내키지 않는 얼굴이다. 노파는 나름 상대방에 대한 배려를 해야겠던지 입가를 누그러뜨리며 대답했다.

"예에. 어서 와요."

슬슬 그 옆얼굴이 가련해 보일 지경이었다. 참다못해 혜수가 옆구리를 쿡 찔렀다.

'그만하지?'

"서, 선생님. 이거 주스. 할머님께서 달달한 거 좋아하신다길래."

혜수가 마뜩잖은 눈빛을 쏘며 옥녀에게서 주스 선물과 로봇청소기가 그려진 박스를 신경질적으로 낚아챘다.

'이따 집에 가서 보자.'

그리고 로봇청소기는 베란다 한쪽에, 주스는 테이블에 올려두었다. 옥녀가 집안 곳곳을 노골적으로 훑어보는 사이 노파는 더듬더듬 손을 뻗어 참외를 가져왔다. 혜수가 얼른 몸을 일으켜 참외와 과도를 건네받았다.

"그나저나 센터장님은 몇 살이에요? 얼굴이 앳되어 보이는데."

'얼굴이 아니라 목소리겠지.'

혜수가 옥녀에게 눈짓으로 조롱을 보냈다. 옥녀도 픕! 하고 두 손으로 입을 가리는 시늉을 했다.

"몇 살 같아 보이세요?"

예기치 못한 문제에 직면한 듯 노파가 잠시 움찔했으나 이내 천천히 입을 열었다. 아마 목소리로 미루어 짐작하는 것일 터,

"글쎄요. 한 서른쯤 됐을 것 같은데."

수없이 사람을 죽이고 농간을 피운 홍희란이라지만 그녀도 별수 없는 노인이다. 노인들의 특징이 그렇다. 처음 보는 사람도 대뜸 몇 살인지 묻거나 대강 몇 살쯤 먹었을 거다-며 추측을 하는데 오랜 시간을 허비한다. 그러면서 정작 당신들의 나이는 잊고 산다.

"서른여덟 살이에요. 많죠?"

"많기는요. 한창때구먼. 내가 그 나이 땐 날아다녔다오."

대수롭지 않은 듯한 옥녀와 달리 혜수는 재빨리 간파했다. 노파가 처음으로 자신의 이야기를 먼저 꺼낸 것이다. '내가 그 나이 땐 날아다 녔다오.' 조금씩 자신의 성안으로 들어와도 좋다는 허락을 한 셈이다.

"덥지 않으세요, 할머니?"

"난 괜찮아요."

"에이. 선풍기도 안 틀고 사시면 더위 드셔요."

말은 그렇게 했지만, 옥녀는 정작 노파에게 눈길도 주지 않은 채 파운데이션을 고쳐 바르느라 여념이 없었다.

"옛날엔 없이도 살았다오."

"에어컨 없나…?"

없다고 하자, 옥녀가 천연덕스럽게 말했다.

"자제분 안 계세요? 요새는 효도선물이다 해서 자식들이 에어컨 도 사다 놓고 가던데요."

그렇게 큰 돌덩이를 하나 투하해 놓은 옥녀의 입안에서 참외가 아 사삭 하고 먹음직스럽게 씹히는 소리가 뻔뻔하게 들렸다. 상황이 그쯤 되자 혜수도 웃음이 새어 나오는 걸 참느라 꾹 참았다. 그러면서 '자식'이라는 단어가 노파를 주춤하게 만든다는 것을 진작 터득한 혜수는 얼른 곁눈질로 노파를 살폈다. 움찔한 듯 마른 어깨가 잠시 들썩였다. '자식'. 그것은 수시로 눌러야 할 혈 자리다. 잠시 후, 노파는 조금도 동요하지 않고 이렇게 말했다. 생각지도 못했던 대답이었다.

"죽었어요. 어렸을 때."

그러자 옥녀가 금방이라도 쏟아질 것 같은 눈으로 혜수를 향했다. 당최 이게 무슨 소리냐는 것이다. 전혀 예기치 못한 발언에 혜수야말로 묻고 싶었다. 더위 먹었냐고.

"어머… 어쩌다가요?"

옥녀의 물음에도 찬물을 끼얹은 것 같은 침묵이 한참 흘렀다. 노파는 돌연 창밖으로 시선을 옮겼다. 베란다 새시의 바깥 면은 잘 닦이지 않아 뿌연 먼지가 껴 있었다. 그리고 혼잣말로 구시렁거렸다.

"쥐도 새도 모르게 죽었어요."

"……?"

"여름엔요. 더우면 엉덩이에 땀띠가 났어요. 고생을 아주 많이 했지요. 봄가을엔 또 어땠는 줄 알아요? 회충약을 안 먹어서 그게 다 똥으로 나오더라고요. 엄마 말 들으라고 그렇게 말을 했는데도 듣지를 않았어요."

이야기가 기괴하게 흘러갈 때서야 두 사람의 표정이 허물없이 무너졌다. 노파가 치매를 앓고 있다는 사실을 그제야 떠올린 것이다.

"교회에 갔다가 들었어요. 예수가 죽을 적에 누가에선 '아버지 저 사람들을 용서해 주십시오.'라고 했답디다. 그런데 마태에서는 또 말이 달라요. 예수가 죽을 적에 막 울었대요. '아도나이 아도나이 어찌하여 나를 버렸습니까' 하고요."

"……"

뭔 소리야, 라는 일그러진 얼굴로 옥녀가 물었다. 혜수가 어깨를 으쓱했다.

"성경이 원래 사람 입에서 입으로 전해진 걸 정리한 거거든요. 사람 말이라는 게 그래요. 누가 어떻게 전하느냐에 따라 달라요. 그러니까 잘 알지도 못하면서 미리서부터 단정하면 못 쓴다는 거예요."

"……"

어떻게 반응해야 좋을지 모르는 분위기 속에서 옥녀가 빨리 목욕을 시키라며 화장실 문을 가리켰다. 그 후로 의미 없는 인사말과 노인들의 독거사 예방 및 대응 지침 따위에 관하여 보여주기식으로 떠들어댄 다음에 옥녀는 퇴장(하는 척)했다. 그리고 혜수는 노파를 부축해 욕실로 향했다. 이미 데워놓은 목욕물로 습기가 가득한 가운데 노파의 주절거림이 계속됐다. 이따금 욕설도 튀어나와 혜수를 당황케 했지만 덩달아 날이 서기보다 즐겁게 받아쳤다. 지금쯤 거실에서 옥녀가 이뤄낼 쾌거를 생각할수록 솟아나는 달콤함에 연유한 것이다. 역시 아무리 영민해도 머릿수를 못 이긴다. 노파는 혼자지만 이쪽은 둘이다.

"솟아라- 태양아- 어둠을 헤치고-"

혜수는 노파를 어떻게 해보지도 못하고 거꾸로 작업당해 죽은 왕언니를 애도하는 의미에서 '무인도'의 후렴을 작게 불렀다. 그 시각, 거실에서 옥녀의 얼굴이 파랗게 질려있는 줄도 모르고.

비극의 주인공이
우리를 즐겁게 하려면
완벽히 유죄여도,
완벽히 무죄여도 안 된다.

- 나폴레옹 보나파르트

『버림받은 여자의 일생』 85쪽

1977년.

그 후로, 나는 이따금 불리할 때면 '아버지'라는 강력한 방패를 내세웠고, 그 꼼수를 알아차린 사모님은 나를 몹시 미워했다. 겉으로 드러낸 적은 없다. 동화에서처럼 의붓딸에게 생트집을 잡아 곤경에 빠뜨린 적도 물론 없다. 차라리 그랬더라면 좋았을 텐데… 완벽하게 냉소적으로 대했다. 웃음기 한 조각 없는 얼굴로. 눈빛만으로도 사람을 죽일 수 있다면 이 세상에 살인자가 얼마나 넘쳐날까? 가끔은 친지나 지인들이 놀러 올 때면 자신들만이 알 수 있는 모종의 눈빛을 주고받으며 나에게 '공격당하고 있다'는 것을 일깨워주기 위해 노력하기도 했다. 그래도 상관없었다. 모략이란 어디까지나 패자의 발버둥에 지나지 않으니까. 승자로서 가뿐하게 무시하면 될 일이었다.

하.지.만.

예민하던 사춘기는 그 보이지 않는 핍박을 무던하게 넘기기엔 상당히 불안정한 시기였고, 그간의 설움이 폭발하던 어느 날이었다. 엄마를, 그러니까 날 낳아준 여자를 찾아갔다. 아버지에게 맡겨 놓고 단 한 번도 날 찾지 않은 여자를 내 발로 먼저 찾아가다니. 가는 도중에도 막상 의지할 곳이 거기밖에 없다는 사실에 화가 났던 기억이 난다. 그럼에도 피가 당겼다. 적어도 계모보단 낫겠거니, 아무렴 생모인데, 하고.

요정 앞을 서성이던 날 발견한 엄마가 먼저 말을 걸어왔다. 숱한 남자들이 그 미모와 끼에 자빠졌지만, 정작 당신은 전혀 발을 건 적이 없다는 얼굴로.

"왔니?"

달라진 점이 있다면 평탄한 삶이 아니었던 관계로 약간의 위태로움이 어느 정도 묻어났는데, 그 위태로움마저 엄마는 매력으로 승화시킬 줄 아는 여자였다.

장사 개시 전의 요정 안은 어젯밤의 술기운이 겨우 가셔서인지 쓸쓸했고, 목조 건물답게 꿉꿉한 나무 향이 기름진 냄새와 섞여 풍겼다.

흔히 엄마가 자식에게 하는 말들, 밥은 먹었냐- 아픈 덴 없냐- 따위는 없었다. 엄마는 내 옆구리에 긴 수학책을 힐끗 보며 말했다.

"학교에서 오는 길이니?"

"응."

십수 년 만에 만난 우리는 마치 오늘 아침에도 본 것처럼 굴었다. 마치 그러기로 서로가 약속한 것처럼.

"공부도 하니?"

"조금."

"조금 얼마나?"

"경시대회에서 상도 받았어."

엄마는 더는 묻지 않았다. 애당초 공부 따위에 관심도 없었다. 은근히 부아가 나서 계속 말했다.

"서울 시장이 상 주는 큰 대회야. 방정식… 응용문제가 많았어. 이

차 방정식의 두 근이 어떤 값일 때, 오차의 근이 되도록 하는…"

대강 알겠다는 엄마는 도리어 가르치듯 말했다.

"그래, 알겠어, 방정식인지 강정식인지. 에이 이코루 삐 이런 거 말하는 거 아니야?"

그때 엄마 옆에서 한 남자아이가 키득댔다. 요정에서 잔심부름을 하는가 본데 마른 키에 품이 큰 흰 남방, 그리고 검은 나비넥타이, 까까머리. 나보다 어려 보였는데, 집안이 가난해서인지 일찍부터 밥벌이를 하는 것 같았다. 무엇보다 엄마 옆에 선 녀석이 아들처럼 느껴져 묘한 질투가 났다.

"그런데 말이야, 희란아. 너 그거 알아야 된다?"

녀석을 노려보던 나는 엄마에게 다시 시선을 옮겼다.

"인생도 양쪽의 균형이 맞아야 하는 거야. 애새끼들 노는 거 봐라. 시소 타다가 한 놈만 자꾸 올라가 있으면 밑에 놈이 열이 받겠니, 안 받겠니? 짜증 나잖아. 재미도 없고. 그럼 그냥 집에 가는 거야. 안 맞으면 그 길로 나가리란 뜻이야."

그리고 담배에 불을 붙이며 계속 이야기했다. 엄마가 담배를 핀다는 사실은 적잖이 충격으로 다가왔다.

"네 아버지도 나랑은 안 맞았어. 그런데 넌 보아하니…"

교복 차림에 양 갈래로 머리를 땋은 내 전신을 훑더니 흡족한 미소를 지었다.

"그 집구석이랑 얼추 합이 맞나 보네. 좋아. 이만하면 잘 됐어. 보낸 보람이 있네."

"무슨 엄마가 이래."

"내가 뭘?"

까까머리 녀석은 다소 분위기가 경직되자 덩달아 웃음기가 사라진 채 이쪽을 힐끔거렸다.

"전혀 엄마 같지 않잖아. 사모님이랑 다르게."

그러자 엄마는 도통 무슨 이야기인지 모르겠다는 듯이 눈을 깜빡이더니 한참 후에야 재떨이에 담배를 짓이기며 약하게 웃었다. 나만 바보가 된 것 같았다.

"그 성님이야 원체 고상하신 냥반이고. 그래도 열 달 배 아파 낳은 나만 하겠니?"

"원하는 건 다 해주셔."

"그건 네 아버지가 살아있으니까 그런 거야. 그 양반 죽어봐라. 그날로 넌 끈 떨어진 연 신세야. 그 나이 먹도록 그것도 눈치 못 챘어?"

"엄마는 나 버렸잖아."

"버린 게 아니라, 맡긴 거야."

"버린 거잖아."

"맡긴 거야."

"맡겼다고? 이거 어쩌지? 난 엄마한테 돌아갈 생각이 없는데."

"그럼 왜 왔어?"

"……"

"왜 찾아왔냐고?"

"……"

"연을 맺고 끊는 것도 여즉 모르면서 무슨… 아, 홍낙균 그 인간은 도대체 애한테 뭘 가르친 거야? 이날 이때까지?!"

"아버지 욕 하지마!"

그 야멸찬 냉대, 생모가 맞나 싶을 만큼 무성의한 태도. 기막힘과 서러움에 자리를 박차고 나섰다. 그러다 도저히 못 참겠기에 돌아와 과일을 깎고 있던 까까머리 녀석의 손에서 과도를 뺏어 들었다. 그리고 내 목에 들이댔다. 아악! 하고 저쪽 기둥에 삼삼오오 모여 있던 한복차림의 여자들이 소스라치게 놀랐다. 다들 얼음처럼 굳어 버렸다. 엄마는 어디까지 하나 보잔 식으로 눈 한 번 깜짝하지 않았다. 나는 내 머리카락을 한 움큼 쥐고 그대로 숭덩 썰어 바닥에 내던졌다. 목이 아니라 머리카락이었음에도 주변은 아비규환이 되었다. 그 과정에서 베었는지 손에 살짝 피가 묻어 나왔다. 그리고 어떠냔 식으로 미국인처럼 어깨를 으쓱해 보였다. 이만큼 내가 많이 달라졌고, 당신 따윈 상상하지도 못할 만큼 부잣집에서 호의호식하며, 당신 밑에서 자랐더라면 죽었다 깨어나도 볼 수 없는 모습으로 성장했다고. 일부러 그런 제스처를 취했다. 엄마의 얼굴에 최초로 당혹감이 스쳤다. 잠깐에 불과했지만 통쾌했다.

"홍희란. 너 뭐 하는 짓이야?"

"신체발부 수지부모래. 무슨 뜻인지도 모르지? 당신은 무식하니까."

삐딱하게 단발이 된 머리를 좌우로 털며 계속 말했다.

"머리부터 발끝까지 부모한테 받은 거니까 소중히 하란 뜻이거든."

"……"

"근데, 이걸로 당신하고 나의 인연도 끝이야. 두 번 다신 안 찾아온다고. 그러니 걱정 마."

하며 바닥에 널브러진 내 검은 머리칼을 구두코로 차며 말했다. 엄마는 잠자코 나를 빤히 올려다보더니 박장대소를 했다. 그리고 일어나서 천천히 내게 다가왔다. 내가 주춤하며 뒷걸음질 치자 엄마는 내 어깨를 세게 부여잡고 말했다. 웃음기가 싹 걷힌 얼굴로.

"잘 들어, 희란아. 네가 머리털을 싹 다 밀든, 살가죽에 그림을 그리든 상관없어. 그런데 말이지. 지금은 고삐 풀린 망아지 새끼마냥 곤조 부릴 때가 아니야."

그러면서 내 손에서 칼을 천천히 뺏더니 이번엔 자신의 저고리 옷고름을 단번에 잘랐다. 다시 숨을 들이마시는 소리가 곳곳에서 터져 나왔다. 모두가 절연을 짐쳤으나 틀렸다. 엄마는 잘라낸 고름으로 피 묻은 내 손을 감싸 묶으며 말했다. 이번엔 어금니를 악물고.

"두 번 다신 네 몸에 피를 내선 안 돼. 알겠어? 너는 내가 목숨과도 바꾼 아이야. 네가 태어날 때 네 애비란 인간은 계집을 옆에 끼고 술을 퍼마시느라 오지 않았거든. 그 바람에 엄동설한 술집 부엌에서 나 홀로 너를 낳았어. 네 탯줄도 내가 이빨로 끊어냈다고. 내가 뭘 해 줄 수 있냐고? 아무렴 그 인간들보다 못하겠니? 네 아버지는 너 없이도 살아. 처자식이 있으니까. 그런데 너한텐 나뿐이고, 나한테도 너뿐이야. 알아들어?"

"……"

"알았으면 가. 가서 어떻게 하면 그 집구석에서 살아남을 수 있을지, 어떻게 하면 우리 모녀를 괄시했던 그 인간들에게 복수하고 전재산을 모두 네 호주머니로 쑤셔 넣을지 그 궁리나 하고 살아. 징징대는 얼굴로 와서 이따위 짓거리를 한 번만 더 하면 그땐 용서 안해."

마지막 말을 하면서 엄마는 움켜쥔 내 손에 힘을 주었다. 그러고 보니 가까이서 본 엄마는 조금 시들어 있었다. 진실을 감추기 위해 겹겹이 잎으로 스스로를 에워싼 장미꽃처럼. 어쩌면 엄마는 타고난 여자로서의 매력이 갖는 권력의 크기를 누구보다 잘 알았던 만큼, 그것의 유효기간이 얼마나 잔혹한지도 분명히 알았을 것이다. 그러니 미모가 시드는 과정을 아버지가 가만히 지켜보게 두지 않은 것이다. 바람둥이의 마음이란 오만하니까. 그 생각을 하니 내가 다 심장이 철렁했다.

"야, 알밤."

엄마가 까까머리 녀석을 불렀다.

"네. 사장님."

비로소 까까머리가 '알밤'이란 별명을 가졌다는 걸 알았다. 그 와중에 녀석이 엄마를 깍듯이 '사장님'이라고 부른다는 사실에 조금 마음이 풀어졌다. 내가 비집고 틀어갈 틈이 없을 만큼 친밀해 보였던 두 사람의 간격이 그래도 어느 정도는 벌어져 있구나 - 하는 생각에. 이런 내 속마음을 들키는 게 싫어 고개를 외로 꺾었다. 엄마가 알밤에게 말했다.

"내 딸 데려다주고 와."

"네."

알밤이 생글생글 웃으며 내 어깨를 툭 쳤다. 마치 저랑 나랑 오래 전부터 알고 지낸 사이인 것처럼.

"누난 몇 살이야? 나는 열넷."

바래다주는 길에 알밤은 귀찮을 정도로 말을 걸어왔다. 그동안 엄마로부터 나에 대해 수없이 들었다고 했다. 제 아비를 닮아 똑똑하지만 속내가 음흉하다는 둥, 태어날 때 점을 봤는데 당신과 같은 팔자로 살 거라는 점괘가 찜찜해서 아예 생부에게 보냈다는 둥. 내가 저를 향해 눈을 흘기는 줄도 모르고 알밤은 계속해서 혼자 종알댔다. 집안에서 막내긴 하지만 아들이기 때문에 생계에 뛰어들었다고 했다. 구두닦이부터 신문 배달, 식당 설거지 등등 안 해 본 게 없었는데, 그래도 제값을 주고 부려준 곳은 엄마의 요정뿐이었다고. 가끔 손님들이 주는 팁에도 일절 터치하지 않으니 일할 맛이 난다는 것이다. 묻지도 않은 가정사도 먼저 꺼냈다. 나이 차이 나는 큰형은 월남에 파병을 다녀왔는데 거기서 번 돈으로 식구들이 먹고 살았다고. 그러니 고엽제 후유증과 정신착란으로 사람 구실을 못 하게 된 큰형을 돌보는 건 자신의 당연한 의무라고.

"나도 우리 누나가 있거든? 나중에 시집 갈 때도 내가 돈 많이 벌어서 보태주기로 약속했어."

"……"

"누나는 돈 많지? 아버지가 국회의원이라며?"

"알 거 없잖아."

"이미 다 아는데 뭘."

"쬐끄만한 게 뭘 안다고 지껄여? 개소리 말고 꺼져. 여기서부턴 나 혼자 갈 거야."

"사장님이 역까지 데려다주랬는데! 안 그럼 나 혼나!"

"내가 알아?"

그것이 마지막이었다. 그 후로 나는 엄마를 두 번 다신 찾지 않았다.

세월은 빨리 흘렀다. 이대 가정과를 졸업한 나는 어느덧 결혼 적령기에 접어들었다. 엄마를 너무나 빼닮은 모습으로.

6

옥녀가 굳은 얼굴로 물 잔을 찾았다. 벌써 세 번째다.

"서옥녀!"

"응?"

옥녀는 불쑥 날아든 피구 공에 얻어맞은 얼굴로 반응했다. 잠긴 목에서는 쇳소리가 났다.

"대답 좀 해 봐. 묻잖아."

"뭐라고 했지?"

"더위 먹었냐? 폰 봤냐고. 뭐 없었냐고."

"잔액은 17만원…"

혜수가 그 부분에 대해서는 예상하고 있었다는 눈빛을 하자 옥녀는 일어나 다시금 현관문의 잠금장치를 확인했다. 그리고 자리로 돌아와 앉더니 목소리를 한층 낮추고 말했다.

"언니 근데 있잖아… 중요한 건 그게 아니야."

"뭘 또 본 거라도 있어?"

"앱 중에… 트래픽 뷰 라는 게 있었어."

"뭔데?"

"씨씨티비."

부연 설명을 해보란 듯이 혜수가 미간을 찌푸렸다.

"도로 상황 알려주는 씨씨티비 말이야."

"그게 왜 있어? 홍희란은 앞을 못 보는 시각장애인인데."

"그러니까 소름이라는 거지."

"기본 앱일 수도 있잖아?"

"그건 안드로이드 폰일 때의 얘기고, 아이폰 기본 앱 중엔 그런 거 없어. 내가 더 잘 알아."

그러면서 자신의 아이폰을 테이블 위에 소리 나게 올려두었다. 아이폰12pro. 3년 전에 출시된 기종으로 그때가 남자 친구를 사귄 마지막이었다. 옥녀는 사귀는 남자들에게 고가의 스마트 기기를 선물받곤 했고, 그것을 으레 관계에 있어서 자신의 우월한 위치를 위시하는 척도로 삼곤 했다. 물론 그것보다 몇 곱절은 되는 지출이 있다는 것은 늘 함구했다. 거듭 말하지만 빼어난 미모를 따라잡기에 지능은 모자라니까. 본론으로 돌아와 옥녀는 다시 상체를 앞으로 당겨 앉고 말했다.

"분명히 할망구가 직접 다운 받은 거야. 씨씨티비. 그러니까 내 말은 뭐냐면…"

마치 자기가 본 귀신에 대해 생생하게 들려주는 여고생처럼 말했다.

"앞을 못 본다는 건 순 거짓말이 아닐까?"

순간, 혜수는 평소에 거실과 방 곳곳을 돌아다니며 뱀의 눈으로 훑어보던 자신의 모습과 아침에 센터장 자격으로 방문해서 옥녀가 온갖 꼴값을 떨던 모습을 떠올렸다. 그 모든 것을 홍희란이 다 보고도 못 본 척 했다고? 설.마.

"아니야. 그럴 리 없어."

"그럼, 그게 왜 있는데?"

"……"

"나 그 집에서 나오자마자 택시 타고 왔어. 무서워서."

"뭘 더 본 건?"

"없어. 욕실 안에서 물소리도 멈추고 해서 얼른 서둘러 나왔어. 그게 다야."

속 시원히 결론을 내지 못했던 그 문제는 그날 오후, 황정자와의 전화 통화로 밝혀졌다.

– 아아, 그거 사은품이에요. 새 거 말하는 거죠? 하얀색. 요즘 애들이 많이 쓰는 거.

– 네, 맞아요. 어디서 받은 건데요?

– 동구 지역신문에서 퍼즐 맞추기로 받았어요. 그거 제가 대신 받아준 건데.

오랜만에 산책을 다녀오는 길에 1층 현관에 비치된 동구 신문에 퍼즐 맞추기 코너가 있었다고 했다. 속담이나 상식 맞추기 퀴즈였는데, 대부분 노파가 풀면 황정자가 대신 써서 우편으로 접수했다는 속사정.

– 그런데 아이폰 있어 봤자 무용지물이죠, 뭐. 노인네가 쓸 줄 아는 것도 아니고. 그래도 그게 미국에서 만든 거고 이백만 원이나 되는 비싼 거라고 하니까 그때부턴 아주 신줏단지 모시듯 하던데요? 팔면 돈이라도 되지.

– 혹시 씨씨티비 앱이 깔려 있던 것 아세요?

– 모르죠. 전. 얼마 전에 그냥 트로트 앱을 깔아준 적은 있어요.

– 트로트… 앱?

– 네에. 요즘 음악 들으려면 돈 내고 들어야 하잖아요. 그런데 어떤 앱 중에 무제한 반복으로 들려주는 게 있다고 누가 그러더라고요. 그래서 그거 깔아줬어요. 그런데 그것도 자주 들으면 금방 닳는다나 어쨌다나. 그냥 라디오가 신간 편하다고 구석에 박아 두더라고요. 근데 그건 왜요…?

혜수는 비로소 꽉 막혔던 속이 풀리는 듯했다. 어르신들이 자주 저지르는 실수 중 하나다. 경고창이 뜨면 무조건 '예'를 누른다거나, '설치하시겠습니까?'라는 창에도 무작정 '확인'부터 누르고 본다. 그래 놓고 나중에 이것저것 뒤섞인 쓰레기 정화조 같은 앱을 자식들에게 검사받을 때는 일단 모르쇠로 일관한다. 정말 모르니까.

– 괜한 걱정을 했네요. 고마워요, 선생님.

– 별말씀을요. 저… 그건 그렇고 저번에 물어본다는 걸 못 물어봤는데요.

– 뭐죠?

– 혹시 월급날이 언제…?

– 기존엔 며칠이었어요?

– 20일이요.

- 같은 날로 할게요.

- 고마워요. 호호.

- 아참. 저 혹시… 할머님한테 먼 친척은 없죠? 조카라든지… 오촌, 육촌 누구든.

- 글쎄요… 아예 없진 않을 텐데… 잘 모르겠네요. 그리고 설령 있다 해도 남이나 마찬가지 아니겠어요?

똑똑.

그때, 누군가 문을 두드렸다. 노크 소리에 신경이 분산된 혜수가 전화를 서둘러 끊었다.

- 다시 전화할게요.

"누구세요?"

경찰입니다- 안에 계십니까-

현관문 손잡이를 향한 손길이 잠시 멈칫했다.

'경찰?'

최대한 호흡을 고르고 문을 열었을 때, 철커덕! 하고 도어체인이 걸리는 바람에 이번엔 경찰 쪽이 움찔했다. 건장한 체격의 두 남자가 서 있었는데, 그중 나이 들어 보이는 형사가 사람 좋은 웃음을 지으며 다시 말했다.

"안녕하십니까? 동부 경찰서 형사과에서 나온 채상무 형사입니다."

혜수가 문을 닫고 도어체인을 푼 뒤에 다시 문을 열었다.

"그런데요?"

그는 이쪽의 불쾌함과 두려움을 어서 해소해야 할 일종의 의무감이 들었는지 빠른 속도로 말했다.

"다른 건 아니고, 뭣 좀 여쭤볼 것이 있어서요. 실례가 안 되신다면…"

"물어보세요."

그러자 이번엔 젊은 형사가 말했다. 말끔한 인상의 그는 이제 막 신출내기인지 공무원이라는 직업이 빚어낸 고유 언어로 똘똘 뭉친 것처럼 긴장이 역력했다.

"최근에 뉴스에도 보도된 바와 같이 40대 여성 부둣가 살인사건에 대해 수사 중에 있습니다."

왕언니 사건이다. 혹시 같은 교도소 출신이란 정보를 사전에 입수한 걸까? 아니면, 왕언니의 미완으로 남은 작업을 이어받은 냄새를 맡아서? 순간, 혜수는 그 사건에 대해 안다고 해야 할지, 모른다고 해야 할지 선뜻 대답이 나오지 않았다.

"그래서 말인데, 혹시 근방에 이런 남자 못 보셨습니까?"

'남자'라는 단어에 긴장이 풀렸다. 일단 혜수는 의심에서 벗어났다. 그러면서 젊은 형사가 보여준 몽타주를 힐끔 보았다. 음울하고 푸석푸석해 보이며 삼백안의 기분 나쁜 눈빛. 마치 장기 미제 살인사건의 용의자 같은 몽타주였는데, 혜수는 그 와중에 경찰의 레이더 망에서 벗어났다는 사실에 안도감을 느꼈다. 조금 전과 달리 여유가 생기자 잔챙이를 잡느라 동분서주하는 그들 앞에 사실은 자신이 대어라고 소리치고 싶은 발칙한 충동마저 느꼈다.

"글쎄요. 못 봤는데요."

"음…"

"아직 범인을 못 잡았나 봐요? 저도 이 사건 뉴스로 봤거든요."

용기가 생겼다.

"네. 안타깝게도."

"그 용의자가 이 동네에 사나 보죠?"

"부근에서 목격했다는 제보가 들어와서요."

"아…"

"모쪼록 실례 많았습니다. 감사합니다. 혹시라도 마주치게 된다면 제보 바랍니다."

"그러죠, 뭐. 돈 드는 것도 아닌데."

경찰들이 물러갔다. 이중 잠금까지 한 뒤에도 혜수는 손잡이에서 한참을 손을 놓지 못했다. 피식… 기가 찬 웃음이 짧게 새어 나왔다. 공인중개사와 함께 처음 이 집을 보러 온 날이 떠올랐다. 문을 열기 위해 열쇠를 욱여넣고 있을 때, 오른편에 있는 계단을 통해 위층으로 향하던 한 남자. 오지랖 넓은 공인중개사의 인사에도 싸늘한 눈길을 던지던 그 남자. 이런 걸 두고 적과의 동침이라고 해야 하나? 혜수는 왼쪽 위 천장 어딘가로 시선을 옮겼다. 세상 참 좁다.

'2층에 살고 있었다, 이거지.'

♦ ♦ ♦

~~사십 대 여자,~~ (젊은 남자,) 외제 차 끄는 노신사

젊은 남자는 바로 노파의 사주를 받고 왕언니를 죽인 범인이다. 동시에 혜수가 거주하는 주택의 2층 세입자이기도 하다.

"잠깐… 가만있어 보자."

혜수는 감옥에서의 왕언니의 말을 떠올렸다.

> *"친자 확인 소송 하던 자식 놈이 반푼이래.*
> *이거 말이야, 이거."*

자세히 보지 못했지만 집 보러 온 날을 되돌아보면, 그는 대략 30대 후반 내지 40대 초반으로 보였다. 나이 차이만 보자면 아들이라 해도 손색이 없는 연령대다. 그리고 어쩐지 맹해 보이는 구석도 있었던 것 같다. 혜수는 철렁하는 마음에 얼른 옥녀에게 메시지를 써 내려갔다. 이미 전에

[언니, 두꺼비 아저씨 금은방 주소 연안동 662-1 맞지? 이 아저씨 없네.]

라는 메시지가 와 있었다.

[옥녀야. 왕언니 죽인 놈이 우리 건물 위층에 살고 있었어. 근데 아무리 생각해도 홍희란 아들하고 비슷…]

혜수는 쓰던 메시지를 다시 지웠다. 그리고 침대에 풀썩 누웠다.

생각이 바뀌었다.

아무리 독해도 엄마인데, 세상 어느 엄마가 누굴 죽이는 일에 자기 아들의 손을 빌릴까? 더구나 2층 남자는 정신지체를 앓고 있다고 하기엔 멀쩡해 보였다. 또 공인중개사가 먼저 알은체를 했을 때에도 무시하고 지나간 점이 지금 되돌아보니, 사회성 부족이라기보다 원체 무뚝뚝한 성격일 거라고 느껴졌다. 확실히 아들은 아니다. 그렇다고 공범 축에도 못 낀다. 말단 하수인에 가깝다.

그건 그렇고. 우연의 일치라고 해야 할까? 왕언니를 죽인 범인과 왕언니의 정보를 가로챈 혜수가 한 건물에 세 들어 산다는 것이. 돌연 등골에 한기가 느껴졌다. 애써 감정을 추슬렀다. 그가 먼저 살고 있는 건물에 혜수가 나중에 온 것이니까. 그러니 결코 타깃이 된 게 아니라고.

✦ ✦ ✦

그 시각. 동인천 대학병원.

흰 가운을 입고 옆구리에 차트를 낀 중년 의사가 복도를 걷고 있었다. 누가 봐도 연일 반복된 수술로 푸석푸석한 얼굴의 의사는 가벼운 목 스트레칭을 하며 걸으면서도 동료들에게 꼬박꼬박 알은체하는 것을 잊지 않았다.

"오늘도 수고했어."

"수고하셨습니다."

"금요일인데 뭐해? 칼퇴?"

"당직이에요."

"안 됐네. 아참! 903호 할아버지 환자, 리듬 체크 부탁."

"네-"

그러다 한쪽 벽면에 세워진 침대를 심상찮게 보더니, 마침 그 옆을 지나가던 간호사를 핑거스냅으로 불러 세웠다.

"이 환자 뭐죠?"

간호사가 허리를 비스듬히 숙여 침대 발치에 걸린 환자 카드를 보더니 말했다.

"이분 정형외과에 MRI 검사 접수하실 분이신데요."

"그런데 여기에 계속 세워두면 어떡합니까? 직원은요?"

"이동만 해드렸고, 여기서부턴 보호자의 몫이라."

"그런데 보호자가 안 보이잖아요? 누구라도 옆에서 지켜줘야지. 네 몫, 내 몫이 어디에 있다고 마냥 환자를 방치합니까? 당장 직원 불러와요. 일 처리를 어떻게 하는지 원."

다들 말을 하지 않지만, 도처에 있는 병원 이용객들이 모두 이 모습을 관람하고 있었다. 일의 잘잘못보다 당장의 수치심이 그녀의 두 뺨을 붉게 물들게 했다.

"시정하겠습니다…."

따끔한 일침으로 스타성을 뽐낸 의사는 다시 제 갈 길을 갔다. 중간중간에 간호사들로부터 인사를 받으며 언제 그랬냐는 듯이 사람 좋은 미소를 짓는 것도 잊지 않았다. 사람들은 그의 뒷모습을 동경

해 마지않는 눈빛으로 지켜보았다. 딱 한 사람, 조금 전에 지적받은 간호사는 시설팀에 직원을 호출한 뒤 고개를 갸웃거렸다. 저런 의사가 우리 병원에 있었나 싶은 얼굴로.

그 사이 의사는 병동 밖으로 빠져나왔다. 그리고 때맞춰 회전문 앞에 막 미끄러지듯 도착한 하얀색 승용차 뒷좌석에 바로 탑승했다.

"어떠셨습니까?"

운전석에 앉은 남자가 묻자, 룸미러 속 두꺼비의 모습은 일사불란했다. 서둘러 흰 가운을 벗더니 바깥 동정을 살피며 말했다.

"반지 두 개에 귀걸이 세 개."

"겨우요?"

"오늘은 졸라 빡셌어. 빨리 가. 어떤 간호사가 계속 뒤에서 야리더라."

금은방에 도착했을 땐, 이미 옥녀가 먼저 와서 기다리고 있었다. 아빠- 아빠 친구분 오셨어- 하고, 아들이 자기에게 주어진 소임을 다 했다는 듯이 쏜살같이 자리를 벗어났다. 구석 테이블에 다리를 꼬고 앉아서 비비빅을 먹고 있던 옥녀가 뺀질뺀질한 얼굴로 말했다.

"이렇게 오래 가게 비워도 되는 거예요? 누가 털어가면 어쩌려고 그래?"

"너만 조심하면 돼."

그러면서 반지, 귀걸이, 팔찌, 시계 등 번쩍이는 귀금속들이 탈 없이 자리하고 있는지 노골적으로 살폈다. 그러거나 말거나 돌연 옥녀가 야릇한 미소를 지으며 다가오더니 진열장 위에 팔꿈치를 기대고 기울였다. 그리고 음흉하게 속닥였다.

"아저씨 부동산 사기당했다며?"

"소문 빠르네."

"어쩌다?"

"알려고 하지 마라. 심란하다."

"얼마나 뜯겼는데?"

금액이 크면 클수록 배가 찢어지게 웃을 준비가 되어 있다는 듯이 옥녀가 생글거리며 얼굴을 들이밀었다. 요걸 그냥- 손바닥으로 그 얼굴을 뭉개는 흉내를 내며 두꺼비가 말했다.

"4억이다. 됐냐?"

"웬일이야!"

옥녀의 얼굴에 환희에 가까운 충격이 가득 떠올랐다.

"정확히는 4억 2천… 하, 개새끼들. 귀신은 뭐 하나 몰라, 그런 사기꾼 새끼들 안 잡아가고."

"그래서 투잡 뛰었구나?"

"어떻게 알았어?"

두꺼비는 얼른 서랍에서 안경을 꺼내 쓰고, 팔 토시를 착용했다. 이렇게 보니 왕년에 동대문 메이커 사기꾼이 아니라 건실한 동네 금은방 사장처럼 보였다.

"SNS 프로필 사진에 의사 가운 입고 찍었잖아."

"너 내 번호 등록했냐?"

"왜 이래. 서운하게."

"난 네 번호 없다."

"걱정 마. 안 알려줄 거야."

"무슨 심뽀야, 대체."

"그 연세에 의사 코스프레하는 건 아니지 설마? 불어. 빨리."

"눈치도 빨라. 오늘도 그 짓 못 하겠다. 슬슬 알아보는 사람들도 생겨서. 병원을 옮기든지 해야지."

그러면서 공기알처럼 손바닥 안에 두고 흔들던 오늘의 '소득'을 자랑스레 보여주려다가 옥녀가 못 미더운지 다시 한쪽 저울 위에 가지런히 올려 두었다. 옥녀가 다 먹은 비비빅 나무 막대를 흔들며 훈계조로 말했다.

"아들 보기 안 쪽팔려, 아저씬? 아픈 환자들 상대로 등골을 뽑아 처먹으면 어떡해?"

"멀티 프로필이라서 갠 몰라. 그러는 넌?"

"내가 뭘?"

"오늘내일하는 노인네 등쳐먹는 건 괜찮고?"

"어떻게 알았대?"

"들었지. 혜수한테."

"어디까지?"

"늙은이 잡아먹을 거라는 것까지. 요양센터도 내가 구해다 준 거다. 알지? 그래서? 삶아 먹는대? 볶아 먹는대?"

"몰라. 메인 셰프는 언니라서."

"넌?"

"나야 보조지."

그러면서 옥녀는 주머니에서 반지 케이스를 꺼내 넌지시 밀었다. 두꺼비가 열어보니 안에는 체인 장식의 화이트 골드 반지 하나가 있었다. 옥녀는 가운데 알은 5부 다이아로 예전 남자 친구와 맞춘 커플링이라며 철 지난 자랑도 덧붙였다. 집안 사정상 급전이 필요해서 파는 거니까 최대한 비싸게 값을 매겨달라는 부탁과 함께. 두꺼비가 정밀 확대경으로 반지를 요모조모 뜯어보며 계속 말했다.

"넌 언제까지 변혜수 시다 노릇 할래?"

"시다 아니거든?! 보조거든!"

"그거나 그거나. 어릴 때부터 그렇게 혜수 뒤꽁무니만 쫓아다니면서 시키는 일이나 하고 말이야. 걔가 뭐라도 돼? 하느님이라도 되냐고? 아주 충신이 따로 없어요."

"이 아저씨 입으로도 방귀를 뀌는 재주가 다 있네. 우리가 얼마나 벌 줄 알고?"

"얼마나?"

"역대급이야. 그러니까 절간에서 새우젓 국물이라도 얻어 잡숫고 싶으면 잘해. 나한테."

"역대급 같은 소리 하네. 돈 앞엔 부모 자식도 없는 거야. 너 그러다 팽 당해요."

"팽?"

"충성 작작 하란 뜻이야. 사기꾼 년들이 의리만 드럽게 좋아요.

야, 그리고 이거 짜가네."

"뭐?!"

옥녀가 자리에서 벌떡 일어나 반지를 거칠게 낚아챘다.

"금도 도금이고. 손가락 안 간지러웠냐? 이 정도면 발진 났겠는데."

"이 개새끼가…!"

"네가 그럼 그렇지. 남자 보는 눈이 그렇게 없어서야 쓰겠…"

"재수 없어!"

모멸과 분노에 몸을 부르르 떨던 옥녀가 가게 문을 박차고 떠났다.

7

6일 차.

어느덧 아파트 앞에 다다랐다. 혜수는 호흡을 가다듬었다. 아-에- 이- 오- 우- 잊지 않고 안면근육 연습을 하며, '나는 감독이다.'라고 주문을 외웠다. 감독은 설정된 상황 속에서 무엇이 연출이고, 애드리브인지 한눈에 파악하고, 주조연의 감정과 엑스트라의 사소한 동선까지 컨트롤할 줄 알아야 한다. 거실에 앉아 있는 노파가 허공을 응시하며 온화한 미소를 지을 때, 혜수는 간파했다. 어김없이 노파도 연기를 시작했음을.

"어서 와요. 선생님."

타다다다닥!!!

초반부터 불 조절을 못했는지 프라이팬에 달걀을 깨뜨리자마자 기름이 폭죽처럼 사방에 튀었다. 딴생각에 잠겨 있던 혜수가 그제야 불을 줄이고 눈치를 보지만, 정작 노파는 관심이 없는지 옆으로 누운 채로 라디오를 듣고 있었다.

혜수는 줄곧 오기 전에 황정자와 나눈 통화 내용을 떠올렸다. 바로 지난주에 노신사가 찾아왔었다고 그녀는 전했다. 골프를 치다 왔는지 골프복 차림으로 들어온 그에게서 기분 좋은 향수 냄새가 풍겼다고.

> – 둘이 무슨 이야기를 하던가요?
> – 송도 어쩌고저쩌고 하던 것 같았어요.
> – 송도요?
> – 네. 모르긴 몰라도 무슨 투자니 어쩌니 하는 걸로 봐서
> 돈 얘기지 싶은데요.

노신사의 정체는 뭘까? 도대체 얼마나 긴밀한 사이길래 큰돈 이야기가 오갈까? 어쩌면, 그는 유산 상속 문제에도 관여하고 있을지 모른다. 그렇다면 대가로 어마어마한 부동산을 받는다는 게 아주 불가능한 이야기는 아니다. 또한, 왕언니를 죽인 2층 남자와 달리 노신사는 노파의 하수인이라기보다 어느 정도 동등한 선에서의 조력자 내지 오른팔이라는 느낌이 들었다.

음식물 쓰레기봉투를 꾹꾹 눌러 담아 묶는 동안에도 잡념은 끊이지 않았다. 그러다 몸을 돌려 현관문 밖으로 가져가려던 찰나에 벽면에 붙어 있는 작은 거울에 노파의 모습이 비쳤다. 어느새 앉아있고, 섬뜩한 미소를 짓고 있었다.

!!!

얼른 몸을 돌렸다. 노파의 시선이 허공 어딘가를 향해 있었다. TV에서는 '자연 속으로'가 방영 중이었다. 노파가 화면에 나오는 산골 사람을 두고 하는 말인지 나지막이 말했다.

"틀렸어."

"네?"

"듣자 하니까 텔레비에서 저 사람이 하는 말이요. 산에서 나고 자랐다면서 어떻게 쇠뜨기풀을 몰라요? 목부라면서… 쇠뜨기풀은요. 소가 먹는 날엔 바로 설사해요. 내가 보기엔 저 양반, 저거. 분명히 사회에 있을 때 아주 크으은 죄를 짓고 도망친 놈일 거예요."

'끼리끼리 알아본다, 이건가.'

"에이…"

"에이가 아니에요. 내 말이 맞아요."

앞을 볼 수 있었더라면 혜수의 속내도 간파하고도 남았을 것이다. 노파는 쓸데없는 말들을 주절거렸다. 우거지는 배추 이파리를 우거지라 하고, 시래기는 무 이파리라고. 그런데 시장에 가보면 살림한다는 주부들도 그걸 모르는 사람들이 태반이라고. 또 요즘에나 기술이 좋아서 사시사철 채소를 먹지. 옛날 같았으면 가을 상추, 가을 아욱은 사위도 안 주고 문 걸어 잠그고 먹을 만큼 아주 귀했다고. 생각난 김에 올가을엔 아욱국이나 크게 한 솥으로 끓여 놓고 두고두고 먹어야겠다고 포부를 밝히기도 했다.

한 치의 실수도 없는 독백에 혜수는 새삼 감탄했다. 100점 만점에 120점을 주고 싶은 아주 훌륭한 연기다. 싱크대 하부장엔 살림이라고는 압력밥솥과 양은 냄비가 전부이면서, 마치 집에서 음식을 많이 해 먹는 양. 사다 먹는 반찬은 입에 안 맞는 양. 장담컨대 노파는 올가을이 오기 전에 유산을 들고 대한민국을 벗어날 것이 분명한데 말이다. 혜수는 할 수만 있다면 그 작고 쪼글쪼글한 얼굴에 쓰고 있는 가면을 벗기고 싶었다. 가면 너머엔 어떤 얼굴이 있을까? 복수심으로 불타올라 모든 걸 파괴해 버린 마녀의 얼굴이 있지 않을까?

듣는 둥 마는 둥 하는 혜수와 달리 노파는 어느 대목에서 까르르 웃으며 손뼉을 쳤다. 갑작스런 뱀의 등장에 젊은 남성 리포터가 나이에 안 맞게 엄마야―!를 외쳤고, 시골 남자도 덩달아 놀라 나무 막대기로 휘이 휘이 내쫓는 소리가 노파를 웃게 했다.

"그냥 막 돌 던지고 그러지요?"

"아뇨. 지팡이로 찌르는데요."

"에휴. 그렇게 하면 안 되지요."

"설마 뱀도 잡을 줄 아세요?"

"우리 어릴 땐 심심찮게 보였다오. 산에 소풍 가면 다른 애들은 무섭다고 줄행랑을 쳐 버렸어요. 근데 나는 하나도 안 무서웠거든요."

'어련하시겠어.'

"뱀이란 놈은 머리를 치면 꼬리로 달려들고, 꼬리를 치면 머리로 냅다 물어 버리고, 가운데를 치면 머리랑 꼬리가 동시에 공격하는 물건이에요, 그게. 그럼 사람 죽는다고요. 그럼 어떻게 하느냐?"

노파는 당신 앞에 뱀이 있는 것처럼 양손을 잔뜩 벌리더니 번갈아 흔들며 말했다.

"한 손으론 머리를 잡아 비틀고, 한 발로는 꼬리를 꽉 찍어 누른 다음에 다른 한 손이 남아 있지요? 그 손으로다가 칼을 쥐고 허리를 냅다 잘라 버리면 돼요. 남자애들은 무섭다고 다 도망가도 나는 뱀이 하나도 무섭지 않았어요. 지금도 그렇게 해보라면 할 수 있어요. 우리 아버지가 날더러 장군감이라고 한 덴 다 이유가 있었어요, 그러고 보니."

평상시와 다르게 어딘가 활력이 넘쳐 보였다. 모범수가 되어 출소일이 코앞에 다가온 왕언니처럼.

"오늘 기분 좋은 일이라도 있으신가 봐요?"

"그래 보여요?"

"네. 컨디션이 좋아 보여서 다행이에요."

오늘따라 유달리 먼저 말을 걸고, 사소한 것에도 까르르 웃고, 쓸데없이 말이 길다. 무슨 꿍꿍이일까? 노파가 계란 프라이를 먹어 기름으로 범벅인 입으로 말했다.

"내가 선생님은 못 속이겠네. 나 사실 오늘 어디 좀 갔다 올 일이 있거든요."

"어딜요?"

"법무사 사무실이요."

혜수는 하마터면 손에 쥐고 있던 그릇을 떨어뜨릴 뻔했다. 환호가 튀어나오려는 걸 간신히 참고,

"언제 가실 건데요?"

"왜 가는지 안 물어봐요?"

그 질문이 마치 '너 대사 틀렸어.'라고 하는 것 같았다. 당황해선 안 된다.

"왜 가시는데요?"

"내가 있잖아요, 선생님. 큰돈이 생겨요."

심장이 마구 뛰었다. 그토록 듣고 싶었던 이야기가 아니던가. 입이 바짝 마르고 손이 다 떨렸다. 세제가 묻은 그릇들이 미끄덩해서 자꾸만 손에서 빠져나갔다.

"무슨… 돈인데요?"

"쉬이잇…"

노파가 검지를 쪼글쪼글한 입술에 가져다 댔다.

"조용히 해요. 벽에도 귀가 있어요."

혜수는 일부 벗겨져 시멘트가 훤히 들여다보이는 벽면을 물끄러미 봤다. 이젠 노파의 말 한 마디 한 마디가 유효하게 느껴졌다. 벽에도 귀가 있다는 말에 심지어 옆집 노인을 경계하는 마음마저 일었다. 노파가 이어서 말했다.

"사실은요, 이게 다 내 새끼 덕분에 생긴 돈이에요. 히히."

먹잇감을 코앞에 두고 몸이 달아오른 시커먼 까마귀처럼 노파의 양 어깨는 설렘으로 넘실거렸다.

"기초연금 말씀하시는 건가요?"

일부러 모른 척하고 물었다.

"아니에요. 연금이 어디 내 새끼 덕분에 생긴 돈인가요?"

"그럼 무슨 돈인데요?"

"내 새끼가 아니었으면 못 받을 돈이랍니다."

"그러니까 자세히 말씀해 보세요. 전 이해가 잘 안 되는데…"

"옛날에… 어떤 놈이 자기 처자식을 버렸어요. 돈 한 푼 안 주고 쫓아냈지요. 그런데 그 천벌 받을 놈이 지금은 죽고 없답니다… 히…"

김신건이다, 하고 혜수는 속으로 외쳤다.

"그래서요?"

"그런데 그 인간이 남긴 유산이 갈 데가 없답니다. 왜냐하면 그 집 씨들이 다 죽고 없거든요. 그 사람들은요. 내가 몇 년 전에… 쿨럭 쿨럭…"

"유산이 얼마나 되는데요?"

최대한 흥분을 억누르고 물었다.

"그 유산이요. 얼마냐 하면요. 자그마치… 3…"

코에서 뜨거운 김이 나왔다. 콧바람 소리가, 거친 숨소리가 노파의 귀에 들릴까 혜수는 두 손으로 입과 코를 감쌌다. 그리고 그때, 관리사무실 안내 방송이 흘러나왔다.

[안내 말씀드립니다. 간접흡연으로 인해 고통을 호소하는 민원이 발생하고 있습니다. 화장실에서 피우는 담배 연기는 환기구 등을 통하여…]

'시발!!!'

턱 근육을 당기며 아주 작게 뺑긋거렸다. 노파는 안내방송에 움찔하더니 이내 의미심장한 미소를 지었다. 화장실로 향하는 벽 상단에

달린 스피커가 비로소 잠잠해지자 노파가 이어서 말했다.

"오늘 그래서 내가 바쁘답니다."

"잠시만 기다려 주세요. 설거지 금방 끝낼게요."

"아니에요. 괜찮아요."

"네?"

"실버 콜택시 불렀어요. 여기 전화기에서 1번 길게 누르면 전화가 가요."

그러면서 노파는 목에 걸린 구형 폴더 폰을 손에 꼭 쥐었다.

'같이 가달라는 게 아니었어?'

실버 콜택시. 교통약자를 위한 정부의 이동지원 서비스다.

"전화기로 금방 전화가 온댔어요. 이따 차가 오면 1층 밖에까지 나 좀 바래다줄래요?"

"제가 모시고 다녀오는 게 더 빠를 텐데요."

"아니에요. 뭘 그런 수고를."

"괜찮아요. 시간 많아요, 저."

노파가 몇 초간 뜸을 들인 후에 대답했다.

"됐어요."

그리고 보다 단호한 어조로 말했다.

"나 혼자 다녀오리다."

그렇게 단칼에 일축하더니 방에 들어가 옷가지를 주섬주섬 챙겼다. 뛰는 놈 위에 나는 놈이 있다는 걸 보여 줄 필요가 있었다. 보통 드라마나 영화에서 한 치의 오차 없이 그리는 장면이 바로 주인공이 기가 막힌 타이밍에 차편을 잡는 모습이다. 하지만 혜수가 주관하는 작품에선 그런 진부하고 불필요하며 더 나아가 일말의 발전성이라고는 눈 씻고도 찾아볼 수 없는 장면은 즉각 삭제될 것이다. 혜수는 쓰레기를 버린다는 핑계로 복도에 나가 옥녀에게 전화를 걸었다. 신호만 갈 뿐, 몇 번이고 연결되지 않았다. 분명히 전날 밤에 넷플릭스로 밤을 새우고 코를 골며 자고 있을 것이다. 다급한 눈으로 109호 현관문을 노려본 다음에 콜택시 대표번호로 전화를 걸었다.

안녕하세요. 교통약자 이용지원시스템입니다. 지금은 모든 상담원이 통화 중…

몇 초 뒤에 다시 시도했다.

지금은 모든 상담원이 통화 중…

다시.

지금은 모든 상담원이 통화 중…

다시.

안녕하세요. 교통약자 이용지원시스템입니다.

이용을 원하시는 지역 번호를 눌러 주세요.

연락받으실 휴대폰 번호를 눌러 주세요.

010-9229-XXXX

입력하신 번호는 공.일.공.

"그래 이년아!"

상담원을 연결해 드리겠습니다.

– 언제나 따뜻한 마음, 따뜻한 동행, 교통약자 지원콜택시 상담원 이지

선입니다. 무엇을…

- 여기 바다아파트 103동 109호인데요.

- 아, 고객님. 거기는 차 금방 출발했습니다. 조금만 기다려 주세요.

혹시나 했는데, 역시나다. 하지만 이 작품은 온전히 혜수의 것이므로 앞서 밝혔듯이 이쯤에서 시나리오를 수정할 것이다.

- 아뇨. 그러실 필요 없다고 말씀드리려고 전화 드린 거예요.

- 네?

- 취소해 주세요.

- 지금쯤 도착했을 것 같은데…

- (쌍년이!) 빨리요!!!

상담원, 역할은 미미하나 반드시 극의 주인공을 돕는데 헌신해야 할 그 보조출연자는 누구의 지휘를 받아 연기를 해야 할지 갈피를 잡기 어려운지 말끝을 흐렸다. 하지만 예상보다 빨리 결심이 섰는지 이내 대답했다.

- 기사님께 연락은 해보겠습니다.

안심할 수 없었다. 평일 오후인 데다 출퇴근 시간대도 아닌지라 차가 막힐 일이 없다. 이번 차를 못 타면 다음 차를 부를 수도 있다. 혜수는 관련 앱을 다운받아 허위로 콜택시들을 호출하기 시작했다. 장애 인증을 건너뛴 관계로 모두 유료였고, 건당 1,200원씩 14번, 모두 16,800원을 결제했다. 막을 수만 있다면 뭔 수든 좋다.

한참이 지나도 차량이 도착했다는 소식이 없자, 역시나 노파는 다시 1번을 길게 꾹 눌렀다. 물론 접수야 정상적으로 이뤄질 것이다.

다만 배차 간격이 길 뿐이다. 준비가 다 된 채로 삭막한 거실에 가만히 앉아 기다린 지 또 십 분이 흘렀다.

'딩동

현재 차량 운행에 문제가 생겨 배차가 지연되고 있습니다.

조금만 기다려 주시기 바랍니다.'

'딩동

현재 차량 운행에 문제가 생겨 배차가 지연되고 있습니다.

'딩동

.

.

.

실망한 기색이 역력한 노파의 곁으로 슬그머니 다가가 말했다.

"제가 모셔다드릴까요?"

"하는 수 없네요, 선생님…"

실망한 정도를 넘어 패색이 짙은 목소리였다. 그 후로는 속전속결이었다. 혹시 모를 상황에 대비한 '장치'를 노파 몰래 그녀의 손가방에 넣어 두었다.

법무사 사무실에 도착한 건 그로부터 30분 후. 이미 안에는 법무사와 자신을 변호사라고 소개한 중년의 남성이 기다리고 있었다. 온 시선이 노파에게 쏠렸는데 그들도 거물을 알아보는지 저마다 긴장이 역력한 얼굴들이었다. 돌연 노파가 혜수의 가슴께를 가볍게 밀며 말했다.

"선생님은 밖에서 기다리세요. 커피나 잡수시면서."

스르르 하고 문이 닫혔다. 긴장과 흥분으로 온몸이 부르르 떨린 나머지 소변이 다 마려웠다. 이왕 온 김에 배석한다면 더할 나위 없이 좋았겠지만, 아쉬운 대로 참을 만한 데에는 다 이유가 있었다. 사무실 내부의 소리가 잠잠해지고 복도로 나온 혜수는 서둘러 어딘가로 전화를 걸었다.

– 서옥녀!

– 깜짝이야. 왜 소리는 지르고 난리야.

– 왜 이렇게 전화를 늦게 받아? 내 문자는 봤어?

– 왜.

– 왜애? 지금 어디야?

– 언니 집. 왜 안 오고 전화질이야. 퇴근 안 했어?

– 아직. 나 지금 어디인 줄 알아?

– 그걸 내가 어떻게 알아.

– 법무사 사무실.

– 거긴 왜.

– 반응이 왜 시원찮아? 안 놀래?

– 놀래야 해?

뭐가 또 불만인지 입이 부어 있다. 혜수는 스마트폰을 반대쪽 귀에 가져갔다. 그리고 누가 듣는 사람은 없는지 위아래 층계참을 살피며 다시 말했다.

– 홍희란이 법무사 사무실에 같이 와달라고 했어. 큰돈이 생길 거라면서.

– 뭐?!!

역시나 예상대로 누워서 받았는지, 옥녀가 벌떡 일어나며 소리쳤다.

– 상속 문제로 온 것 같은데.

– 드디어 개시하는 거야? 이렇게나 빨리?

– 응.

– 그런데 언닌? 얼른 들어가서 감시해야지! 안에서 무슨 얘길 할 줄 알고 태평하게 나랑 전화야?

– 쫓겨났어.

– 쫓겨나?

– 민감한 문제라 그런지 나가서 기다리라더라.

– 망할 할망구! 의심만 많아서! 그럼 어떡하지? 거기 어디야? 내가 갈까?

– 네가 와도 할 거 없어.

– 그럼 어쩌자고?

– 내가 누구냐? 밖에 나와 있어도 다 아는 수가 있지.

– 어떻게?

– 얼마 전에 네가 준 애플워치.

– 애플워치…?

– 네 전남친이 단군마켓에서 중고로 사서 줬다는 거 말이야. 그 애물단지가 지금은 저 안에서 효자 노릇 톡톡히 하고 있다.

밴드를 빼낸 다음 디스플레이 알맹이만 노파의 손가방 안쪽에 몰래 쏙 넣어두었다. 물론 출발하기 전부터 녹음 버튼은 눌러둔 상태. 나중에 편집 작업이 필요하겠지만, 무엇보다 좋은 점은 셀룰러가 되는 버전이기에 아이폰과 실시간 연동이 되는 관계로 설령 디스플레이를 수거하지 못한다 하더라도 아이폰, 즉 옥녀가 얼마든지 확인할 수 있다는 점이다. 신이 나서 말하는 중간중간에 하아- 하고 전화 너머로 깊은 한숨이 흘러나왔다.

– 언니…

옥녀가 절망에 가까운, 울먹이는 소리로 말했다.

– 그걸 왜 이제 말해…!

– 왜? 뭔데?

– 아이폰이랑 거리가 너무 멀잖아. 그리고 중요한 건 그게 아니고, 나…

– 말해.

– 아이폰 초기화했어….

– 초기화라니? 그게 무슨 말이야?

– 어제… 전당포에 맡겼다고…!

♦ ♦ ♦

가게 임대료를 내야 하는데 통장에 잔고가 바닥이 나서 급하게 서랍 속에 처박아둔 커플링과 아이폰을 처분했다고, 당분간 아쉬운 대로 공기계를 사용해야 한다고 했다. 그러면서 우는소리를 해대는데, 더 들을 것도 없어 전화를 끊은 혜수는 서둘러 코팅이 되지 않은 유리문의 아랫부분을 통해 내부를 들여다보았다. 노파는 이제 막 가방과 모자를 신입으로 보이는 직원에게 건네고 홀가분한 차림으로 어느 회의실로 향하고 있었다.

망했다. 다시 복도로 돌아온 혜수는 황정자에게 도움을 요청하기 위해 전화를 걸었다.

– 네. 선생님, 지금 집이시죠?

– 아뇨. 지금 밖에 나와 있는데… 무슨 일이세요?

– 지금 바로 할머니 댁으로 가주실 수 있으세요?

– 지금요? 출근은 오후 2시부터 아니었나요?

– 급해서 그래요. 가서 집안에 어디든 좋으니 제가 베란다에 두고 온 로봇 청소기 있을 거예요. 그거 빨리 충전 좀 해주실래요? 할머니의 눈에 안 띄는 곳에다. 그리고…

– 어쩌죠? 제가 지금 병원이라서요. 딸애가 급성 장염이라네요… 저 오늘 출근 못 할 것 같은데…

제기랄!

스마트 폰을 벽에다 세게 내던졌다.

"악!!!"

배 깊은 곳에서 솟음 친 괴성이 복도 벽에 강하게 부딪히며 크게 울렸다.

걷잡을 수 없는 절망과 노여움에 벽에 기댄 혜수가 부르르 떨며 주저앉았다.

사십여 분이 흐른 뒤. 즐거운 '작당모의'를 끝마치고 사무실을 나온 노파의 만면에 웃음꽃이 활짝 피었다. 혜수는 눈 감고도 상대의 기력을 간파하는 노파이니만큼 애써 목소리를 가다듬고 어깨를 가볍게 털었다. 죽을 맛이었다. 그럼에도 안면근육 운동을 했다. 아! 에! 이! 오! 우!

택시를 타고 돌아오는 차 안. 노파가 괜히 신이 나서 참새같이 떠들어대는 동안에도 혜수는 대꾸하지 않았다. 부축해 집안으로 돌아와서도. 보기 좋게 기만당했다는 생각에 분노로 얼룩진 마음이 좀처럼 진정되지 않았다. 거기엔 꿰다 놓은 보릿자루처럼 있으나 마나 한 옥녀와 제대로 한 것도 없으면서 콩고물만 바라는 황정자에 대한 원망이 크게 차지했다.

노파의 옷가지를 정리하고 마지막으로 현관을 청소했다.

닿을 듯하면서 좀처럼 닿지 않는다. 기회는 늘 있는 게 아닌데, 시종 내 마음 같지 않다. 그러다 문득 노파의 손가방에 넣어둔 애플워치가 떠올랐다. 혹시 모른다. 가방을 외부에 두고 회의실로 들어갔어도 희미하게나마 말소리가 녹음됐을지도 모른다. 노파가 욕실에 들어간 사이 그녀의 손가방에 손을 집어넣었다. 안감에 붙은 간이 수납공간에 넣어둔 애플워치를 찾기 위해 더듬었다. 손가락 세 마디

들어가면 딱 맞을 그 비좁은 공간에 애플워치가

'없다!'

심장이 쿵 하고 내려앉았다. 증거를 손에 넣지 못했다는 좌절이 아니라, 노파가 애플워치의 존재를 알고 있었다는 것에서 오는 충격이었다. 그럴 리 없다. 노파는 애플워치를 넣는 모습을 보지 못했다. 그게 뭔지도 모를 것이다. 그런데 잡다한 소지품 중에 오직 애플워치만 없다.

솨아아아-

그때, 욕실에서 물소리가 들렸다. 반쯤 열린 문틈으로 물에 흠뻑 젖은 노파의 모습이 보였다. 그리고 굴러다니는 인형 하나. 의류수거함에서 주워 왔다는 그 인형은 세면대에 푹 담겨 곤죽처럼 흐물흐물해져 있었다.

"지금… 뭐 하세요?"

그 기이한 광경에 혜수가 한쪽 입술을 씰룩이며 대놓고 삐딱하게 물었다.

"우리 아기 목욕해야 해."

파랗게 질린 입술로 노파가 말했다. 아무리 여름이어도 찬물에 흠뻑 젖어버리자 몇 안 남은 치아가 딱딱 하고 부딪혔다. 안 그래도 작은 머리가 아기 새처럼 작게 흔들렸다. 규칙적으로.

"……"

"때 봐라. 때. 때가 이렇게 많다."

그러면서 인형을 품에 끌어안고 한 손으로 매만졌다. 혜수가 인형을 거칠게 빼앗았다. 그 과정에서 노파의 팔꿈치가 타일 벽에 부딪혔다. 아얏! 하고 작은 신음을 냈지만 혜수는 아랑곳하지 않았다.

"벗어요. 다 젖었잖아요."

"우리 아기 목욕 좀 시켜줘요."

"알겠으니까 옷 벗으세요."

노파의 윗옷을 세게 걷어 올렸다. 손들어 자세를 하는 노파의 눈매가 벗겨지는 옷에 쓸려 위로 찢어졌다. 노파는 계속해서 아기 타령을 했다.

"불쌍한 우리 아기. 예쁨 받지도 못한 우리 아기. 사람답게 살지도 못한 우리 아기…"

"……"

법무사 사무실에 잘 갔다 왔다. 가서는 혜수가 몰래 넣어둔 애플워치를 손쉽게 처분하고, 상속에 관한 법적 절차를 끝마쳤다. 그리고 집에 오자마자 감쪽같이 치매가 도졌다. 뻔한 계략이다.

"불쌍한 우리 아기… 예쁨 받지도 못한 우리…"

"……"

쏴아- 하고 쏟아지는 샤워 수전을 껐다. 뽀얀 수증기 속에 침묵이 흘렀다. 고개를 비튼 다음 노파의 귀에 대고 말했다.

"쇼하고 있네."

『버림받은 여자의 일생』 117쪽

1983년.

내 혼사를 앞두고 아버지는 그 누구보다 자신감이 넘쳐 보였다. 막무가내에 가까우리만큼 나를 사랑한 것처럼 세상도 그렇게 여길 거라고 철석같이 믿은 것이었다. 당신이 3선 의원이신 데다가 그 당시 드물게 대학까지 마친 딸, 게다가 어미를 빼닮아 인물도 빠지지 않으니 어디서든 줄을 댈 것이다- 라는 자신감에서.

하지만 모두 보기 좋게 빗나갔다. 맞선 자리마다 나는 퇴짜를 맞았다. 국회의원 K쪽에서는 모친이 발 벗고 나서서 반대했다. 어딘가 드세 보여서 남편의 기를 누를 것 같다며. 결정적인 것은 친구의 소개로 알게 된 J를 만나면서부터였다. 그와 미래를 약속한 사이가 되어 집에 인사를 드리러 갔을 때, 나는 진짜 이유를 알았다. 우리 집 구석에서 늘 한복을 뻗쳐 입고 있는 사모님, '그년'과 비슷한 모습을 한 그의 어머니가 내게 말했다.

"단도직입적으로 말할게요. 나는 아가씨가 마음에 안 차요. 우리 애가 하도 좋대서 일단은 오라고는 했는데, 속마음을 숨기지 못하겠네요. 하나 묻죠. 생모 자리가 작부라던데. 맞나요?"

모계 쪽은 철저히 비밀리에 부쳤다. 십수 년 동안 잘 숨기고 살아왔는데, 그들은 어디서 어떻게 얘기를 들은 걸까? 마치 모두 약속이라도 하듯 선 자리에서 퇴짜를 맞은 이유를 알 것만 같았다. 출처는 한 곳 밖에 없었으니까.

"왔니? 인사는 잘 드렸고?"

집에 들어왔을 때 사모가 소파에 앉아 뻔뻔한 얼굴로 나를 반겼다. 일하는 가정부 아줌마를 내보내고 혼자만 남은 그 큰집에서 사모는 내게 앞치마를 건넸다. 아버지가 곧 지인들을 데려올 건데, 함께 저녁상을 차리자는 것이다. 그때 비로소 알았다. 금지옥엽인 줄 알았던 나는 첩의 딸로 태어나서 감히 정실 자식들과 동등한 대우를 받고 사는 대가를 치르지 않으면 안 된다는 것을.

"뭐 해? 손 씻고 오지 않고."

"네. 금방 갈게요."

수압을 세게 틀어놓고 손을 박박 문지르며 생각했다. 저녁이 빨리 죽어 버렸으면 좋겠다고.

종종걸음으로 겨우 한 끼를 차려내자 약 오르게도 때맞춰 아버지가 귀가하셨다. 우르르 끌고 온 지인들은 대부분 아버지뻘이었다. 그런데 그중에 처음 본 인사가 있었다. 반듯한 상고머리에 끓는 패기를 억누르려는 듯 꾸며진 공손함을 보이는 한 남자. 나이는 서른쯤 됐을까? 나랏일을 한다고 하기엔 머리에 든 게 없어 보였고, 그렇다고 명문가 댁 자제라기엔 어딘가 천한 구석이 느껴졌다. 그러면서도 어떤 야망을 은닉한 듯한 눈빛만큼은 묘하게 매력으로 다가왔다. 정체가 뭘까?

"아! 처음 보나? 인사해. 내 딸."

"처음 뵙겠습니다."

그가 꾸벅, 하고 낮게 고개를 숙였다.

"인사해. 김신거이. 아-아주 쓸 만한 청년이야."

그것이 우리의 첫 만남이었다. 머슴 집안에서 태어나 아버지에게 물려받은 농기계 점포를 작은 토건 회사로 일으킨 그와 첩의 딸로 태어난 반쪽짜리 영애인 나는 어떤 면에선 동병상련의 감정을 느꼈다. 애매한 위치, 이방인으로서 말이다.

서너 번 마주치던 어느 날, 그가 먼저 나에게 시비 걸듯 말을 던졌다.

"자신의 속마음을 감추는 데 능하고, 사소한 원한도 오래도록 가슴에 품고 있다가 반드시 언제고 몇 배로 되갚아 주는. 그런 여자라던데? 맞아?"

"누가 그래요?"

"당신 양어머니가."

"미친년."

"나도 그렇게 생각해."

우리 사이에 경계가 조금씩 허물어졌다. 우린 함께 웃었다. 알고 보니 그는 건설 수주를 따내기 위해 여기저기 로비도 서슴지 않던 야심만만한 청년 사업가였다. 우리 사이에 어떤 썸씽이 있고 난 뒤로는 가끔 나의 마음을 사기 위해 믿지 않은 허풍을 떨기도 했다.

"현대 알지? 거기서 내년에 자동차를 출시할 건데 우리 회사 부품이 들어갔어."

"거짓말하고 있네."

"이름하여, 포니 엑셀. 못 믿겠으면 한 대 사주고."

"아하?"

"그뿐이 아니야. 우리 신건토건이 올가을에 중동에도 갈지 몰라. 그때 가면 내 얼굴 보기 힘들 텐데."

"왜?"

"희란이는 말해도 몰라. 사업권을 따냈다는 정도만 알아둬. 남자들 일이야."

"내 앞에서 잘난 척하지 마. 당신이나 나한테 잘 보여야 할 거야."

"그래?"

"당연하지. 날 통하면 우리 아버지, 아버지 통하면 국무총리, 마지막으로 전두환까지. 당구로 치면 쓰리쿠션이야. 딱, 딱, 딱. 연속으로. 이해돼?"

"실세가 여기 있었네. 알아 모시겠습니다. 그러니 내가 널 더 포기 못 하겠다는 거야."

피어오르는 담배 연기 속에서 우리는 서로의 마음을 확인했다. 남녀상열지사라고 했다. 운우지정이라는 게 떼놓는다고 떨어지는 것도 아니고, 그의 야심만만한 열정과 패기가 나는 좋았다. 안 그래도 그동안 우리 사이를 가만히 눈여겨보던 아버지는 내가 적합한 혼처를 찾지 못한 것도 있거니와 그렇다 하더라도 낮은 자세를 유지하며 시집살이하는 것보단 조금 모자라더라도 미래가 유망한 사위를 얻는 것이 낫겠다고 판단하였다. 그리고 1986년. 결혼을 앞둔 어느 날, 그를 앉혀두고 다짐받듯 말했다.

"내하고 약속 하나 허자."

"말씀하십시오."

"첩자식이어도 내한텐 정실자식이나 매한가지데이. 꼬옥 호적에 올리래이. 알긋쟈?"

"당연한 말씀을요. 알겠습니다. 아버님."

결혼은 속전속결로 이루어졌다. 점차 내 배가 불러왔기 때문이다. 아버지의 사회적 지위도 있거니와 따가운 눈총도 부담스러운 나는 일단 물 좋고 산 좋은 곳에 내려가서 출산을 했다. 그리고 백일이 지난 후에 그가 새로 지어 올린 집으로 옮겨 왔다.

신혼집은 대지면적 600평, 2층짜리 건물 총 세 채에 담장 둘레가 끝없이 넓은 거대한 성과 같았다. 엄마의 손을 잡고 처음으로 아버지의 집엘 갔을 때만큼이나 나를 압도했다. 자동차가 세 대는 들어갈 만한 차고에 튼실한 철제 대문까지. 부와 성공 이 모든 것이 나와 내 품의 핏덩이에게 선물처럼 덮쳐오는 것 같아 황홀할 지경이었다. 눈물을 훔치던 내 손목을 잡아끌며 김신건이 웃었다.

"계속 서 있을 거야? 들어가자고."

끼이익 하고 커다란 철문을 연 순간, 나를 반긴 것은 관리가 잘 된 널찍한 잔디였으며, 그 위에서 공놀이를 하는 어느 남자아이였다. 일고여덟 살쯤 먹었을까? 공놀이에 정신 팔려 우리가 온 줄도 몰랐다. 그 상황에 대해서 내 뇌는 수차례 입력 오류를 벌였다. 어쩌면 맞닥뜨린 진실을 본능적으로 피하고 싶었는지도 모른다. 김신건이 아이를 향해 말했다. 너 누구니- 우리 집에서 나가렴-따위가 아니었다. 전혀 예상치도 못한, 그러나 그 인간성을 고려하자면 충분히 가능한 대사였다.

"이리 와. 인사드려야지. 작은어머니시다."

✦ ✦ ✦

초저녁.

끓어오르는 화를 가까스로 억누르며 퇴근한 혜수가 막 계단을 올라왔다. 기껏 작전을 세팅해 놨는데 약속이라도 한 듯 펑크 내버린 한낱 보조들에 대한 화가 좀처럼 사그라들지 않았다. 보조출연자는 온종일 대기하면서도 정작 일당보다 더 많은 품과 고생을 들이지 않으면 안 되는 것이 현실이다. 그런데 옥녀와 황정자는 태만의 끝을 달린다. 그중에서 옥녀는 더 했다. 하는 것도 없으면서 꼴에 주인공과 같은 처우를 바라니까. 이대로는 안되겠던지 주머니를 더듬었다. 옥녀에게 전화해서 따끔하게 쏘아붙이지 않고는 못 배길 것 같았으니까. 그때, 왼쪽에서 무언가 휙 튀어나오는 바람에 다급하게 브레이크를 쥐었다.

끼이익-

바퀴가 시멘트 바닥을 긁으며 소름 끼치는 마찰음이 났다. 앞바퀴는 오른쪽으로 잔뜩 꺾이고, 그 방향으로 놈이 사라졌다. 고양이였다.

"저 개새끼가…!"

그러다 인도 한쪽에 모여 시시껄렁하게 어울리는 10대 패거리와 눈이 마주쳤다. 실없는 농담을 주고받고, 서로 장난스레 뒤통수를 가격하며 욕설을 지껄이던 녀석들이었다. 혜수와 눈이 마주치자 시골에서 온 전학생을 구경하듯 위아래로 훑었다. 가뜩이나 일진이 안 좋으니까 아무나 걸려라- 식으로 죽일 듯이 같이 노려보는데, 그 중 하나가 낯이 익었다. 왕언니의 아들이었다. 녀석은 오토바이 끝에 살짝 걸터앉은 채로 말없이 이쪽을 보고 있었다. 그리고 비스듬히 고개를 까딱했다.

"안녕하세요?"

그냥 지나치려는데, 재빨리 다가와 앞을 가로 막았다.

"그때 피자는 맛있었어요?"

"……"

"아, 나 정말 먹고 싶었는데."

"……"

"어른이 돼 가지고 애 먹는 거나 뺏어 처먹고. 시발 그런 법이 어디 있대요?"

"가라."

오- 패거리들 사이에서 조롱 섞인 휘파람이 들려왔다. 녀석은 '가라'를 우스꽝스럽게 따라 하더니 아예 혜수의 자전거 앞바퀴에 가랑이를 들이댔다.

"히히."

"뭐 하자는 거야?"

"아줌마. 제가 곰곰이 생각을 해 봤거든요?"

혜수는 어디 해볼 테면 해보란 듯이 아예 팔짱을 꼈다.

"그때 병원에 왜 온 거예요? 우리 엄마랑 뭐 해결되지 않은 일이라도 있었어요? 그날 꼬치꼬치 묻고 간 게 아무리 생각해도 이상해서 말이에요."

"……"

"혹시."

바지 주머니에 손을 찔러 넣은 채로 얼굴을 가까이 들이밀었다.

"뭐 받을 돈이라도 있다든가."

"알 거 없어."

자전거를 후진하더니 이내 페달을 밟았다.

"조심해요."

혜수가 뒤를 돌아보지 않자, 이번엔 더 크게 말했다.

"아줌마도 죽기 싫으면!"

끼이익… 자전거를 멈췄다. 녀석은 그 자리에 그대로 서서 혜수의 안색을 살폈다. 다시 후진했다.

"무슨 소리야?"

"말 그대론데요."

"너희 엄마가 죽은 이유 알고 있지?"

"네."

"뭔데?"

"어떤 할머니한테 깝죽대다가 죽은 거 아니에요?"

"나도 그렇게 생각해."

"오… 텔레파시."

하이파이브를 하려고 들이댄 녀석의 손바닥을 심드렁하게 보며 말했다.

"근데 뭘 조심하라는 거야?"

"제가요. 그날 말을 안 한 게 있더라고요."

"그게 뭔데?"

그러자 녀석이 패거리를 의식했는지 목소리를 한껏 낮추고 말했다.

"엄마 심부름으로 봉투 하나 전달했다고 했죠? 그때 문 앞에 두고 오긴 했는데… 저 봤어요."

"뭘?"

"그 집에 사는 할머니."

"……"

혜수가 맥 빠진 표정으로 머리칼을 쓸어 넘겼다.

"…랑 웬 나이 든 아저씨. 복도에서 둘이 얘기하고 있더라고요."

"어떤 아저씨?"

"그것보다… 먼저 질문. 정말 그 할머니가 우리 엄마 죽인 거 맞아요? 아줌만 알고 있잖아."

"……"

"그때 찍은 사진 있는데… 그 집 할머니랑 어떤 아저씨. 보여줄까요?"

"정말?"

"대신 백만 원만 주세요. 이번엔 피자로는 안 돼요."

녀석이 비열한 웃음을 지었다. 혜수가 다시 페달에 발을 올렸다.

"꺼져."

8

이튿날 아침. 8시 40분.

"전화 왔잖아! 좀 받아 봐!"

옥녀의 날카로운 목소리에 잠에서 깼다. 비몽사몽간에 베갯머리를 더듬었다. 충전기와 안경집 따위가 떨어지는 소리와 함께 옥녀의 타박이 이어졌다. 잠긴 목소리로 전화를 받았다. 대강 액정을 확인하건대 1577-XXXX로 시작하는 번호였던 것 같다.

– 여보세요.

– 변혜수 씨인가요?

– 그런데요.

– 안녕하세요. 저희는 중앙노인보호전문기관입니다.

– 그래서요.

– 변혜수 씨로부터 노인학대를 받았다는 신고가 접수되었습니다.

– …?

– 여보세요?

두피에 찬물을 끼얹은 것처럼 정신 번쩍 들었다. 자리에서 벌떡 일어나 상대방이 하는 소리에 귀를 기울였다. 목욕을 시키면서 찬물을 사용하는 바람에 감기가 들었다는 것과 공손치 못한 언행을 문제 삼았다.

'공손치 못한 언행'.

노파가 다 기억하는 걸까? 치매가 가시고 제 정신이 돌아오기라도 한 걸까? 아니면 그 순간에 치매인 척 연기라도 했던 걸까? 혜수는 뭔가 오해가 있었던 거라며 직접 노인분과 만나 대화로 풀겠다고 서둘러 전화를 끊었다. 자칫 현장 조사를 실시할 수 있다는데 수사 아닌 수사를 받을 수 없다. 받을 만한 일도 아니다.

"신라면, 진라면, 어떤 거 먹을래?"

쟁반에 컵라면 두 개와 나무젓가락을 가져오던 옥녀가 물었다. 빈속인데다 방금 전화까지 겹치자 입맛이 뚝 떨어졌다. 설상가상 시간은 8시 45분. 지각이다.

"넌 나 안 깨우고 뭐 했어?"

"깨웠어. 언니가 알았어, 알았어, 했잖아."

"보일러 좀 틀어봐. 나 좀 씻게. 빨리 나가봐야겠어."

그러자 옥녀가 라면을 젓는 둥 마는 둥 하더니 힐끗 눈치를 보며 대답했다.

"내가 언니 시다야? 그만 좀 시켜!"

싸우자고 덤빈 의도였을지 몰라도, 예상 밖으로 혜수에게서 반응이 보이지 않자 옥녀가 도리어 멋쩍어졌다. 그래도 여전히 퉁명스러운 표정으로 물었다.

"근데 방금 어디서 온 전환데?"

욕실 문을 짚고 선 혜수가 기가 막힌다는 듯이 말했다.

"나 방금 노인학대로 신고 전화 받았어."

"엥? 할망구가 신고한 거야?"

"그렇대."

"왜??"

"몰라. 내가 지를 학대했댄다."

"진짜야?"

"진짜겠냐?"

"그럼 그런 전화가 왜 와?"

"아, 몰라. 어제 너만 도와줬어도 그럴 일 없었잖아."

가시 돋친 목소리로 받아쳤다. 그다음에 무슨 정신으로 나왔는지 모른다. 세수도 안 하고 건성으로 양치만 한 뒤에 모자를 꾹 눌러쓰고 가파른 계단을 내려갔다. 동네 슈퍼에서 멀리 떨어진, 그래서 사람들이 더 많이 찾는 대형 마트를 지날 즈음에 옥녀가 옷깃을 잡아당겼다.

"언니, 저기. 오후에 하는 아줌마 아니야?"

마침 황정자가 이쪽으로 오고 있었다. 근처에 산다더니 마트에 들렀는지 양손엔 장바구니가 들려 있었고, 옆에는 20대 후반쯤 되어 보이는 딸과 함께였다.

"황 선생님! 어디 가세요?"

그러자 그녀가 움찔 놀라며 걸음을 멈췄다. 기분 탓일까? 자신을 불러 세운 혜수를 반기지 않는 정도가 아니었다. 눈가엔 약간의 원망도 서려 있었다.

"아! 안녕하세요. 변 선생님…"

옆에 멀거니 서 있는 딸이 멋쩍게 고개를 숙였다. 옥녀가 같이 고개를 숙였다.

"장 보러 오셨나 봐요?"

"네… 센터장님도 같이 계셨네요."

그러더니 결심했다는 듯이 입을 열었다.

"저… 안 그래도 저 오늘내일 중으로 찾아뵈려고 했어요."

"왜요? 무슨 일 있어요?"

그러자 황정자가 딸에게 먼저 차에 가 있으라고 등을 떠밀었다. 딸이 들어선 안 되는 이야기인 것이다.

"할머니 말이에요. 좀 이상해요."

"뭐가요?"

그녀는 고개를 돌려 딸이 차에 타는 것까지 눈으로 확인했음에도 목소리를 한층 낮췄다.

"자꾸만 자기가 누굴 죽였대요…."

세 사람 사이에 짧은 침묵이 흘렀다. 연달아 머리를 얻어맞은 것 같은 기분에 혜수는 눈밑이 떨렸다.

"누굴요? 누굴 죽였대요?"

옥녀가 대신 물었다.

"몰라요. 한번은 이 사람, 한번은 저 사람, 뭐 맨 죽인 이야기만 하니까…"

사태가 긴박하게 돌아가고 있다. 황정자가 들었으니 망정이지 앞에 그녀가 아닌 경찰이 있었더라면 빼도 박도 못하게 자백이 되고 만다. 무엇보다 중요한 것은 황정자가 이를 어딘가에 신고하거나 발설해선 안 된다는 점이었다. 혜수는 얼른 표정을 수습하고 말했다.

"에이. 치매 환자 말을 다 믿으시는 건 아니시죠? 그럼, 이 일 못 해요."

"그래도 워낙 자세하게 말하니까."

"꺼림칙하죠. 원래 다 그래요. 전 어떤 줄 아세요? 방금 전에 노인 학대 신고 접수됐다는 전화도 받았어요. 조사하러 온다는 걸 간신히 막았다고요."

"세상에! 누가 신고했는데요?"

"누가 했겠어요."

"아유, 노인네도 참… 왜 그렇게 요양보호사들을 괴롭히는지 모르겠네."

"제 말이요."

"……"

"어쩌겠어요. 이쪽 일이 다 그렇지. 조금만 애써 주세요. 네? 인센티브는 섭섭지 않게 드릴게요."

간신히 황정자를 달래고 돌아섰다. 무서운 인간이다. 누구를 죽인 적이 있다? 그동안 수많은 치매 환자들을 상대해 봤지만 그런 말을 한 사람은 단 한 명도 없었다고 겁을 내는 황정자의 말이 맞다. 치매 환자가 내뱉은 실언치고는 파급력이 세다. 아주 세다.

'미쳤어? 홍희란 정신 차려. 이제 와서 자백을 하겠다고? 당신도 이제 거액을 움켜쥘 일만 남았잖아. 왜 다 된 밥에 코를 빠뜨리고 싶어 안달이 난 건데?'

✦ ✦ ✦

제발 노파와 싸우지 말고 좋은 말로 구슬리라고, 지금으로선 성질 자랑해봤자 손해라는 옥녀의 당부를 뒤로 하고 바다아파트로 향했다. 날씨는 꾸물거렸다. 며느리한테 밥도 못 얻어먹은 시어머니의 얼굴처럼.

'염병할 노친네. 가만 안 둬.'

마음속으로 노파의 멱살을 수백 번은 쥐고 흔들었다. 살인자 주제에 뻔뻔하게도 큰돈을 욕심내려고 다그쳐도 보고, 살인죄로 신고한다고 협박도 하고, 좋은 게 좋은 게 아니냐며 평생 입 다물고 살 테니 함께 나눠 갖자고 부드럽게 얼러 보기도 했다.

아파트 입구에는 전동휠체어를 탄 채 등나무 밑에서 장기를 두는 노인들과 훈수꾼들이 모여 있었다. 버려진 담배꽁초와 습관처럼 뱉어낸 침이 삭고 삭아 부식된 인도 블록은 쓸데없이 시의 예산만 우습게 잡아먹을 것이다. 아이들의 학습을 위해 만들어진 듯한 복지관 구석에는 응당 학교에 있어야 할 청소년들이 남녀 쌍쌍이 어울려 어슬렁거렸다. 염증이 났다. 달리 일할 생각도 안 하고 갖은 복지 혜택은 귀신같이 받아 챙기면서, 그나마 사치라고는 어디 가서 우리 집 외식했다-고 낯낼 정도의 돈을 목숨처럼 통장에 딱 틀어쥐고 있는 그런 사람들.

이제 달리 방법이 없다. **협박, 회유.** 둘 중 하나다. 그러기 위해서는 혜수 자신이 먼저 그 가면을 벗어 폐기하기로 했다.

『버림받은 여자의 일생』 119쪽

1987년.

김신건이 납작 엎드리며 말했다. 아내와는 지금보다 더 어린 나이에 부모님의 성화로 어쩔 수 없이 한 정략결혼이었다고. 내가 따져 물었다. 내세울 게 있기는커녕, 보잘것없는 집구석에서 대 잇는 게 뭐가 중요했기로서니 정략결혼이냐고. 김신건은 아킬레스건을 찔린 듯 순간 얼굴이 굳어졌지만 재빨리 우는 얼굴로 말했다.

"부모님의 뜻이 워낙 완고한데 난들 어쩌겠어?"

"선택해. 저 여자야, 나야?"

"희란아."

"난 한 지붕 아래서 못 살아. 당신도 알잖아. 나 첩의 딸인 거. 내 자식보고 대를 이어서 그 팔자를 닮으라고? 절대 안 돼. 그러니 알아서 해."

"저 여자 말이야. 무식해. 한글도 몰라. 애 유치원에 등록시키는데 한글을 몰라서 한쪽 팔에 붕대 감는 시늉을 다 했다니까? 촌뜨기야. 전기밥솥을 사다 주면 뭘 해? 쓸 줄도 몰라서 여적 냄비에 밥을 하는데. 그런 여자한테 내가 무슨 정이 있겠냐? 나 김신건은 여자라곤 너 하나뿐이라고."

"그래도 애 엄마잖아. 그래도 당신 조강지처잖아!"

"아니. 누가 뭐래도 내 조강지처는 너야, 홍희란. 다시 말하지만, 애 엄마하고는 남녀 간의 애정도 없이 억지로 맺어졌을 뿐이야. 내가 정말 마음 깊이 사모하는 건 너라고. 너! 왜 그걸 몰라?"

하지만 내게 주어진 가혹한 현실을 받아들일 수 없었다.

"이 집 씨니까 이 집에서 키우시구려."

23년 전, 엄마의 실수를 반복하고 싶지 않았다. 어떻게든 생부 밑으로 먹물 석 자 욱여넣으면 다 될 거라 여겼던 그 우매함 때문에 홍희란이라는 '첩년의 딸'이 탄생했으니까. 나는 본처 자리도, 내 아이를 호적에 올리는 것도 모두 놓치기 싫었다.

물론 그의 부인은 죄가 없다. 죄가 있다면 못생긴 인물에 김신건이 흥미를 느낄만한 대화를 나누지 못할 무식함과 손이나 벌릴 줄 아는 궁핍한 친정을 가졌다는 것이다. 그럼에도 그녀는 '본처'였기 때문에 가정 내에서 지위가 군건했다. 그녀가 일자무식이라고 평소에 뒷말을 주고받던 식모 아이조차도 집안의 대소사를 결정해야 할 때면, 나를 건너뛰고 바로 그녀를 찾았으니까. 평생 갚아도 갚아지지 않을 그 죄는 다름 아닌 김신건에게 있었다.

"애. 언제까지 이렇게 둘 거야?"

엄마가 아버지에게 했던 말을 이번엔 내가 김신건에게 내뱉었다.

"뭘."

"호적에 올려야 될 거 아니야? 언제까지 이대로 키울 거냐고."

"올리면 되잖아. 누가 막아?"

"…… 저 여잔?"

"그 애긴 끝났잖아."

"아직 안 끝났어. 언제까지 한 집에서 두 여자를 거느리고 살 거야? 이혼하고 나와 재혼해. 재혼하고 애 호적에 올려."

"이혼? 재혼? 이게 누구 신세 조지려고!"

"네가 내 인생 망친 건 생각 안 해?"

"그래서 지금 내 덕분에 호강하고 살잖아! 아직도 부족해?"

"그래! 부족해! 그리고 어째서 네 덕분이야? 네 놈 뒷구녕 닦아주며 자금 대준 우리 아버지 덕이지!"

"입 닥쳐!"

처음으로 그가 나에게 손찌검을 했다. 턱이 휙 돌아갈 만큼 뺨을 얻어맞은 나에게 김신건이 침방울을 튀겨가며 말했다.

"두 달 후면 잠실에 삽 뜨러 가는데 재수없게. 주둥이를 콱!"

"죽여! 죽이라고!"

"희란아, 희란아, 희란아!!! 그냥 너만 입 다물고 살면 만사가 편하잖아! 말을 안 해서 그렇지 다들 그렇게 살아! 네 어미부터가 그랬고! 너는 왜 못 하는데? 너희 집에 그 잘난 홍 의원도 못 한 걸 왜 나한테 시키고 지랄이냐고!"

친정에서는 내 처지를 두고 말들이 많았다. 아버지는 당연히 노발대발했고, 사모는 우려를 표하면서도 내심 나의 불행으로 일상에 활기를 찾은 듯했다. 그 어미에 그 아들이라고, 이복오빠들도 주제넘은 잔소리만 할 줄 알았지, 내 인생에 하등 도움이 되지 않았다. 어쩌다 이 사실을 알게 된 엄마는 내게 전화로 말했다.

- 내가 뭐랬어. 그 물건은 아니라고 했잖아. 암만 사업을 밀어줘 봤자 그때뿐이라고. 남자한테 빚지는 마음이 들게 하면 안 돼. 그럴 수록 떠나는 법이거든. 넌 그게 문제야. 날 봐라. 네 아버지를 부담 스럽게 하기는커녕, 떡하니 새끼만 안겨주고 조용히 사라져 줬잖니. 자고로 사람은 순리대로 살아야 장수하는 거야. 열 내봤자 너만 손 해니 일찌감치 포기해. 기껏 양갓집 규수 소리 듣게 해줬더니, 내 팔 자나 닮고. 어디 가서 내 딸이라고 하지 마라. 와서 요정이나 물려받 을 연구나 해.

모녀가 대를 이어 첩 소리를 듣게 됐으니 집안 망신이 따로 없다-는 사족이 뒤따랐지만, 나는 단박에 전화를 끊었다. 그리고 다음 날 전화국에 가서 집 전화번호를 내 멋대로 바꿔 버렸다.

그래도 나는 똑똑히 들었다. 아직도 기억한다. 열여덟 살, 머리카 락을 잘라가며 절연을 선언하고 떠나왔을 때, 남몰래 뒤를 따라 나 오던 엄마의 다급한 발자국 소리를. 세상 홀로 외롭던 시기라 그런 지 믿고 싶었다. 당신께서도 사람이라면 모정이란 게 없진 않았을 거라고. 물론 내 착각이겠지만.

그럼에도 기댈 곳이 없었다. 아버지가 그에게 정신을 차릴 만한 액션을 취해주길 바랐지만 그러기엔 아버지는 이제 늙어 분별력이 없었고, 혈기 넘치는 김신건의 야망은 걷잡을 수 없이 커져갔다. 사 업으로 바쁜 와중에도 아버지에게 거한 자리를 마련해 '장인'으로 서가 아니라 '남자'로서 대우를 해줬으니 말 다 한 셈이다. 욕할 땐 언제고 아버지는 그에게 홀딱 넘어갔다. 참 지겹게도 환락과 여자면에서는 이해가 정확히 맞아떨어지니 어처구니가 없다.

신건토건은 국제 건설면허 6호로 출발했지만 1987년 하반기에는 도급순위 4위에 올라섰고, 경기 모처에 들어서는 법원 터 신축공사, 인천 계양 대단지 아파트 건설권을 따내면서 상승세를 기록했다. 그리고 얼마 후엔 사명을 '신건건설'로 바꾸더니 금탑 산업 훈장을 받네 어쩌네 하는 소리가 심심찮게 흘러나왔다. 대한민국, 적어도 인천 바닥에서는 신건건설에 취직한 남자들의 가정 내에서의 위세가 높아졌고, 곧 출세의 지표가 되어 버렸다. 그렇게 나와 내 아이가 어두운 방에서 눈치를 보며 사는 동안에도 김신건은 승승장구했다.

그러던 어느 날, 술에 거나하게 취해 돌아온 김신건이 온 가족을 불러 앉히고 이렇게 말했다.

"나. 김신건. 이제 정치 좀 해보려고 한다."

현관에 들어서자마자 입구 벽에 붙어 있는 단말기에 출퇴근 태그를 찍었다. 평소 같았으면 늦었네요- 하며 호들갑을 떨며 들어왔을 텐데 그럴 흥도 나지 않았다. 실제로 전산에 반영되는 게 아닌 그저 눈속임을 위한 장난감 따위에 불과하기 때문이다. 또 노인학대 신고 전화까지 받은 상태에서는 더더욱. 사태가 이 지경이 됐음에도 연기를 해야 한다는 사실에 혜수는 몸 떨리게 스스로가 한심했다. 그러나 아직 끝나지 않았다. 스스로 하차할 생각은 추호도 없다.

"어서 와요. 선생님."

노파가 천연덕스럽게 맞이했다. 거실 지정자리에 앉아서 돌돌이로 바닥의 먼지를 찍어내고 있었다. 그 옆 소반에는 어제 오후에 황정자가 차려놓고 갔음직한 밥 절반이 바짝 마른 채로 방치되어 있었다.

"오늘은 이상하게 춥네요. 밖에 비라도 내리나 봐요?"

"할머니 왜 그러셨어요?"

발 연기에 맞장구쳐주는 것조차 이젠 신물이 났다.

"비 온단 말은 없었던 것 같은데 이상하네. 무릎이 다 쑤시고."

"왜 그랬냐고 묻잖아요."

"네?"

"왜 날 신고했어요?"

노파는 자신이 저지른 행동을 까맣게 잊은 것 같은 표정을 지어냈다. 그 특유의 무구하고 가련한 얼굴을 보자 화가 나 미칠 것만 같았다. 옹색한 변명이라도 지어낼 줄 알았는데 이젠 아예 오리발이다.

"무슨 말씀이세요? 내가 언제 그랬다고요."

가방을 신경질적으로 툭 떨어뜨리며 말했다.

"아침에 전화를 받았어요. 어찌나 놀랐는지."

"도통 무슨 얘기인지 모르겠네요. 뭔가 오해가 있었나 봐요."

"오해라고요?"

"네… 제가 뭘 잘못했나요?"

"아뇨. 됐어요, 그럼. 기관에서 나오면 그때도 똑같이 말해주세요. 오.해.였.다.고. 잘못 전화한 거라고."

알겠다고는 했지만, 노파는 끝까지 구시렁대며 자신의 무고함을 증명하려 별 수를 다 썼다.

베란다 청소를 하면서, 분리수거를 하고 돌아오면서 내내 생각했다. 어느 시점에 신고 전화를 했을까? 혜수가 퇴근하자마자? 아니면 늦은 밤에 돌이켜보니 괘씸해서? 과연 어떤 말투, 어떤 억양으로 신고했을까? 또 사람을 죽였다는 말을 어째서 황정자에게만 했을까? 그건 혜수에게는 단 한 번도 내비치지 않았던 말이 아니던가? 혹시 자신을 상대로 벌어지는 이 극의 정체를 알아차리기라도 한 걸까?

노파를 어디서부터 어떻게 협박해야 할지, 어떤 식으로 의표를 찌르는 질문을 해야 주도권을 쥘 수 있을지 머릿속이 복잡하던 그때였다. 세탁실에서 떨어진 빨래를 주우려던 혜수의 눈에 무언가가 눈에 띄었다. 아이폰이었다. 며칠 전, 옥녀가 확인하고 다시 베개 밑에 묻어 놓았다던 아이폰이 이번엔 세탁실에 떨어져 있었다. 돌아보니 노파는 거실에서 TV를 켠 채 옆으로 누워 있었다.

'위치를 바꿔 숨겼다.'

새삼 용의주도함이 느껴졌다. 다시 고개를 돌려 노파를 재차 확인한 혜수가 홈 화면을 눌렀다. 출시된 그대로의 시그니처 배경과 기본 제공 앱이 전부였다. 그러다가 마지막까지 손으로 밀어 '앱 보관함'에 익숙한 앱이 눈에 들어왔다.

"앱 중에… 트래픽 뷰 라는 게 있었어."

"뭔데?"

"씨씨티비."

왜인지 꺼림칙한 기분이 되살아났다. 황정자의 말을 빌리자면, 트로트 무한재생 앱을 깔아주면서 덩달아 설치된 것 같다는 그 앱이다. 실행시키자 고속도로 각 구간별 씨씨티비와 운행정보를 알려주는 메뉴가 나타났다. 이번엔 전체 메뉴를 눌러보았다. 지하철 운행정보와 전국 해수욕장 영상, 국립공원 정보 따위가 나왔다. 그게 전부였다. 그러다가 문득 사진 앨범을 확인했다. '최근 항목'에는 '0'이라고 떠 있었다. 당연히 찍을 일도 없었을 것이다. 그만하면 됐다.

그.런.데.

이상하게 '최근 삭제된 항목' 옆으로 잠긴 자물쇠 모양의 이모티콘을 보자 어떤 위화감이 들었다. 마른침을 꿀꺽 삼키며 확인하려고 터치하자 메시지가 떠올랐다.

이 앨범을 보려면 Face ID를 사용하십시오.

아무리 터치해도 암호를 입력할 수 있는 키패드는 나타나지 않았다. 안드로이드 폰과 달리 아이폰은 보안이 지나치리만큼 철저해서 문제다. 시간이 흐를수록 집착은 커져갔다. '최근 삭제된 항목'에 무엇이 있는지.

여러 번 시도 끝에 암호가 해제되었다. 거기엔 6~7장의 사진이 담겨 있었다. 화질이 다소 낮은 데다 도로 진입 표시가 찍힌 것으로 보아 '트래픽 뷰' 앱에서 얻은 캡처본이었는데, 하나하나 넘겨보는 혜수의 얼굴이 순식간에 파랗게 질렸다. 누가 봐도, 어느 각도에서 봐도, 분명히 사진 속 인물은

'말도 안 돼. 이건… 이건 전부…'

바로 혜수 자신이었다.

교도소에 출소하고 나와 보스턴 가방을 바닥에 내려놓은 채 기지개를 잔뜩 켠 혜수의 모습.

"아! 공기 좋다!"

닫히는 철창을 향해 삿대질하는 혜수의 모습.

"오빠?! 넌 진짜 길에서 내 눈에 띄지 마라?! 응? 퉤!"

그리고 보스턴 가방을 등 뒤로 껄렁껄렁하게 둘러메고 화면 밖으로 사라지는 모습까지. 놀란 정도가 아니었다. 심장이 공중 널뛰기를 하며 당장에라도 밖으로 튀어나올 것 같았다. 숨이 멎는다는 게 어떤 기분인지 처음으로 느꼈다. 하마터면 아이폰을 떨어뜨릴 뻔했다.

그러다가 갑자기 등골이 오싹한 기분이 들었다. 아무리 해도 열어볼 수 없었던 '최근 삭제된 항목'이 갑자기 열렸다. 왜? 그 타이밍에 고개를 서서히 뒤로 돌렸다. 왼쪽 어깨쯤에 노파가 얼굴이 가까이 와 있었다. 너무 놀라면 비명이 나오지 않는다. 오히려 숨을 삼키면서 한 뼘 낮은 세탁실 타일 바닥으로 주저앉고 말았다. 넘어지면서 섬유유연제를 넘어뜨려 향기가 진동하는 가운데 걷잡을 수 없는 공포가 온몸을 휘감았다. 노파가 서서히 굽은 허리를 폈다. 역광을 등에 업은 채 내려다보는 시선은 혜수가 넘어진 바닥 어딘가를 향해 있었다.

빨간 마스크.

어렸을 때 동네에 떠돌던 빨간 마스크 괴담이 떠올랐다. 입이 양쪽으로 잔뜩 찢어진 어떤 미친 여자가 자기를 보고 예쁘냐고 물은 다음에 그렇다고 하면 똑같이 칼로 입을 찢어준다는 내용의 괴담이다. 사촌들은 어린 혜수를 골려주기 위해 일부러 그 무서운 괴담을 들려주고 밖에서 방문을 있는 힘껏 막아 버렸다. 더부살이하는 대가였다. 햇살이 사선으로 들어오는 오후의 단칸방은 빨간 마스크가 출몰하기 딱 좋은 환경이었다. 장롱에서, 다락방에서, 부엌에서. 한낱 지어낸 괴담 속 귀신이 왜 그토록 두려웠을까? 혜수는 이제야 그 이유를 알 것 같았다. **웃어선 안 되는 상황에서 웃고 있었으니까.** 노파가 그랬다. 노파는 분명히 웃고 있다. 그리고 언제 어디서 나타나서 위협할지 모르는 빨간 마스크처럼 사방을 헤매는 노파의 눈동자가 바삐 찾고 있었다. 혜수를.

★ ★ ★

그때, 거실 TV에서 뉴스 속보가 흘렀다.

[방금 들어온 속보입니다. 얼마 전에 인천 부두 인근 해상에서 발견된 40대 여성의 시신을 기억하실 겁니다. 오늘 오전, 사망자의 아들이 돌연 실종된 것으로 알려졌습니다. 실종된 김 군은 학교생활도 모범적인 학생으로 급우와의 관계도 원만하였다고 친척은 증언했습니다. 그러나 어머니의 사망 이후 다소 방황하는 행각을 보이던 김 군은 급기야 우울증과 더불어 최근에 학교폭력에 시달려 괴롭다는 유서를 남기고 사라졌습니다.]

화면에는 교복을 단정하게 입은 녀석의 사진이 떠올랐다. 하단에는 제보를 바란다는 자막이 삽입됐다. 그리고 그때 노파의 가슴에 매달린 폴더폰에서 시끄러운 전화벨이 울렸다. 노파가 전화를 받았다. 벨소리에 대조적으로 상대의 말소리는 전혀 들리지 않았다. 다만, 노파가 이렇게 말했다.

그래-

알았어-

그동안 수고했어-

자네도 축하해-

전화를 끊은 노파가 벽 쪽을 가만히 응시하더니 말했다.

"내일부턴 올 필요 없어요."

세상의 모든 것은 무대요,
모든 사람은 배우이니,
각자의 출구와 입구가 있고
한 사람은 한꺼번에 많은 역할을 맡는다.

- 윌리엄 셰익스피어 『좋을 대로 하시든지』

9

높은 계단을 막 올라오자 경찰차와 경찰들이 출동한 풍경이 펼쳐졌고, 거기엔 소식을 듣고 방송국에서 나온 기자들로 붐볐다. 한쪽에서는 어제까지만 해도 녀석과 어울리던 '패거리'들이 누가 더 카메라의 주목을 받는지 산발적으로 연기 대결을 펼치고 있었다.

걔가 어제까지만 해도 괜찮았거든요-

평소엔 말수가 없고 조용한 친구였고요-

빨리 돌아왔으면 좋겠어요-

누구도 비통해 하지 않았다. 패거리들의 평소 행실에 대해 잘 알고 있는 중년의 여성들은 멀찍이서 팔짱을 여미며 이 을씨년스러운 풍경을 노려보며 서 있었다. 부동산 시세가 떨어지는 것에 대해 우려를 표하는 얼굴들이었다. 살인사건에 실종사건까지 겹치는 악재에.

반쯤 얼이 빠져 돌아온 혜수를 발견한 옥녀가 얼른 달려가 속닥였다.

"언니, 걔 맞지? 언니가 전에 만났다는 왕언니 아들!"

"……"

"웬일이야, 진짜. 근데 실종된 거 사실이야? 난 왠지 뻥 같은데."

"……"

"방송국에서도 온 거 봤어? 막 큰 카메라 엄청 많고 기자들도 되게 멋있더라. 눈앞에서 뉴스 보는 것 같았어."

"……"

혜수는 줄곧 노파를 생각했다. 도망치듯 서둘러 현관을 나설 때, 문득 뒤를 돌아보았고 노파가 뭐라 말하고 있었다. 말소리는 들리지 않았다. 그러나 입 모양만큼은 똑똑히 알 수 있었다.

"가."

"언니, 내 말 듣고 있어? 왕언니 아들 말이야. 설마 죽은 건 아니겠지? 내가 보기엔 분명히 그 할망구 짓 같아."

"그래서."

"그래서라니? 언니 뭐 알고 있어?"

"응."

"그런데 왜 말 안 했어?"

"넌 왜 말 안 했는데?"

"뭘?"

"홍희란 아이폰에 내 사진 있는 거."

혜수의 눈에 넘실거리는 배신감과 기가 막힘을 전혀 알아차리지 못한 옥녀가 사레들린 듯 켁켁대며 되물었다.

"언니 사진이 왜 거기에 있어?"

"내가 묻고 싶은 말이야."

"뭔 소리야. 알아듣게 말해."

"며칠 전에 아이폰 만지면서 봤을 거 아니야? 내 사진 여러 장 있는 거."

"무슨 사진?"

"막 출소하던 모습이 찍혀 있었다고. 교도소 입구에 씨씨티비가 있어. 앱으로 볼 수 있는 범위에 거기까지 포함인가 봐. 중요한 건 그게 아니고, 그런데 왜 그것만 쏙 빼놓고 이야기했냐고? 내가 조금 전에 무슨 일을 당한 줄 알아?"

따져 묻는 말에 비난조가 짙어지자 옥녀의 얼굴도 덩달아 심각해졌다.

"도대체 무슨 소릴 하는 거야? 나 그때 제대로 보지도 못했어."

"그렇구나."

"당연하지. 내가 뭘 숨기고 있다고 생각하는 거야, 지금?"

"아니면?"

"이 언니 보게. 그랬더라면, 그날 잔액 17만원이 있다는 사실을 알리면서, 뭐 하러 씨씨티비 앱이 깔려 있을 거라고 말했겠어? 그것도 내가 말해줘서 언니도 알게 됐잖아."

그러다가 요점은 그게 아니라고 생각했는지, 놀라운 얼굴로 물었다.

"그런데 언니 사진이 거기에 왜 있어? 설마 그 할망구가 언니 뒷조사한 거야?"

줄곧 생각했지만 입 밖으로는 먼저 꺼내지 않았던 '뒷조사'라는 정확한 단어가 나오자 헛웃음이 났다.

"앱을 통해 처음부터 날 감시하고 있었어… 처음부터 다 알고 있었다고."

"말도 안 돼!"

"그래. 말도 안 돼. 근데 그 말도 안 되는 걸 가능케 하는 인간이 있어. 앞 못 보는 홍희란이 했을 리는 없고…"

혜수가 화이트보드를 끌어당기며 '노신사'에 동그라미를 쳤다.

~~사십 대 여자~~, 젊은 남자, 외제 차 끄는 노신사

"저 인간 짓이야. 틀림없어."

"대체 저 사람이 누구길래?"

"그걸 내가 어떻게 알아."

"그런데 저 노신사가 언니를 감시할 거면 편하게 자기 폰으로 봤겠지. 뭐 하러 귀찮게 할망구 아이폰까지 빌려."

"증거 안 남기기 위해 그랬다면 설명이 되지. 만에 하나 재수 없으면 경찰 수사를 받게 되는데, 그때 가서 포렌식까지 들어가게 되면 그야말로 좆 되는 거니까. 그러니까 가장 위험도 낮은 홍희란의 아이폰으로 보는 거겠지. 홍희란까지 수사가 들어갈 가능성이 적으니까."

"수사 들어갈지 안 들어갈지 어떻게 장담해?"

"네 말이 맞아. 언제 수사가 들어갈 지 모르니까 그럴 때를 대비해서 안 쓰잖아."

"응?"

"홍희란. 폴더폰만 쓰고, 사은품으로 받은 그 아이폰은 개통도 안 했더라고."

"머리 아파… 그럼 여태까지 짜가 요양보호사인 거 알면서도 이 제까지 선생님, 선생님 했다는 거네? 맞지? 진짜 여우주연감이다. 오스카의 할망구야."

하나하나 퍼즐이 맞춰지자 옥녀가 옆구리를 끌어안았다. 소름이 끼친다는 표현이다. 혜수는 힘없이 침대 끝에 걸터앉았다. 그리고 뭔가 떠오른 듯,

"실은 어제 퇴근길에 왕언니의 아들을 만났는데, 그 녀석이 나한 테 그랬어. 자기가 저 노신사를 직접 봤다고."

"정말? 언제? 어떻게?"

"지 엄마 심부름으로 그 집엘 갔다가 계단 한구석에서 얘기하는 걸 봤대. 그러면서 나한테 돈을 요구하더라고."

"미친."

"그런데 거절했어."

"왜!"

"장난치는 것 같았거든. 그런데… 하루 만에 갑자기 저렇게 될 줄 몰랐어. 네 말이 맞아."

옥녀를 올려다보며 말했다.

"어쩌면 이미 죽었을지도 몰라."

"아직 모르는 거잖아…."

"틀림없어. 얼마나 되바라지고 불량스러운 앤데. 모범생? 학교폭력에 시달렸다는 유서? 다 개소리야. 다 조작이라고."

혜수는 화이트보드를 노려보았다. 노신사. 처음엔 왕언니의 감형을 위해 면회를 오던 담당 변호사일 거라고 생각했다. 그러나 실은 옛날부터 알아 온 관계로 노파의 충성스러운 심복이다. 그리고 그의 얼굴을 유일하게 발견하고 또 '발설'하려는 왕언니의 아들을 감쪽같이 처리했다. 대체 누구일까? 그의 정체는.

통 감을 잡을 수 없는 가운데 혜수는 인터넷에서 대강 구입한 싸구려 포장마차 플라스틱 의자에 앉았다가 일어났다가, 결판을 내야겠는지 다시 플라스틱 의자에 털썩 앉았다. 그리고 맥 빠진 얼굴로 옥녀를 올려다보며 말했다.

"나 잘렸어. 그만 나오랜다."

"갑자기 왜?"

"왜는 무슨 왜야. 냄새 맡았으니까 그렇지."

"그럼 우리는? 앞으로 어떻게 되는 거야?"

"어떻게 했으면 좋겠어?"

"이러는 게 어때? 그냥 협박해서 몇 푼만이라도 뜯어내는 거야."

"몇 푼? 몇 푼?"

"그래. 그래도 그게 어디야. 굳이 그 많은 돈을 다 가질 필욘 없잖아."

옥녀는 물어뜯던 손톱을 입에서 빼고, 혜수의 팔을 약하게 흔들었다.

"언니도 알잖아. 그 할망구. 진짜 이러다가 우리 큰일 날 것 같아. 그냥 적당히 협박해서 콩고물만이라도 건지자. 한 100억, 아니… 10억만이라도."

"정신이 어떻게 됐니?"

"돈이 많다고 해서 다 좋은 건 아니야. 언니."

"대부분 좋아. 그리고 협박이 통했으면 왕언니가 죽었겠냐? 진작한 몫 잡아서 팔자 고쳤지. 까딱하면 우리가 거꾸로 작업 당해. 최악의 경우엔 언론을 이용해서 우리만 국민 역적 만들 수도 있어. 그렇게 되면 가여운 독거노인의 등을 처먹은 일당- 이렇게 인터넷 기사에 나겠지. 네 옛날 남자 친구들은 잘 걸렸구나- 하고 신나게 악플달 거고. 그랬으면 좋겠어?!"

"미쳐 버리겠네! 어떡해? 달리 방법이 없잖아."

"추리는 끝. 지금부턴 액션이야. 장르 변경."

"어쩌자고?"

"우리 식대로 해야지."

"우리 식?"

이미 준비된 말이면서도 혜수는 잠시 생각하는 척을 한 뒤에 답했다.

"신고하자. 살인자라고."

"언니 미쳤어?"

"다른 대안이 없어."

"그럼, 할망구가 유산 받는 데 차질이 생긴다며? 그렇게 되면 우리도 닭 쫓던 개 신세가 된다며?"

혜수가 의자를 끌어당겨 앉았다.

"홍희란. 이미 유산 상속받은 것 같아."

"뭐?!!"

옥녀가 자기도 모르게 큰 소리를 냈다.

"언제? 오늘? 아니면 어제?"

"몰라. 그건. 아까 누구랑 통화를 하는 걸 들었어. 상대방 목소리는 안 들렸고, 그냥 홍희란이 이렇게 말하더라고."

"뭐라고 했는데?"

"그래. 알았어. 그동안 수고했어. 자네도 축하해."

옥녀가 풍성한 머리숱 사이로 천천히 두 손을 집어넣더니 절규했다.

"난 몰라! 어떡해 우리? 이젠 우린 어떡해?!"

"아직 기회 있어."

"돈이 문제가 아니라 우리 이제 죽게 생겼다고!"

"죽긴 왜 죽어?!"

"돈은 할망구가 가졌지. 이제 우릴 가만두지 않을 거야. 그전에 빨리 한국 떠야 해. 근데 언니…"

혜수를 불길한 눈으로 훑어보더니,

"해외 출국 안 되지?"

다시 절규가 이어졌다. 이번엔 아예 방바닥에 아이처럼 앉아 대성

통곡을 하기 시작했다. 덩달아 혜수의 마음도 조급해졌다.

"이건 그냥 내 생각이야! 아직 돈 못 받았을 수도 있어."

"언니가 이미 받은 것 같다며!"

"같다고. 같다고! 미안, 내가 말을 잘못했어."

혜수가 방안을 모이 찾는 비둘기처럼 왔다 갔다 하더니 냉장고에서 캔맥주를 꺼냈다. 벌컥벌컥 마신 다음 옥녀에게 건넸다. 그러나 옥녀는 마실 기분이 아니던지 입에 대다 말고 그대로 테이블 위에 올려 두었다. 테이블 위에는 샌드 과자에서 긁어낸 크림들이 딱딱하게 굳은 채 널브러져 있었다. 혜수는 내내 속으로 품고 있던 계획을 말했다.

"일단 경찰한테 이렇게 말할 거야. 이 노인네가 누군가를 죽였다는 말을 평소에 일관되게 한다고. 그럼, 경찰은 당연히 불러서 조사를 하겠지? 그런데 홍희란이 바보가 아닌 이상, 사실대로 불까?"

"그 할망구가 미쳤어? 사실대로 불게."

"맞아. 그럼, 경찰은 증거 제출을 요구하겠지. 치매에 걸렸다는 증거 말이야. 하지만 홍희란은 끝내 증거를 제출하지 못해. 왜? 말만 치매지, 실제로 치매 등급을 정식으로 판정받지 않았거든. 진단서조차 없고."

"그래서?"

"그때, 우리가 증거를 제출하면 돼. 이 할머니가 사실은 치매 환자다- 하고. 너 예전에 홍희란 집에 방문하면서 로봇청소기 가져온 거 있지? 거기에 다 녹화가 됐어. 평상시에 헛소리를 하고, 말도 안 되는 억지를 부리고, 툭 하면 누구를 죽였다고 지껄인 모든 것이 거기에 담겨 있다고."

"언니…"

옥녀가 고개를 갸웃거리며 말했다.

"언니 머리 어떻게 됐어? 우리가 그 증거를 왜 제출해 줘? 누구 좋으라고? 기껏 신고해 놓고, 다시 풀려나게 하자고? 뭔 소리야, 대체."

"누가 홍희란 좋은 일 하재? 우리 좋은 일 하는 거야. 잘 들어. 치매 환자는 일상생활 속에서 정상적인 판단이 불가능한 사람이야. 관공서 업무라든가 은행 업무라면 더더욱. 그런 치매 환자한테 뭐가 필요하겠어? 맞춰 봐."

생각보다 긴 시간이 지났다.

"정답."

옥녀가 희망이 깃든 눈으로 살짝 손끝을 들었다. 마치 발표시키는 선생님처럼 혜수가 채근하듯 턱짓을 했다.

성.년. 후.견.인!

동시에 외쳤다. 조금 전의 초상집 같던 분위기는 간데없이 사라지고, 옥녀와 혜수가 서로 얼싸안으며 함성을 질렀다. 혜수가 옥녀의 어깨를 꽉 쥐고 말했다.

"그래. 홍희란은 살인 의혹에선 벗어날 수 있을지 몰라도 막대한 유산을 입맛대로 핸들링할 자격을 잃게 되는 거야. 왜? 우리가 곧 성년후견인이 될 테니까!"

그러면서 스마트폰에서 검색한 내용을 그대로 보며 읊었다.

"성년후견개시심판 청구는 질병, 장애, 노령, 그 밖의 사유로 인한 정신적 제약으로 본인의 사무를 처리할 능력이 결여되고, 이러한 상태가 지속되는 경우에 가능하다. 자격은 본인, 배우자, 혹은 4촌 이내 친족 등이 있어야 하는데…"

"그 할망구한텐 아무도 없잖아?"

"빙고."

다시 얼싸안고 함성이 이어졌다. 혜수가 들뜬 분위기를 정돈하며 말했다.

"오늘부로 난 잘렸어. 더는 그 집에 드나들 명분이 없어진 거지. 그러니 홍희란이 잠시 집을 비우는 사이에 황정자를 시켜서 로봇청소기를 수거해오면 돼."

"진작 갖고 나오지 그랬어."

"오늘 잘릴 줄 몰랐지."

"하긴. 근데 용량은 넉넉해?"

"128기가짜리 SD카드가 탑재되어 있어서 충분해."

"소리는? 작동할 때 소음 같은 거 있을 거 아냐. 할망구가 눈치챘으면 안 되는데…"

"전혀. 무음이라서 괜찮아. 대신에 얼른 가져와야 해. 데이터는 최대 48시간만 보관이야. 지나면 자동 삭제돼."

"겨우 48시간? 도대체 얼마나 형편없는 걸 산 거야?"

"31만원. 중국산."

"어쩐지… 박스 겉면에 한자가 쓰여 있더라. 그런데 만약에 성년후견인이 되면 그 사람을 좌지우지할 수 있는 뭐 그런 거 맞지? 막 은행 통장도 내 마음대로 하고?"

"응. 조만간 반푼이 자식이 상속받은 그 거액의 유산이 홍희란의 수중에 떨어질 거야. 우리가 홍희란의 성년후견인만 되면 그 돈 다 우리 꺼야."

"아, 신이시여. 이래서 하늘이 무너져도 솟아날 구멍이 있다나 봐."

"전화 걸어. 황정자한테."

"오케이."

옥녀는 스피커폰으로 한 뒤에 테이블 위에 야무지게 올려두었다. 그러자 혜수가 손짓을 하며 옥녀를 세게 가리켰다. 옥녀가 검지로 자신을 가리키며 눈을 휘둥그레 떴고, 혜수가 고개를 끄덕였다. 옥녀가 입술을 깨물며 비장하게 고개를 끄덕였다. 몇 번의 신호음 끝에 전화가 연결됐다.

– 여보세요? 황 선생님?

– 네. 센터장님.

– 뭐… 평안하시죠?

하며 혜수의 눈치를 살폈다. 출발은 순조롭다.

– 평안하냐고요?

– 네.

– 센터장님은 괜찮으세요?

– 뭘요?

그러면서 그 질문을 혜수에게 돌리듯 다시 시선을 돌렸다. 이번엔 혜수도 어떤 반응을 보일지 몰라 스마트 폰의 액정만 뚫어져라 보았다.

– 그럼 아직 연락이 안 갔나 보네요. 저 지금 경찰서 가는 길이에요.

– 거길 왜요?

– 저도 지금 전화 받았어요. 얼마 전에 여자 시신이 바다에서 건져진 사건 아시죠? 그 범인이 잡혔대요. 아니, 아직은 용의자.

혜수와 옥녀가 휘둥그레진 눈으로 서로를 보았다. 전화 너머 황정자가 계속 말했다.

– 그런데 그 용의자란 사람이 말이죠. 몇 달 전에 할머님 집에 들락거렸다지 뭐에요. 저하고도 몇 번 인사했는데, 말이 인사지 그냥 고개만 까딱한 게 전부예요. 그런데 참고인 조사가 필요하다나 어쨌다나… 그냥 와서 보고 들은 거 사실대로 진술만 해달라는데… 내켜야 말이죠. 그렇다고 안 갈 수도 없고. 그나저나 센터장님한텐 연락 안 갔어요?

– 네… 아직…

– 휴… 센터장님하고 변 선생님은 오신 지 얼마 안 되어서 제외시켰나 보네요.

– 그런가 보네요.

– 그래서 말인데…

황정자가 말끝을 흐렸다.

– 저 아무래도 더는 일 못 할 것 같아요.

– 이렇게 갑자기 그만둔다고요? 잠깐 며칠만…

– 무서워요. 평소에 할머님이 누굴 죽였네 어쩌네 할 때부터 알아봤어요.

혜수가 옥녀에게 뭐라 뭐라 지시를 내렸다. 옥녀가 오케이 손짓을 하며 테이블에 놓인 스마트 폰에 얼굴을 가까이 대고 물었다.

– 저! 혹시 할머님도 경찰서에 가셔야 하나요?

– 네. 할머님도 불렀다고 하네요.

– 언제요? 몇 월 며칠?

– 내일이요. 정확히 몇 시인지는 모르고요. 저 어쨌거나 그래서 말인데…

사전에 약속한 인센티브를 챙겨달라는 이야기였다. 그동안 다른 센터에서 오라는 연락이 많았지만 가지 않았던 건 이쪽과의 의리를 지키기 위함이었다고. 진작 그만두었으면 좋았을걸, 요양보호사가 해선 안 될 직무상 규칙도 위반해 가면서까지 도와준 대가가 결국 경찰조사로 끝맺을 줄 알았더라면 애당초 시작도 안 했다고. 그.러.니. 이번 달 월급에 함께 챙겨달라는 것. 옥녀가 괘씸하다는 얼굴과 함께 더 밀어붙이려던 걸 혜수가 손을 들어 제지했다. 그만 끊으라는 제스처를 취했다.

"언니! 이 아줌마 제대로 한 것도 없어."

"빨리 정리해야 해."

"이 아줌마 없인 우리 그 집 못 들어간다며."

"황정자 말하는 거 들으면 모르겠어? 까딱하면 경찰에다가 그동안 우리가 지시한 것들을 다 까발릴지도 몰라. 그러니 얼른 돈 챙겨주자고. 그거 몇 푼밖에 안 하잖아."

"입을 다물게 하자?"

"그리고 떨궈내는 거지. 돈 이체 받은 순간, 황정자도 우리랑 한패가 되는 거니까. 그땐 지가 어디 가서 입방정 떨고 싶어도 그러지도 못해."

"그럼, 어쩌지? 로봇청소기는 누가 가져 와? 나라도 들어가 볼까?"

"안 돼."

"그럼, 언니가 들어가."

"나도 안 돼. 우리 둘 다 안 돼. 후져빠진 아파트여도 그 망할 씨씨티비는 건재해. 제3자가 들어가는 게 맞아."

"이 아줌씨는 갑자기 이 타이밍에 관둔다고 해가지고. 첫인상부터 마음에 안 들었어."

마땅히 '제3자'가 떠오르지 않아 급기야 두꺼비까지 거론되던 그때였다. 우당탕탕! 하고 현관문에 무언가 부딪히는 둔탁한 소리에 까무러치게 놀란 두 사람. 옥녀가 천천히 현관문으로 다가가 조심스레 문을 열었다. 이윽고 기묘한 표정으로 돌아보았다.

"언니…"

하며 혜수가 잘 볼 수 있도록 좀 더 현관문을 열어젖히자, 거기엔 정강이를 문지르며 오만상을 찌푸리고 있는 집주인, 세영이 서 있었다. 몇 초간 어색한 침묵이 흘렀다. 세 사람 모두 머릿속으로 다음말을 생각하고 있는 분위기 속에서 이 공기를 더 지속하는 건 마이너스라고 여긴 혜수가 손뼉을 치며 말했다.

"아아, 어쩐 일이야? 나 시나리오 쓰고 있었어. 프리랜서라고 했잖아."

"여기 요양센터라고 명패가 붙어 있는데…"

"아아… 투잡이야. 취미로 쓰고 있어."

내뱉은 변명이 스스로 생각해도 한심했다.

"그런데 어쩐 일이야?"

"나도 끼워줘."

옥녀가 놀란 눈으로 두 사람을 번갈아 보았다. 혜수가 어깨를 으쓱하며 되물었다.

"뭘?"

"나도 끼워줘. 혜수야."

세영이 결의에 찬 목소리로 다시 말했다.

"뭘 하는지 모르겠지만, 내가 할게. 할머니 집에 들어가는 일. 너희보단 아무래도 낫잖아? 생판 모르는 사람이 하는 게."

혜수는 대답하지 않았다.

✦ ✦ ✦

"도대체 뭐가 아쉬워서?"

"많이 바라지도 않아. n분의 1도 안 바래. 그냥 10%, 아니 5%만…"

"그러니까 그 돈이 왜 필요하냐고? 너 잘 살잖아."

"……"

옆에 있던 옥녀가 힐난조로 말했다. 더 대화 했다간 혜수가 일의 전말을 모두 말할까 봐 걱정이 된 것이다.

"괜히 남의 일에 참견해서 나중에 후회하지 말고. 그냥 가시죠."

"혜수야. 나 진짜 잘할 수 있어."

세영이 옥녀는 건너뛰고 혜수를 똑바로 보며 말했다. 누가 더 큰 배역인지 알아본 것이다.

"돌겠네. 너 남편도 돈 잘 벌잖아. 사업한다며."

"미국에서."

"그럼 됐네. 굳이 이런 일 안 해도…"

"미국 여자랑 재혼도 했더라고."

이번엔 옥녀를 힐끔 보며 낮게 말했다.

"애들은 나랑 살고…"

옥녀가 혀를 살짝 내밀며 자신은 이 대화에서 빠지겠다는 듯이 두 손을 낮게 들었다. 세영에게서는 더 이상 여고 동창에게 밑바닥을 들켰을 때의 좌절감이라곤 찾아볼 수 없었다. 괜한 자존심에 둘러댔던 말들이 모두 거짓이라는 것이 밝혀졌을 때의 수치심도 마찬가지. 오히려 뻔뻔해졌다. 혜수는 아연실색하면서도 동시에 마음에 들었다. 황정자같은 부류는 겉보기엔 용이해 보여도 정작 일에 도움이 안 된다. 조금 전에 그것이 증명됐잖나. 경찰 전화 한 통에 벌벌 떤 것 말이다. 어떤 것을 공모하기엔 오히려 세영처럼 과감하고 거침없는 사람이 제격이긴 하다. 극에서도 그렇다. 어느 사건을 풀어갈 실마리를 찾을 수 없을 때, 예기치 못한 인물의 투입은 극적 전환을 가져온다. 여기선 세영이다. 적절한 타임에 적절한 등장. 더구나 적은 출연료로 극에 활기를 보탤 수 있다면 그것만큼 바람직한 캐스팅은 없을 것이다. 혜수는 쾌재를 부르고 싶은 걸 억누르고 태연하게 물었다.

"건물은?"

"부모님 건데. 근저당 잡혀 있어. 그것도 갚아야 해."

"얼마나?"

"6억 조금 넘어."

"6억?"

혜수가 팔짱을 풀고 놀란 얼굴로 물었다.

"개새끼. 그때 나한텐 등기 깨끗하다고 했는데."

"어휴, 언니도 두꺼비 아저씨 흉볼 거 하나도 없네! 칠칠맞긴."

옥녀가 끼어들었다.

"됐고. 해외여행에선 언제 돌아오시는데?"

"안 돌아오셔."

"이민?"

"요양원에 계셔. 두 분 다."

사회교육을 전공했지만, 말주변도 없는 데나 더 젊고 실력 있는 강사들이 많아서인지 동네 보습학원에서조차 일하기 힘들다고 덧붙였다. 전남편이 양육비를 밀리는 일이 잦은 터라 결국 급한 대로 보험설계사 일을 하고 있는데 그마저도 여의찮다고. 혜수가 처음과 달리 다소 누그러진 자세를 보이자 세영이 밀어붙였다. 마치 대출을 받기 위해 어떻게든 신용의 착실함을 증명해 보이기라도 하듯.

"굽신거려서 설득해 놓으면 이것저것 항목을 더해라, 빼라. 했던 말 또 하게 하고. 기껏 청약까지 받아놓으면 심사에서 떨어지거나, 심사 통과한다 해도 결국 나 몰래 고객센터에 전화해서 해지하더라고. 사은품은 사은품대로 챙겨가면서. 배보다 배꼽이 더 크다니까. 이번 달도 두 건이나 해지됐어."

"성사는?"

"없어."

더 들을 필요 없었다. 혜수와 옥녀만큼이나 돈이 못 견디게 간절하다는 것만 확인했으면 됐다. 혼자 두 자식을 먹여 살려야 하는 가장이다. 부질없는 액세서리 같던 자존심을 버린 가난한 모성애만큼 세상에 절박한 것은 없다.

"어디까지 엿들었어?"

혜수의 목소리에 받아들일 의지가 있음을 확인한 세영이 조금 편하게 자세를 고쳐 앉은 다음에 말했다.

"다는 아니고. 혹시 오해할까 봐 하는 소린데, 엿들은 건 오늘이 처음이야. 정말이야. 2층 남자 일로 나도 경찰에서 전화를 받고 막 왔어. 빛 좋은 개살구긴 해도 내가 실질 건물주니까 전화가 온 모양이야. 그런데 가봤는데 없더라. 그거랑 관련해서 너랑 무슨 얘기라도 해볼까 하다가 듣게 됐어. 그러니까 나 끼워줘."

"뭘 해야 할지 궁금하지 않아?"

"대강 어떤 할머니 집에 가서 로봇청소기를 훔쳐 오면 돈이 생긴다- 그런 거 아니야?"

"맞아."

"왜인지 물어봐도 돼?"

"감시하기 위해 내가 갖다 놨거든."

"뭘 감시해…?"

하다가 눈치를 보더니 다시 고개를 저었다.

"아니야. 안 물어볼게. 자세한 건. 그런데 그쪽에서 눈치채진 않았을까?"

"그럴 리 없어. 만에 하나 걸고넘어진다 해도 어차피 청소가 목적이었다고 둘러대면 되니까. 그건 그렇고…"

의미심장한 눈으로 세영을 훑어보며 물었다.

"남의 집에 몰래 들어가서 물건을 훔쳐 오는 일인데 네가 중간에 마음이 바뀌지 않을까?"

"건물이 경매로 넘어가기 일보 직전이야."

"어머! 언니, 그 공인중개사 개새끼잖아!"

옥녀가 소리쳤다. 아까와 달리 침착한 혜수가 옅은 한숨을 쉬며 물었다.

"이 건물이?"

"응."

"왜 말 안 했어?"

"하면 아무도 방 얻으려고 안 할 테니까. 난 돈이 절실했거든. 그래서 간단하게 도배랑 장판도 한 거고…"

"감쪽같이 속았네. 이제 보니 여우주연감이야. 공동 수상하겠다, 야."

"누구랑?"

그때 옥녀가 끼어들었다.

"있어요. 어떤 할망구."

"본론으로 돌아와서."

혜수가 주변을 환기하려는 듯 자리에서 일어났다. 창밖에는 여전히 경찰들이 오갔지만, 아까보다는 훨씬 줄어들었다. 구경하는 인파도 반으로 줄었다.

"2층 남자가 살인자인 건 맞아. 40대 여성의 시신을 바다에 유기했지."

"응."

직감이 맞았다는 얼굴로 세영이 고개를 끄덕였다.

"그 남자가 내가 요즘 요양보호사로 담당하던 할머니랑 연관이 있어."

"왠지 그럴 것 같았어. 그런데 그 할머니는 뭐 하는 사람이길래 돈이 그렇게 많아?"

"간단하게 말할게. 시간 없으니까. 왕년에 여기 지역유지의 첩이었어. 애 하나 낳고 버림받았는데, 복수하기 위해 수십 년 만에 나타났고. 그리고선 유지의 손녀를 살인 사주했어. 왠지 유지의 아들 내외가 죽은 것도 그 노인네의 소행 같아."

"그렇게 생각하는 이유는?"

"얼마 전에 유지가 사망했는데 유산을 고스란히 그 노인네가 꿀꺽하게 생겼거든."

"이해됐어. 즉, 너는 그 할머니의 유산을 노리는 거지?"

"물론."

혜수 만큼이나 세영도 자신이 공모하게 될 행위의 윤리적인 측면은 깡그리 배제한 채 이야기했다. 서로 직감적으로 아는 것이다. 어차피 불법으로, 불합리하게 누군가의 돈을 갈취할 거라면 서로 얌전떨 필요는 없다고.

"할 수 있겠어?"

"나 혼자?"

"응. 우린 가고 싶어도 못 가. 대신 밖에서 기다릴게."

"……"

세영이 아랫입술을 꼭 깨물고 심란해하는 동시에 혜수와 옥녀가 숨을 죽이고 눈빛을 주고받았다. 짧은 침묵이 흘렀다.

"아무래도 어렵다면…"

"할게."

세영이 단호하게 말했다.

"옥녀야. 냉장고 안에 뭐 없니?"

"요구르트밖에."

"그거라도 꺼내 와."

혜수가 요구르트병에 빨대를 꽂아 내밀었다.

"합류하게 된 걸 축하하는 의미로. 나중엔 와인으로 하더라도 일단은. 치얼스."

요구르트 세 병이 낮게 부딪쳤다.

✦ ✦ ✦

늦은 밤.

살짝 열어둔 창틈으로 후텁지근한 밤공기가 들어왔다. 창문에 아른거리던 푸른 불빛이 어느덧 사라졌다. 경찰들이 아주 물러간 것이다.

자정이 넘어서도 뉴스에서는 왕언니의 아들에 대한 보도를 했다. 일률적인 앵커의 멘트 뒤에는 각기 다른 기자들의 말소리가 전파를 탔다. K방송사에서는 왕언니의 사건이 사실은 치정이 얽힌 문제였으며 그 아들은 단순한 희생양일 가능성이 있다는 얘기였다. C방송사에서는 왕언니를 살해한 용의자가 사건의 은폐를 위해 아들에게까지 손길을 뻗쳤을 가능성도 배제할 수 없다고 했다. 그 가운데 학교에 찾아간 기자도 있었다. 모자이크된 담임교사는 아이가 평상시에 자주 학교에 나오지 않아 잘 모른다고 일축해 버렸다. 학교 측에선 선을 긋는 것이 여러모로 깔끔하다고 판단한 모양이다. 어쨌거나 엔딩은 그 단정한 교복 차림을 한 사진이 떠오르면서 제보를 부탁한다는 멘트였다.

이어서 광고가 흘러나오자 혜수는 손을 뻗어 리모컨으로 TV 전

원을 껐다. 깜깜한 방에 누워 억지로 잠을 청하자니 며칠 전에 녀석
이 길을 막고 했던 말이 떠올랐다

"그때 찍은 사진 있는데… 그집 할머니랑 어떤 아저씨.

보여줄까요?"

10

이튿날, 이른 아침.

혜수, 옥녀, 세영은 경찰서 정문이 보이는 곳까지 차를 타고 이동했다. 그리고 유턴. 경찰서 맞은편에 고층 아파트가 있는데 모두 출근하고 차량이 빠진 자리를 노린 것이다.

주차 차단기 너머에 위치한 관리사무소에서 경비원이 창밖으로 얼굴을 내밀며 뭐라고 소리쳤다. 차창을 내렸다. 경비원이 다시 소리쳤다.

"어떻게 오셨냐고요?!"

"단군마켓 거래요!"

잠시 고민하는 듯하더니 경비원이 다시 물었다.

"몇 동 몇 호에 가세요?!"

"305동 앞에서 보기로 했어요!"

이윽고 차단기가 올라가자 단지 안으로 진입했다. 노파가 언제 출두할지 정확한 시간은 모른다. 무작정 기다리고 보는 것이다. 그러다가 정문을 통과하는 모습만 확인하면 잽싸게 노파의 집으로 향하기로 했다. 세영이 대신에 문을 열고 들어가 로봇청소기를 수거한다. 세영은 철저하게 제3자다. 씨씨티비에 찍힌다고 하더라도 '보험설계사'라는 직업을 내세워 영업을 목적으로 들어갔다고 하면 그만이다. 실제로 고객 중에 그 아파트에 사는 사람도 있다. 물론 세영의 고객은 아니다.

차 안에서 경찰서를 보고 있으니 어쩐지 의심의 영역에서 몇 걸음이나마 멀어진 느낌이 들었다. 안정감마저 느껴졌다. 옥녀는 연신 들떠있었다. 누가 봐도 최고조라고 느낄만한 컨디션이었다. 아직 신나기엔 이르다고 주의를 주고 싶었지만 관두기로 했다. 대신 며칠 전부터 궁금했던 질문을 던졌다.

"넌 꿈이 뭐야?"

"어렸을 때?"

"언제든."

"음… 고등학교 때만 해도 이재용의 딸로 태어나는 게 꿈이었지."

혜수가 피식 웃었다.

"지금은?"

"이재용의 딸처럼 사는 거."

그 말의 뜻을 잠시 곱씹어보다가 반응했다.

"베스트네."

"이민 갈 거야."

"어디로?"

"아무도 찾을 수 없는 미국으로."

"말도 안 통하는데?"

"누가 그러는데 돈 버는 영어는 무조건 잘해야 하는데, 돈 쓰는 영어는 못 해도 괜찮대. 미국 애들이 귀신같이 알아듣는다고. 한인 타운에 살면 더 편하겠지? 가서 메이크업이나 패션 디자인 같은 것도 배울까 해."

"퓨전 레스토랑을 차리고 싶다고 하지 않았어?"

"바뀌었어. 무슨 장사야. 돈이 그렇게 많은데. 아참, 근사한 백인 남자랑 연애도 할 거야. 결혼해서 세계 곳곳을 여행하는 거야. 생각만 해도 낭만적이지 않아?"

옥녀의 말에 비웃진 않을까 룸미러로 힐긋 보자 뒷좌석에 앉은 세영은 조신하게 두 손을 무릎에 얹은 채 창밖을 바라보고 있었다. 오히려 두 사람보다 더 무거운 공기가 흘렀다.

"빚 갚고 뭐 할 건데? 김세영?"

"응?"

룸미러를 통해 시선이 마주쳤다.

"빚 갚고 남은 돈으로 뭐 할 거냐고. 얜 미국으로 이민 가서 새 출발한대."

"부모님이 여기에 있어서 이민은 됐고. 대신에…"

"대신에?"

"우리 딸 유학 보낼 거야."

"공부 잘하나 봐?"

"발레."

그러면서 학부모 특유의 수줍은 웃음을 지으며 덧붙였다.

"학원 선생님이 실력 있대."

"돈 많이 들겠네."

"얼마가 됐든 우리 애만 잘 되면 난 상관없어."

"어디로 보낼 건데?"

"러시아."

"볼쇼이?"

"잘 아네?"

"러시아? 거기 푸틴이 전쟁 안 끝냈지 않아요?"

옥녀가 끼어들었다.

"외국인은 안전하지 않을까… 싶어서. 더구나 학생이고."

브누아 드 라 당스무용계의 아카데미상. 우리나라의 강수진, 김주원에 이어 세 번째 한국인 수상자가 될 것이라고 딸아이가 포부를 드러냈다고 했다. 아직 열한 살밖에 안 됐는데 명문 예고, 국립발레단 등에서 개최한 콩쿠르에 나가서 딴 상들로 방 디딜 틈이 없다는 자랑도 빼 먹지 않았다. 어느새 자식 얘기에 활기를 찾은 세영이 쉴 새 없이 자랑을 늘어놓는 모습을 보며 혜수는 어쩌면 돈에 대한 집념이 세영이 제일 강하지 않을까 하는 생각을 했다. 정보를 자신이 아닌 세영이 먼저 입수했더라면 세영은 어떤 계획을 세웠을까? 자신을 위한 탐욕엔 한계가 있다. 그러나 자식은 다르다. 극악 범죄를 저지른 죄수도, 파락호도, 하다못해 독재자 푸틴도 결국엔 자식 앞선 약해진다. 자식을 위해선 뭐든지 해줄 수 있을 것이다. 그러므로 이번

계획은 반드시 성공할 것이다. 성.공.시.켜.야. 한다. 이번 일은 세영 못지않게, 아니 비교도 안 될 정도로 더 극한 인생을 살아온 홍희란 자식의 **목숨값**을 훔치려는 일이다. 그렇게 생각하자 팔뚝에 소름이 끼쳤다.

그렇게 한참 흘렀다. 번갈아 가면서 눈을 붙이고 기다린 게 지루해질 즈음. 오후 4시.

내내 속으로 생각해 왔던지 옥녀가 물었다.

"언니, 우리 근데 어떻게 돈 나눠 가질까?"

그러면서 몸을 돌려 세영을 힐끔 보더니 말했다. "5%만 달라고 했죠? 나중에 딴 소리 없기예요."

"나중에 얘기하자. 옥녀야."

"뭘 나중에 얘기해. 이런 건 미리미리 정해야지. 물론 언니 지분이 더 많은 건 인정."

"똑같이 나눠."

"진짜?"

"응."

"그럼 나… 천억…"

"안 돼."

옥녀의 말이 채 끝나기도 전에 혜수가 말을 잘랐다. 그 단호한 어조에 옥녀는 잠시 생각하는 척하더니,

"그럼 800…"

"저기!!!"

그 순간, 세영이 소리쳤다. 쏜살같이 앞을 주시하자 노파가 누군가의 부축을 받으며 차에서 내리는 모습이 보였다.

"맞지, 언니?"

"맞아. 홍희란이야."

그런데, 어라? 실버 콜택시가 아니었다. 까만 마이바흐였다. 그리고 그녀의 겨드랑이를 꽉 끌어안고 내린 사람은 웬 남자였다. 소매를 살짝 걷어 올린 린넨 남방과 핏이 훌륭한 정장 바지, 머리는 왁스로 발라 넘긴 노신사였다. 왕언니의 아들이 했던 말대로다.

> "옷 쫙 빼입고. 가오 딱 잡던데요?
> 영화에 나오는 킹스맨 같았어요."

'드디어 찾았다.'라고 혜수는 속으로 생각했다.

"언니, 빨리 출발!"

옥녀가 소리쳤다.

『버림받은 여자의 일생』 131쪽

1991년.

재선을 위해 선거운동에 나선 김신건은 그 자리에 부인과 아들을 동원했다. 작은 키에 인물이 뒤처지고 소박한 그녀는 나름의 장점을 되살려 전통적인 어머니 상을 제대로 구현해 냈고, 그 옆에서 잘 빗어 넘긴 머리에 고사리 같은 손으로 소중한 한 표를 부탁하는 아이의 귀여운 모습은 보는 유권자들의 마음을 흐뭇하게 했다.

정·재계에서 나란히 성공을 거두면서 김신건은 하루가 다르게 변해갔다. 머리가 벗겨지고 아랫배엔 살이 붙었다. 일약 성공이 빚어 낸 특유의 허세는 날이 갈수록 심해졌다. 날개를 단 김신건이 제일 먼저 착수한 것은 신분 세탁이었다. 사람이 귀해지면 조상의 격부터 높이는 게 세상 이치다. 김신건은 그의 집안이 대대로 짊어지고 산 '머슴'의 굴레를 폐기하기에 이르렀다.

"머? 멀 세운다꼬? 송덕비? 지랄하고 자빠짓네. 우리나라에 보몬 명산대촌에 널리고 널린기 송덕비 아니겠나? 그중 진짜가 몇이나 될 거 같나? 죄애 가짜다 가짜. 꼴같지도 않은 기. 차라리 손바닥으로 하늘을 가리라케라. 그나저나 금마는 은제 아를 호적에 올릴 꺼라 카드나?"

간경화로 투병 중이면서도 아버지는 사위를 저주했다. 더 이상 알랑방귀를 뀔 필요가 없었기에 김신건은 장인 대접은커녕 코빼기도 비치지 않았고, 아버지 역시 더는 그 쪼글쪼글해진 입에 술잔을 댈

수 없을 만큼 병약해졌다.

어쨌거나 당시 유명한 서예가에게 큰돈을 주고 시문을 받아내는 데 성공한 김신건은 군청 간부 몇을 포섭하여 강화도 마니산 중턱 어디쯤에 조부의 송덕비를 세우는 데 성공했다. 뒷면 명문에 새겨진 내용에 따르면 머슴이던 그의 조부는 구한말에 독립운동자금을 대고 덕을 베푼 마을의 좌수쯤으로 탈바꿈되었다. 아주 그럴싸하게.

香名聖德惟金公 階樂衆人只一同
二三百戶被恩澤 萬有餘年不忘功
김 공의 성덕이 향명으로 펼쳐지니 사람들이 모두 즐겨 말하는 것은 다만 한 가지
이삼백호가 그 은혜를 입으니 오래도록 그 공 잊지 않으리.

천하게 태어난 그의 조부와 부친이 나중엔 사사로운 이익을 위해 친일 행각을 했다는 소문이 퍼졌으나 우스우리만큼 손쉽게 진압됐다. 친일파에 대한 국민적 분노는 역시나 한때뿐이었다. 계열사인 신건식품이 장마철 홍수에 거액을 기부한 일은 그간 두부와 콩나물을 구입했던 뭇 주부들로 하여금 죄책감을 덜어주는 작용을 했으니까. 국민 수준에 맞는 정치인을 갖듯, 그 나라의 소비문화 역시 국민의 수준을 측정할 수 있는 중요한 수단이 될 수 있다는 걸 깨달았다. 역겹게도.

아이가 쑥쑥 자랄수록 나는 조급해졌다. 몇 년 후면 학교에 들어

가게 될 텐데 여지껏 호적에 올리지 못하고 내 성을 쓰고 있다는 건 상처였다.

어느 주말. 뭐가 됐든 결판을 내자는 심정으로 다짜고짜 그의 서재를 박차고 들어갔다. 그는 막 사냥용 총을 수건으로 닦고 있던 참이었는데 이쪽은 쳐다도 보지 않았다. 협탁 위에 놓인 텔레비전에서는 지역방송에서 '김신건의 성공시대'가 방영되고 있었다. 작년에 방영된 분을 녹화한 것이다.

"야, 김신건."

"교양 좀 갖고 살자. 희란아."

"누가 할 소리. 복권에 당첨됐으면 적어도 세금은 내고 살아야지. 양심이 있으면."

"뭐 잘못 먹었냐?"

"우리 아버지 덕을 봤으면 토해내라고."

"덕이 아니라 투자지. 나 김신건의 가능성이 여기까지 오게 만든 거라고."

"우리 아버지가 미쳤니? 너 같은 무식한 놈 뒤를 밀어주게. 다 내 얼굴 봐서 그만큼 애써 준 거 알아 몰라?"

"엄연히 내가 피땀 흘려 번 근로소득이야. 더 할 말 없으면 나가. 총 맞아 죽고 싶지 않으면."

그러면서 총구를 겨누더니 입 모양으로 장난스레 '빵'을 외쳤다.

부의 정점에 선 김신건은 더 이상 거리낄 게 없어져 버렸다. 그런 의미에서 돈은 부적과도 같다. 없어도 살 것 같지만, 그 수혜를 누린 다음엔 끊임없이 갈구한 나머지 그것의 노예가 되고, 급기야 맹목적으로 추종하기에 이른다. 모든 걸 갖춘 것 같아 보이는 돈과 부적에도 딱 하나가 없다. 바로 인간의 오만함을 눈감아줄 관용이다. 김신건은 그 사실을 까맣게 잊은 것처럼 보였다. 스스로에게 도취했고, 폭주했고, 그래서 소중히 여겨야 할 가치들을 저버렸다. 나라면 절대 저지르지 않을 실수들을 그는 하루가 멀다 하고 일삼았다.

호가호위라고 했다. 가족들, 그러니까 그의 가족들은 나를 비난했다. 특히 마누라년은 자기 아들이 점점 장성하면서 기세등등해졌다. 『젊은 베르테르의 슬픔』, 『나목』 등이 꽂힌 내 서가에 주눅 들던 배운 거 없고 무식한 여자가 이젠 제법 재벌 사모님, 의원 사모님 노릇에 재미를 붙인 것이다. 그년은 틈틈이 말했다. 첩인 주제에도 데리고 살아 준 것만으로도 감사하라고. 내 엄마조차 듣지 않았던 이야기를 내가 몽땅 듣고 살았다. 참 웃기지. 욕심이라니. 나는 베푼 만큼 바라는 게 아니었다. 기본을 바랐을 뿐이다. 언제부터 기본을 바란 것이 질타받을 만한 일이 됐을까? 오히려 기본을 모르는 인간들이야말로 살아 있을 필요가 없다.

"김신건. 너 후회하게 해줄 거야."

"그러시든지."

그리고 서재를 휙 나가려던 나를 김신건이 서둘러 붙잡아 세웠다.

"아차! 주말에 말이야. 돈가스나 먹으러 가자."

"……"

"토요일이 애새끼 생일이잖아. 그렇게 돈가스- 돈가스- 노래를 불

렀다며? 좋아. 그래도 내가 애빈데. 까짓거. 맥여 놓으면 한동안 잠
잠하겠지."

손잡이에 얹던 내 손길이 멈췄다. 애초에 배운 바 없어 평생 느껴
보지도 못할 거라고 생각했던 모성애가 손등 위로 떨어졌다. 뚝.뚝.
그것이 큰 재앙을 불러올 약속이란 사실을 까맣게 모른 채.

✦ ✦ ✦

오후 5시.

바다아파트에 도착한 혜수 일행의 차량이 빠른 속도로 정문을 통
과했다. 103동 중앙현관을 지나칠 무렵 세영이 상체를 앞으로 내밀
고 물었다.

"저기야?"

"응. 혹시 모르니까 옆에 종이 쪼가리라도 들고 가."

혜수는 뒷좌석 한쪽에 널브러져 있는 광고 브로슈어 따위를 가리
키며 말했다.

"만일을 대비해서 보험설계사로 보여야 하니까."

"로봇청소기에 있는 SD카드만 수거해 오면 되는 거지?"

세영이 뒷문을 열려다 말고 다시 물었다.

"아니. SD카드를 확인한 다음에 로봇청소기도 가져와야 해."

"통째로? 들키면?"

"그럴 일 없대도. 애초부터 그 노인은 자기 집에 그런 물건이 있는 줄도 모르니까. 오히려 계속 내버려두는 게 더 위험해."

"그런 뜻이 아니라…"

"그럼, 뭐?"

"내가 들키면 어떻게 해? 들어갈 땐 보험설계사를 가장할 순 있어도 나올 땐 그 큰 박스를 들고 나와야 하는데?"

그 자체가 훗날 혐의를 입증할 좋은 단서가 될지도 모르기 때문이라고 덧붙였다.

"그럼 1층이니까 베란다 창문 밖으로 던지든가."

"그래도 돼?"

"대신 잘 포장해."

"알았어."

"푹신푹신한 잔디 쪽으로 잘 보고 던지고."

"응."

세영은 크게 심호흡을 하고 차에서 내렸다. 날은 후텁지근했는데, 몇 시간 동안 냉방된 차안에 있다 보니 따뜻하게 느껴졌다.

103동 중앙현관의 계단을 오르기 전에 한 번 차를 돌아봤다. 안에서 혜수와 옥녀가 미동 없이 이쪽을 쳐다보고 있었다. 현관에 진입해 긴 복도로 접어들자 대각선 방향 끝에 있는 차량이 비로소 보이지 않았다. 완전히 혼자라는 생각에 긴장이 되살아났다. 109호 앞에 멈춰 섰다. 알려준 대로 도어 락을 풀고 들어갔다. 애써 능숙한 손길과 달리 심장은 마구 달음질치고 있었다.

철커덕, 하고 쉽게 열린 현관문에 덜컥 겁이 났다.

방 안은 보험 일을 하면서 종종 봤던 노인들의 집과 별반 다를 바 없었다. 다른 점이 있다면 앞을 못 보는지 조금 지저분했고, 노인 특유의 냄새가 보다 짙게 풍겼을 뿐이다. 집안에 들어서기 전, 신발을 벗어야 할지 말아야 할지 망설여졌다. 예의의 문제가 아니라, 족흔이 남으면 안 되기 때문에.

결국 신발을 신은 채 집 안으로 엉금엉금 기어들어 갔다. 인조 가죽이 일부 벗겨진 낡은 소파 위에는 계절과 상관없는 옷들이 널려 있었다. 그대로 두고 사는 게 아니라 실은 건조대로 사용한다는 것을 잘 안다. 늘 궁금했다. 이런 데서 사는 독거노인이 죽으면 과연 애도해 줄 가족은 있는 건지. 자식은 대체 어디서 뭘 하고 살길래 노인을 혼자 방치하는 건지. 과연 이런 짓을 해가면서까지 훔쳐야 할 노인의 돈이 과연 얼마나 되는 건지. 그 사이 20, 30초가 흘렀다. 너무 긴장했는지 비로소 입에 고인 침을 삼키는 것을 한참 잊고 있었다. 침에서 단맛이 났다.

"베란다… 베란다…"

꽤 넓은 베란다에는 천장 고정형 빨래 건조대가 삐딱하게 걸려 있었다. 왼쪽에 창고가 있었는데, 원래는 무슨 색이었는지 모르나 겉에 인위적으로 하얀 페인트로 범벅을 한 것 같았다. 업자의 손을 빌린 것이 아니라 그냥 살면서 셀프로 한 듯한. 바닥에는 혜수의 말대로 로봇청소기 박스가 한쪽에 놓여 있었다. 청소기 본체에서 둥근 도크를 조심스레 꺼냈다. 그리고 측면에 여러 단자 옆에 SD카드가 꽂혀 있는 것을 확인한 세영은 다시 박스에 넣기 위해 밑에 깔린 에어캡을 꺼냈다. 그러다 눈길이 쿵, 하고 밑으로 떨어졌다.

"뭐야…"

겹겹이 쌓인 에어캡 밑으로 오만 원권으로 묶인 돈다발과 골드바 2개가 놓여 있었다. 돈다발은 하나, 둘, 셋, 넷… 정확히 네 뭉텅이였다. 순간 가슴이 뛰면서 저도 모르게 스스로를 이렇게 타이르고 있었다. 이 집에 정상적으로 출입하지 않은 순간부터 모든 행위가 합법적일 필요가 없다는 것을. 그러니 깊이 생각하지 말자. 행운을 보낸 건 여신이지만, 그 행운을 활용하는 건 오롯이 인간의 몫이다. 망설일 시간이 없다. 세영의 손이 그 위에서 잠시 헤맸다. 무엇을 선택할지 고민하는 것이다. 그러다 오만 원권을 얼른 꺼내어 차례로 손에 움켜쥐었다. 금은 사고팔 때 기록이 남을 수 있으니까. 그리고 1억에 육박하는 만큼 두렵기도 했다. 세영은 잠시 돈다발을 어떻게 할지 고민하다 두 다발은 뒷주머니에, 두 다발은 브래지어 속에 넣었다. 그러고서 다시 청소기 박스를 들고 일어서려는데 이번엔 골드바가 눈에 들어왔다. 매매할 때 신고만 하지 않으면 추적당할 위험은 없지 않을까? 또 중고거래 플랫폼에서 얼마든지 되팔 수도 있다. 골드바를 움켜쥔 순간 베란다를 통해 들어오는 햇살에 세상 더없는 빛을 뿜어냈다. 눈이 부셨다. 결심이 선 세영이 하나는 팬티 속에 욱여넣고, 다른 하나는 어떻게든 양말 속에 넣어보려고 낑낑대다가 여의치 않자 다시 뺐다. 욕심이 이성을 완전히 장악한 순간이었다. 그저 이만치면 무려 3년 동안 딸아이의 발레 레슨을 걱정 없이 시킬 수 있는 돈이라고만 되뇌며.

.

.

.

띡.

띡.

그때였다. 누군가 도어 락에 손을 대고 있다! 세영은 재빨리 움직였다. 창고 문을 열고 먼저 로봇청소기 박스를 위 칸에 올린 다음 그 아래 칸에 몸을 구겨 넣다시피 숨겼다. 금이 쩍 갈라진 플라스틱 세숫대야, 낡은 의자, 버려도 무방할 옛날 다리미판 등 수납공간을 쓰레기장으로 활용하고 있는 공간에 대한 어떤 감상도 이루어질 새 없이 도어락 소리가 계속됐다.

띡.

서둘러 낡은 나무문을 닫았다.

띡.

띠리링-!

락이 해제되는 멜로디와 함께 현관문이 열렸다.

닫으면서 바깥의 소음이 사그라들고, 그 바람결에 블라인드가 살랑였다. 세영은 숨을 깊이 들이마시면서 이를 악물었다. 낡은 경첩 탓에 크게 벌어진 틈 사이로 빛이 들어오고, 그 틈으로 거실 안의 동정을 살필 수 있었다. 아무도 보이지 않았다. '누군가'가 현관에 서서 들어오지 않는 것이다. 그 점이 더욱 심장을 쫄깃하게 만들었다. 누구일까? 이 집에 사는 노인과 어떤 관계일까? 왜 들어오지 않고 현관에 잠자코 서 있는 걸까? 혹시 낯선 사람의 침범을 알아차린 건 아닐까 싶던 무렵, 천천히 신발을 벗는 소리가 들렸다.

'구두다!'

무게감 있는 소리와 덜거덕하고 뒷굽이 타일 바닥에 닿는 소리가 딱 그랬다. 이윽고 서걱서걱, 하고 옷자락이 부딪는 소리가 들렸다. '누군가'는 거실에서 한동안 머물러 있더니, 방으로 향했다. 그리고 1, 2분 뒤에 다시 거실로 나왔다. 머물기 위해서 온 것이 아니라 무언가를 찾기 위해 온 것 같았다. 부지런한 동작이 유의미하게 느껴졌다. 그리고 천천히 베란다로 다가왔다. 세영은 다시 숨을 크게 들이마시면서 겨드랑이와 가랑이에 힘을 줬다. 위아래 속옷 사이에 숨겨둔 돈다발과 골드바가 그만 떨어질 것 같았기 때문이다. 미처 숨기지 못해 손아귀에 움켜쥔 골드바에도 땀이 묻어났다.

"후우…"

'누군가'가 뱃속에서 깊이 끌어당기는 한숨을 뱉었다.

'남자다.'

그는 베란다 반대 끝에 달린 문을 열었다. 그쪽은 보일러실, 이라고 혜수에게 미리 전해 들었다. 한참 둘러보던 남자는 문을 닫고 이쪽으로 성큼성큼 다가왔다. 걸을 때마다 바닥이 삐그덕거렸다. 장판을 깔기 전에 밑에 판을 덧댔는지 마룻바닥 딛는 소리 같았다. 천천히 그리고 길게 소리가 가까워졌다. 침이 잔뜩 입 안에 고였다. 그러나 삼키는 소리마저 들릴까 삼키지도 못했다. 문 앞까지 바짝 다가

온 남자가 천천히 손잡이에 손을 얹었다. 세영은 눈을 질끈 감았다. 온몸에서 주룩주룩 땀이 흘렀다.

덜… ㅋ…

하고 문을 열려던 순간, 전화벨이 울렸다.

아주 다행인 것은 세영의 것이 아닌 남자의 것이었다. 그가 전화를 받았다.

- 네. 방금 들어왔습니다. 그런데 한 발 늦었습니다. 일단 지금 바로 출발하겠습니다.

세영은 통화를 통해 몇 가지 사실을 유추해 냈다. 목소리로 미루어 보아 남자의 연령은 대략 50대. 그리고 그 역시 로봇청소기를 수거하기 위해 찾아온 게 분명했다. 다시 말해 혜수의 작전을 뒤늦게 캐치했다는 뜻이다. 노인 쪽에서 한발 늦은 셈이다.

모르긴 몰라도 로봇청소기 안에 탑재된 이 SD카드가 상당히 요긴한 물건인 것은 확실했다. 남자는 퍽 아쉬운지 아까와 같은 한숨을 반복하더니 거실로, 그리고 현관으로 이동했다. 이어서 천천히 구두를 신는 소리가 들리고 예상대로, 그리고 바라던 대로 현관문을 열었다. 바깥의 매미 우는 소리가 바람결에 크게 실려 오면서 현관문 밖으로 내딛는 구두 소리, 그리고 남자의 헛기침 소리를 마지막으로 문이 닫혔다.

"……"

긴장을 가져온 정체불명의 남자가 사라지자 차츰 묻어두었던 탐욕이 다시 고개를 들었다. 옷가지 속에 숨겨둔 돈다발의 정확한 액수에 대해서. 은행에서 지급한 대로 찾아온 것이라면 한 다발에 5백 씩, 네 다발이니까 총 2천만 원이다. 골드바 2개에 근 2억. 노인 혼자 사는 집이라더니 어떻게 이런 큰돈이 있을까 싶으면서도 다른 한편으로는 혜수의 말대로 천문학적인 유산을 상속받을 위치이니 이 정도면 푼돈이겠다 싶기도 했다. 그러면서 또 다른 걱정이 들었는데, 그것은 바로 차로 돌아가서 이 사실을 두 사람에게 알려야 되느냐 마느냐였다. 세영만 입을 닫으면 문제없다.

그.러.나.

잘 생각해 보면 돈이 있던 곳은 로봇청소기 박스였다. 그 말은 즉, 노인이 로봇청소기의 존재를 이미 알고 있었다는 얘기가 된다. 생각이 거기까지 미치자 혜수의 작전이 어쩌면 실패로 돌아가지는 않을까 하는 염려가 회오리처럼 몰아쳤다. 어제까지만 해도 믿음직스럽고 전능해 보이던 혜수가 한낱 독 안에 든 쥐처럼 여겨졌다. 슬슬 발을 빼고 싶은 충동이 들었다. 이미 손아귀엔 2억 2천만 원이 있지 않은가?

어느새 겨드랑이와 가랑이는 땀으로 푹 젖었다.

완전히 잠잠해진 것을 확인한 세영이 문을 천천히 열었다. 도심의 때와 자동차 매연, 미세먼지로 얼룩진 베란다 창문 너머 붉은 석양이 덥게 날아들었다. 발을 먼저 딛고, 상체가 빠져나왔다. 그리고 박스를 꺼내 들고, 거실로 향했다.

그리고 멈췄다.

남자가 그곳에 서 있었다.

♦ ♦ ♦

예상보다 기다리는 시간이 길어졌다.

조바심이 난 옥녀가 한쪽 다리를 부산스럽게 떨어댔다. 이윽고 초조한 두 사람의 눈에 저만치서 박스를 들고 나오는 세영의 모습이 보였다.

"언니, 저기 나온다!"

"왜 이렇게 늦게 나오고 지랄이야."

혜수가 얼른 팔짱을 풀고 상체를 앞으로 기울였다.

"그러게. 저 언니 공부 잘했던 거 맞아?"

"나보단 못했어."

"그럴 것 같았어. 일머리 없어 보이네, 딱 봐도."

잔뜩 기대에 찬 표정을 하던 두 사람은 세영이 뒷좌석 문을 열자, 동시에 외쳤다.

"어떻게 됐어?"

"가져왔어요?"

세영이 두 사람을 번갈아 보더니 암담한 얼굴로 끄덕였다. 환호하는 옥녀와 달리 혜수가 굳은 표정으로 물었다.

"그런데 무슨 일 있었어?"

"아니야. 무슨 일은."

두 사람의 의심을 잠재워야겠다고 판단했는지 계속 말했다. "잠시 떨구는 바람에 망가지진 않았나 하고."

"난 또 뭐라고. SD카드는?"

"이 안에 있어."

"그래? 오케이. 수고했어. 가서 확인하자."

"언니 빨리 가. 출발!"

혜수가 생기 있는 얼굴로 시트를 끌어당겨 앉는 동안 세영은 옆 좌석에 올려둔 로봇청소기 박스를 불안한 눈으로 보았다.

✦ ✦ ✦

『버림받은 여자의 일생』 132쪽

1991년.

돈가스 먹으러 갈 생각에 신이 난 틈을 타서 아동용 로션을 그 찹 쌀떡 같은 얼굴에 골고루 발랐다. 다소 추울 수 있음에도 굳이 청 멜 빵바지를 입혔다. 인기 아역배우들이 선전하는 '베비로'에서 나온 신상 의류였다. 강아지가 그려진 파란색 양말을 토실토실한 종아리 까지 바짝 올려 신기고, 건담 로봇이 그려진 찐빵 모자를 씌웠다. 되 돌아보면, 그때 내심 아이가 김신건에게 예쁨 받길 바랐던 것 같다.

이윽고 대문을 나서자 마침 차가 대기 중이었다. 늘 주말마다 교 외로 나들이를 가곤 하던 자신들의 차지였는데, 막상 순서를 뺏기자 두 모자는 창문을 통해 우리를 노려보았다. 하얀 말티즈를 끌어안은 채로 입이 잔뜩 부어서.

"뭘 내다보고 있어? 난방 틀어놓고 전기세 달아나게. 빨리 닫아."

김신건이 창문을 향해 손을 휘휘 젓자, 두 모자가 신경질적으로 문을 닫았다. 김신건은 아이의 눈치를 슬쩍 보더니 뒷문을 열었다. 아이는 한껏 들뜬 얼굴로 뒷좌석에 깡충거리며 올라탔다. 돈가스 전문점 '후렌즈'에 가면 하얀색 둥근 테이블에 앉아 케첩을 뿌린 돈가스를 백 접시나 먹겠다고 종알댔다. 어찌나 신이 나던지 녀석은 아무 노래나 지어 흥얼거리고, 괜히 창밖의 사물을 보며 자신의 감상을 떠들어댔다. 그런 아이를 보면서 덩달아 설레었다. 이따금 차창에 비친 내 쑥스러운 얼굴을 확인할 때면 기쁨과 구차함이 교차했다. 정말이지 아이가 행복한 것만으로도 나는 세상을 다 얻은 것 같았다.

얼마쯤 달렸을까? 창밖의 풍경이 생소해졌다. 웃고 떠드는 것도 지쳤는지 아이는 어느새 잠 들었고, 내 입가에도 웃음기가 사라졌다. 먹빛 하늘 아래 가없이 펼쳐진 꾸덕한 갯벌을 보며 내가 물었다.

"여기가 어디야?"

기사의 옆 좌석에 앉은 김신건이 내 질문은 묵살하고 기사에게 지시했다.

"저기에 차 대."

차에서 내린 우리를 반긴 건 선착장에 매인 커다란 유람선 한 대였다. 사람은 없었다. 그때까지만 해도 반신반의했다. 아이를 위한 깜짝선물을 준비했으려나? 혹은 우리만을 위한 특별 만찬? '코스모스 호'라 쓰인 유람선을 향해 김신건이 혼자 뚜벅뚜벅 앞서 걸었다. 잠에서 덜 깬 아이가 그나마 배에 칠해진 분홍색과 연두색이 눈길을 끌었는지 뭐라 뭐라 구시렁거렸다. 어린 저도 아는 것이다. 예상했던 바가 아니라는 것을. 그럼에도 끝까지 자신의 기대, 꿈, 희망을 저버리지 않기 위해 애써 외는 주문 같았기에 나는 김신건의 뒤통수를 노려보면서도 일단 따라 걸었다.

"아, 빨리 와. 좋잖아!"

김신건이 검지로 유람선을 찌를 듯이 가리키며 호탕하게 웃었다. 삐그덕. 삐그덕. 갑판 위로 올라가는 계단에서 아버지의 무릎에서나 들리던 소리가 났다. 아이도 더는 떠들지 않았다. 어느새 입을 다물었고, 다만 내 손을 보다 더 꼭 잡았다. 막상 올라가 보니 그 무엇도 준비되어 있지 않았다. 불이 꺼져 있었고, 일하는 사람들도 전혀 보이지 않았다. 식당이 맞긴 한 걸까? 싶은 그곳은 마치 농성을 벌이다 지친 노동자들이 떠나고 난 폐공장의 얼굴을 하였다. 그러던 중, 저쪽에 하얀 테이블이 언뜻 보였다. 그럼 그렇지. 하고 생각했다. 웃음은 안 나오더라도 최소한 실망한 티는 내지 않으려 노력했다.

"내가 지난달에 땅 샀다고 얘기했었나?"

갑판으로 오르면서 다소 힘에 부쳤는지 김신건이 가쁜 숨을 몰아쉬며 말했다.

"김포?"

"정확히는 김포에서 경인고속도로를 끼고 펼쳐진 논밭 말이야."

"아하, 그 미친 짓?"

"두고 봐. 다음 대통령이 반드시 거길 금싸라기 땅으로 만들 테니까."

"누가 될 줄 알고? 설마 김대중?"

"김영삼. 그 양반도 미래 가치를 보는 눈이 있어."

"……"

"그런데 말이야. 거기보다 몇 배, 아니 몇십, 몇백 배나 가치 있는 땅을 내가 얼마 전에 사들였어."

"……?"

"바로 여기."

우리에게 앉으란 소리도 없이 저 혼자 하얀 의자에 털썩 앉으며 말했다. 그리고 떡 하니 테이블 위에 두 발을 올렸다. 조금 전까지만 해도 그곳에서 돈가스를 먹겠지, 싶었던 그 테이블에. 마지막 희망이 부서진 것이다. 아이도 나와 같은 생각을 했는지 꼭 잡은 내 손등에 제 이마를 살포시 갖다 댔다. 뜨끈했다.

"여기? 이 갯벌을 샀다고?"

"응."

"미쳤구나? 꿈꿨어?"

김신건은 포복절도를 하더니 거무죽죽한 갯벌을 가리켰다.

"상상해 보라고. 이 갯벌이 아주 큰 신도시가 될 거라니까? 안 보여? 안 보이냐고?"

김신건이 거칠게 찔러대는 손끝을 따라가 보면, 거기엔 갈매기 몇 마리만 허공을 쓸쓸하게 선회할 뿐이었다.

"대체 뭐가?"

"그게 바로 희란이 너랑 내 차이야. 내 눈엔 아주 잘 보이거든."

김신건은 다시 벌떡 일어나더니 허리춤에 두 손을 얹더니 자랑스레 말했다.

"네가 아무짝에도 쓸모없다고 말한 이 허허 갯벌은 서울 못지않은 큰 도시가 될 거야."

"이깟 유원지가?"

"이름 하야 송.도. 거.대. 도.시. 미국 사람, 일본 사람, 유럽 사람 할 거 없이 죄다 와서 회사를 만들 거라고. 전 세계가 주목하는 도시가 된다, 이 말이야. 알아들어?"

서울에 돈 있는 사람들은 모두 송도 유원지로 눈을 돌릴 거라고 했다. 20층, 30층, 40층짜리 건물들이 이 물컹물컹한 갯벌 위에 세워질 거라고. 그래서 평당 푼돈밖에 되지 않는 수많은 땅을 거진 사 들였다고 으스댔다. 순박한 땅 주인들은 두 배, 세 배로만 쳐줘도 이게 웬 떡이냐 했단다. 그것이 훗날 몇백 배가 될 줄도 모르고.

"내 말이 맞는지 틀리는지는 시간이 해결해 줄 거야."

시간이고 나발이고, 난 그런 것 따윈 중요하지 않았다. 나에게 중요한 것은 바닷바람에 떨고 있는 내 아이, 그리고 그 작은 뱃속에서 들리는 꼬르륵 소리와 실망에 가득 차서 금방이라도 울 것 같은 그 가여운 두 뺨이었다. 정신병자처럼 지껄여대는 말을 끊고 따졌다.

"그래서 어쩌자고? 지금 애 떨고 있는 거 안 보여? 사람을 불렀으면 뭐라도 먹여야 될 거 아냐? 지금 네 자랑 늘어놓을 때야? 애한테 실컷 떠들어대 놓고 이게 뭐야? 말보다 행동을 보이라고!"

"오케이. 말이 너무 길었지?"

김신건은 와이셔츠 주머니에 끼워둔 선글라스를 끼며 말했다. 직감적으로 알았다. 그다음에 할 말이 오늘의 본론이자 결론이란 것을.

台上一分钟，台下十年功
(무대 위의 1분을 위해
무대 아래에서는 10년의 노력이 필요하다)

- 중국 속담

11

금세 땅거미가 내려앉았다. 집 근처에 도착해 차에서 내리자 저녁 식사를 준비하는지 곳곳에서 달그락거리는 그릇 소리, 말소리가 들려왔다. 계란 프라이 냄새, 찌개 끓이는 냄새, 밥 짓는 냄새가 코끝에서 좀처럼 떠날 줄 몰랐지만 도둑고양이 같은 세 사람은 누구도 겉으로 내색하지 않았다. 머릿속엔 저마다 딴생각으로 가득했다.

"집에 들어가자마자 리더기부터 꺼내, 옥녀야. 노트북 연결하고."

"오케이."

"세영아, 박스."

세영이 느린 속도로 건네주자 혜수가 얼른 품에 안고 집으로 향했다.

"저… 나 잠깐 화장실 좀."

"우리 집 꺼 써."

혜수가 얼른 들어오라며 턱짓을 하자 세영은 내심 난감했다. 브래지어, 뒷주머니에 넣은 돈다발도 문제거니와 무엇보다 양말에 욱여넣은 골드바가 복숭아뼈와 마찰을 빚어내는 바람에 통증을 무시

할 수 없던 것이다. 하지만 몰래 뒷주머니를 챙겼다는 사실을 들키지 않는 것보다 혜수가 로봇청소기를 확인하지 않았으면 하는 바람이 더 컸다. 집안으로 들어서는 혜수의 등에 대고 다시 다급하게 말했다.

"나 그날이라서. 그냥 집에 올라갔다 올게. 금방이면 돼."

스스로 생각해도 훌륭한 변명이었다. 혜수도 더는 붙잡지 않았다. 세영은 곧 다시 내려오겠다며 현관을 나섰다. 그리고 건물 외부로 난 2층 계단을 오르면서 계량기 옆에 달린 누전차단기 박스에 손을 넣었다. 그리고 차단기를 세게 내린 뒤에 다시 서둘러 계단을 올랐다. 이번엔 3층 자신의 집 현관으로 가기 전에 복도에 난 거실 창문을 열었다. 이어서 TV 옆에 놓인 셋톱박스 연결선 틈으로 손을 불쑥 집어넣었다가 몇 초 후에 다시 뺐다. 무선 와이파이 증폭기의 전원 버튼을 내려버린 것이다. 혜수가 이사 온 뒤로 이쪽의 와이파이를 함께 쓰고 있다는 사실을 진작 알고 있었기에 원천 차단한 것이다. 오는 차 안에서 고작 생각해 낸 게 이 방법이라는 것에 한심하면서도 달리 수가 없었다. 최대한 늦추고 싶었으니까.

한편 반지하 혜수의 집 거실에서는 갑자기 등이 훅, 하고 꺼지는 바람에 순식간에 암흑이 찾아왔다.

"언니 다시 불 켜."

"안 켜지는데? 노트북은?"

"노트북도 연결이 안 돼. 진작 충전시키지 않고 뭐 했어? 혹시 전기세 밀렸어?"

"내가 너냐? 그나저나 왜 안 켜지지? 초크다마가 나갔나."

"일단 내가 폰으로 플래시 켤게."

잠시후 세영이 헛기침을 하며 들어왔다. 계획한대로 칠흑같이 까만 가운데 궁여지책으로 켠 스마트폰 플래시만이 어지러이 방 안을 훑고 있었다. 그때, 옷가지 속에 숨겨둔 돈다발과 골드바를 미처 집에 두고 오지 못한 사실을 깨달았지만 그래도 큰 고비를 넘겼다는 생각에 안도했다.

"세영아. 미안한데 올라가서 두꺼비집 좀 보고 와. 전기 나갔어. 이상하게 와이파이도 안 터지네."

"세상에. 여기도 그러니?"

"너희 집도?"

"응. 건물 전체가 다 나간 것 같은데. 저번에 기사가 와서 수리한다고 하더니 다시 불러야겠네."

"내가 보고 올게."

혜수가 대뜸 현관을 나서며 말했다.

"안 돼! 네가 가도 못 고쳐. 그거 전기가 샌다는 뜻이야. 자칫하면 감전될 우려 있다고 그랬어. 저번에 기사가."

"젠장… 그럼 어떡하지."

앞을 분간할 수 없을 만큼 막막한 어둠은 턱 밑으로 떨어지는 구슬땀과 어색한 표정을 들키지 않아도 된다는 점에서 세영에게 큰 힘이 되었다.

"다음에… 확인해 보자."

"다음은 없어. 한시가 급한데… 너 앞에서 할 소린 아니지만 싼 맛에 얻었더니 이 모양이네."

"얼마에 얻었는데?"

옥녀가 물었다.

"8,800."

"아주 싼 것도 아니네. 갑자기 나와서 그 정도 돈…"

옥녀는 혜수의 출소를 입에 담을 뻔했다가 얼른 말끝을 두루뭉술하게 흐렸다. 그 사실을 알 턱이 없는 세영은 이마에 땀을 훔치며 긴 한숨을 뱉었다.

"가만있어 보자. 혹시 이거 앱으로도 연결이 될까?"

"앱? 언니 살 때 설명서 안 봤어?"

"못 봤지. 전부 한자인데."

"로봇청소기 이름이 뭔데?"

"하오쿨."

옥녀가 플레이스토어에서 '하오쿨' 관리 앱을 찾아냈다.

"그런데 이거 녹화영상 보려면 와이파이 터져야 하는데?"

"일단 옥상으로 올라가자."

"옥상은 왜?"

"상황이 이 지경인데 공공장소에 갈 수도 없잖아. 옥상에 올라가면 옆 건물 와이파이라도 얻어 쓸 수 있겠지."

그러면서 세영에게 물었다.

"옥상 문 열려 있지?"

"응…"

4층 꼭대기에 올라 철제문을 열었다. 유모차, 석유통, 통신선, 화분 등 쓸모없는 기자재 따위가 널려 있는 가운데, 주변은 온통 낮은 건물들뿐이라 까만 밤하늘이 고스란히 쏟아져 내렸다.

발로 대강 쓰레기를 밀쳐낸 뒤 적당한 자리에 박스를 내려놓았다. 그리고 로봇청소기 본체를 꺼내는 동안 멀찌감치 떨어져 선 세영은 조마조마해 못 견딜 것 같았다. 1시간 전, 그 집에서 어떤 일이 있었는지 알게 된다면 두 사람이 자신을 용서하지 않을 것이다. 비단 가볍게 탓하는 정도로 끝날 일이 아니다. 그들 몰래 금전적 이익을 따로 챙겼고, 무엇보다 '대 실패' 했다.

'하지만 나도 어쩔 수 없었단 말이야.'

나간 줄 알았던 남자가 현관문에서 시커멓게 서 있는 모습을 봤더라면 두 사람도 세영과 같은 선택을 했을 것이다. 그래서, 결국…

"없네…?"

"어? 그런데 SD카드가 왜 없지?"

로봇청소기의 도크를 이리저리 살펴보던 혜수와 옥녀가 동시에 세영을 주시했을 땐 몸살을 앓는 것처럼 눈에 띄게 벌벌 떨고 있었다. 섭씨 27도 한여름 밤에. 어떤 직감이 들었는지 혜수는 오늘 뱉은 목소리 중에 가장 낮게 물었다.

"어떻게 된 거야, 김세영?"

"……"

"없잖아? SD카드."

"……"

와중에 옥녀가 늦은 연결 끝에 앱을 확인했지만, 저장된 녹화영상
은 찾아볼 수 없었다.

"어디에 흘리기라도 한 거야?"

"… 아니… 그런 게 아니라…"

"설명해 봐!!!"

"있었어…"

"뭐가?"

"사람이. 경찰서에서 본 그 사람이."

"똑바로 말해."

혜수가 서서히 몸을 일으켰다.

"경찰서에서 할머니를 부축하던 그 남자가. 들어왔어… 집 안으
로."

옥녀가 경악스러운 얼굴로 입을 틀어막았다. 혜수의 동공이 흔들
렸다. 숨소리가 거칠어졌다.

"그래서?"

"뺏겼어."

"야!!!"

"미안해. 정말 미안해. 그런데 날 죽이려고 했어. 한 손엔 칼이 들
려 있었어. 그러면서 내놓으래. 돌려주기만 하면 아무 일 없을 거래.
그 상황에서 내가 어떻게…"

"그래서?"

"응?"

"그래서 어쩌라고?"

이번엔 옥녀가 세영과 같은 눈으로 혜수를 올려다보았다.

"변혜수…"

"들켰으면 알아서 임기응변을 발휘하든지 몸싸움을 벌이든지 했어야지. 어떻게 해서든지 지켰어야지. 그걸 달란 대로 갖다 바쳐? 누구 인생을 망칠 일 있어? 너 제 정신이야?"

"변혜수!"

"언니 왜 그래!"

옥녀가 일어나 팔을 붙잡고 흔들었다. 혜수가 뿌리치고 성큼성큼 걸어가더니 계속 말했다.

"하도 간절하게 부탁하길래 큰맘 먹고 끼워줬더니 뭐가 어쩌고 어째? 그 남자가 널 죽이려고 했다? 어차피 이번 일은 죽기 아니면 살기였어. 알아? 그런데 너 때문에 다 죽게 생겼다고!"

"왜 나 때문이야?!"

"그걸 몰라서 물어? 그 늙은 여우가 우릴 가만둘 것 같아? 우리가 지를 환자로 만든 다음에 성년후견인이 되려고 했다는 걸 알아버렸는데. 너 같으면 가만히 있겠어? 벌써 사람 셋을 잡아먹은 악마야. 우리 같은 거 하루아침에 지구상에서 없애는 건 누워서 떡 먹기일 거라고! 근데 네가 한 짓이 뭔지 알아? 갖다 잡수라고 떡을 바친 꼴이 되어 버렸잖아! 죽으려면 너나 죽어!"

"언니, 미쳤어?!"

옥녀가 끼어들면서 주체할 수 없이 높은 언성이 오갔다.

"미친 건 저년이지! 옥녀 넌 화도 안 나?!"

"저 언니도 어쩔 수 없었다잖아! 칼을 들이대는데 뭘 어쩌겠어? 언닌 어떻게 생각하는 게 그렇게 이기적이야? 상황 판단이 안 돼? 저 언니도 일단 살고 봐야 될 거 아니야?"

"가르치려고 들지 마."

"내가 언제 가르쳤어?"

"지금 이 태도!"

"그래서 언니가 나한테 뭘 배웠는데?"

"너 같은 거 한테 배우느니 혀 깨물고 죽는 게 낫겠다."

"나 같은 거? 말 다 했어?"

"어. 다 했어. 난 절대 안 당해. 두 번 다신 감옥에 가기 싫어. 알아들어?!"

"세 번 다신이겠지!"

"닥쳐, 옥녀야! 제발!!"

혜수는 땀에 절어 너덜너덜해진 머리채를 흔들며 고함을 질렀다. 세영은 이게 다 무슨 소리인지 충격에 싸인 얼굴로 두 사람을 번갈아 보았다.

터벅.

터벅.

그때였다. 순간 바스락하는 소리에 일동 입을 다물었다. 어둠 속에서 웬 사람 형체가 시야에 들어왔다.

"누구야?"

혜수가 물었다.

"황제의 자손이야."

남자가 대답했다.

"세입자…"

남자의 얼굴이 차츰 가까워지자 세영이 떨리는 목소리로 말했다.

"2층 남자야…"

전자담배를 물고 있던 그가 바지 주머니에 찔러 넣었던 한 손을 천천히 꺼냈다. 순간 혜수와 옥녀가 동시에 움찔했다. 빈손이었다. 그가 서서히 다가오자 혜수가 재빨리 주변을 스캔했다. 손에 집힐만한 것이 있는지에 대하여.

터벅, 터벅, 터벅.

점차 거리가 좁혀졌다. 그가 물끄러미 보더니 방향을 바꿨다. 옥상 문으로 나가려는 것이었다. 세영이 길을 터주면서 안도의 한숨을 내쉬었다. 옥녀도 놀란 가슴을 쓸어내렸다. 그러나 혜수는 달랐다. 재빨리 작은 화분을 쳐들어 올렸다. 그리고 누가 말릴 겨를도 없이 그의 뒤통수를 향해 냅다 던졌다. 리모컨이 있더라면 일시 정지를 누르고 싶은 순간. 0.001초 전까지만 해도 예상이 됐던 결과였다.

찌직…!

하고 뭔가 불쾌한 소리와 함께 남자가 풀썩 쓰러졌다.

"언니!!!"

"아악!!!!"

옥녀와 세영이 동시에 비명을 질렀다. 남자는 경련을 일으키듯 몸을 부르르 떨었다. 혜수가 뭐에 홀린 듯 조심스레 그에게 다가갔다. 코 밑에 손을 들이댔다. 숨이 안 쉬어졌다. 이번엔 귀를 가져다 댔다. 그의 입에서 술 냄새가 풍기는 가운데 숨소리가 들리지 않았…,

"악!!!"

별안간 자지러질 듯이 비명을 내질렀다. 혜수의 왼쪽 귓불이 그만 남자의 날카로운 이빨에 물려 버렸다. 남자는 두 눈을 부릅뜬 채로 놓아줄 기미를 보이지 않았다. 그의 얼굴을 어떻게든 밀어내려는 혜수의 두 손에 뜨거운 것이 흘렀다. 피다. 그러다 별안간 퍽! 소리와 함께 그의 치아에서 힘이 순식간에 빠졌다. 귀를 두 손으로 감싸쥐며 혜수가 뒤로 나자빠졌다. 형언할 수 없는 고통에 갈기갈기 찢겨나가는 듯 했다. 그리고 똑똑히 보았다. 옥녀의 손에 든 벽돌을. 땀과 눈물로 범벅이 된 옥녀의 얼굴이 달빛에 빛났다. 남자는 밟힌 지렁이처럼 꿈틀대며 낮게 신음하더니 이내 움직임을 멈췄다. 어둠 속에서 세 사람은 얼빠진 눈으로 서로를 확인했다. 두 팔로 온몸을 감싸던 세영이 흐느끼기 시작했다.

"난 몰라… 난… 난 갈 거야…! 갈 거야!"

"김세영!!!"

세영은 옥상 곳곳을 마취 총에 맞은 노루처럼 분란하게 뛰어다녔다. 그러면서 땡그랑! 하는 소리를 내며 황급히 옥상을 빠져나갔다.

"김세영! 이 미친년아!"

존 르카레영국의 소설가가 이렇게 묻는 것 같았다. 옥상, 맹렬한 도시에 맞서는 숨 막히는 생존 투쟁을 보여주는 그 극장에서 참패를 맛본 기분이 어떠냐고.

◆ ◆ ◆

『버림받은 여자의 일생』 134쪽

"네 잘못은 크게 세 가지야. 하나, 하늘 무서운 줄 모르고 설친 죄. 둘, 분수도 모르고 감히 안방마님 행세를 하려 한 죄. 그리고 셋."

머릿속이 차가워지는 듯했다. 김신건이 내뱉은 말들을 하나하나 주워 담느라 정신이 혼미한 가운데, 선글라스 너머 그의 눈빛이 아이를 향했다.

"딴 놈의 새끼를 낳아 놓고 감히 이 김신건이를 속이려 한 죄."

"야… 너…"

내가 뒤늦게, 그리고 서둘러 아이의 두 귀를 막아봤지만 때는 늦었다. 갑판 아래에서 더걱거리는 구둣발 소리 여럿이 들려왔다. 밑에서 대기 중이던 똘마니들이 올라오는 소리였다. 그제야 깨달았다. 덫에 걸렸다는 것을.

"왜? 더 할 말 있어?"

"개자식. 이게 네 꿍꿍이였구나?"

"으흠."

"어떻게 네 자식을 부정해? 어떻게!"

"처녀 때 애인이 있었다지?"

"널 만나기 이 년 전이었어."

"그으래?"

"네 자식 나이도 몰라?!"

"내 알 바 아니야. 무엇보다 날 닮지도 않았고."

"이 인간 말종…"

"저 자식이 날 보는 눈빛을 보라고. 저게 어디 김신건의 핏줄이야! 내 자식은 우리 애 하나뿐이야."

그 와중에도 아이가 배고팠을 생각을 했다. 오래전, 나를 아버지에게 맡기던 날에 적어도 엄마는 배불리 아침밥을 먹였다. 생생히 기억한다. 청국장에 꽈리 볶음, 그리고 내가 제일 좋아하는 달큰한 진미채였다. 그런데 나는? 나는 돈가스에 눈이 멀어 아이의 밥을 걸렀다. 밥 대신 주전부리를 하도록 내버려두었다. 그 벌을 받고 있는 게 아닐까, 하는 생각이 들었다. 어미로서 자격이 없다는 것을 하늘이 나에게 이런 식으로 일깨워주는 것 같았다. 잔인하게. 혹독하게. 철저하게.

"너 따위가 감히 내 자식의 눈에서 눈물이 나게 해?"

"왜? 내 눈에는 피눈물이 나게 해주겠다? 뭐 그럴 거면 그러시든가."

"넌 인간도 아니야. 넌 짐승만도 못해."

"그러게 내가 기회를 줬을 때 국으로 가만히 있었어야지, 왜 설쳐서 자식 앞길을 망쳐? 이래서 암탉이 울면…"

"이 개새끼!!!"

달려드는 나를 빠른 속도로 똘마니 하나가 와서 제압했다. 김신건이 서양 사람을 흉내 내듯 두 팔로 놀란 제스처를 취했다. 그러더니 다가와 직접 내 목을 한껏 움켜쥐었다. 온몸의 피가 머리로 쏠리는 것 같았다. 아이가 김신건의 바짓가랑이를 흔들며 울음을 터뜨렸다. 내 귀엔 그 울음소리가 곡소리처럼 들렸다. 김신건이 벌겋게 핏발 선 눈으로 소리쳤다. 그 꽉 문 어금니에서 새어나오는 증오를 뒤늦게 알아차렸다. 그 인간은 단 한 순간도 날 사랑한 적이 없다는 것을.

"상대 진영에 나한테 혼외자가 있다는 걸 알린 것도 네 년이지? 신문사 기자가 어떻게 알고 날 찾아왔을까? 응? 넌 내 인내심을 갖고 놀았어. 네가 감히 나를 망치려 들어?!!! 이 김신건이를?!!!"

"김신… 건… 죽ㅇ… 여…"

거칠게 멱살을 푸는 바람에 나는 그만 우습게 내동댕이쳐졌다. 아이가 엄마-하고 나에게 와락 안겼다.

"말보다 행동을 보이라고? 오케이. 말보다 행동. 후-"

김신건은 마치 더러운 것을 만졌다는 듯이 손을 털더니 그대로 우리에게 등을 돌렸다. 시커멓게 서 있는 똘마니 놈들은 뛰어 올라올 땐 당장에라도 요절을 낼 것 같더니 막상 내 앞에 서자 서로에게 선제권을 미루는 눈치였다. 서로 팔꿈치로 툭툭 치는 것이 눈에 보였다. 그리고 서서히 공간을 좁혀 왔다.

"다가오지 마! 죽여 버릴 거야!"

내가 서둘러 아이를 품에서 밀치   , 놈들   더니

그중에 ㅎ   아무

   하게

            그만

아

        ㅏ   아   김시

            차량을   이는   그때,

   마지못   힘껏   었다.

돌아   도저히

.

.

.

(이하 파손/유실)

★ ★ ★

옥녀가 고장 난 선풍기처럼 고개를 저었다.

"오지 마⋯ 아, 아니⋯"

"옥녀야."

"안 돼! 오지 마! 거기에 있어. 잠깐만⋯ 다 끝났어⋯ 우린⋯"

혜수는 얼른 옥녀를 꽉 끌어안았다.

"괜찮아. 옥녀야. 정신 차려."

"이제 어떡하지."

"안 죽었어. 안 죽었을 거야."

옥녀가 혜수 어깨 너머로 쓰러진 2층 남자에게 시선을 고정했다.

"죽었으면 어떡하지…."

"그럼 내가 한 거야."

"언니."

"전부 내가 한 거라고. 알았지?"

옥녀가 말도 안 된다는 듯이 쳐다보았다. 그렇게 되면 별이 몇 개가 되는지에 대해, 형량이 이번엔 더 세질 거라는 것에 대하여 말하고 싶은 얼굴로. 혜수가 다시 힘주어 말했다.

"잘 들어. 저 남자 내가 죽인 거야."

"말도 안 되는 소리 하지 마. 언니 나한테 왜 그래? 왜 이렇게까지 해?"

"그래야 해."

"무슨 개소리야 대체?!"

"그래야 한다고! 너 예전에 날 위해서 탄원서도 써줬잖아. 기억나?"

"언니, 그건…"

"내가 고의로 죽일 의도는 없었다고 탄원서 여기저기 써서 냈잖아. 근데 사실은 그 인간 죽이려고 했어. 남의 돈을 떼먹고도 미안해할 줄을 모르더라고. 그래서 술병을 집어 든 거고. 근데 너도 알았지? 알면서도 일부러 탄원서 꾸며서 내줬잖아. 영치금도 많이 넣어 줬잖아. 도박꾼 아버지한테도 안 준 돈을 나한테 다 줬잖아."

"그건… 그건 언니…"

그때의 설움이 북받치는 듯 옥녀가 흐느꼈다. 믿었던 남자 친구에게 배신당했을 때, 잔뜩 취한 진상 손님에게 갑질을 당할 때 등등 인생이 뜻대로 안 풀릴 때마다 울곤 하던 그 표정이었다. 아니 어쩌면 더 수렁에 빠진 것처럼 보였다. 그러다 뭔가 좋은 수가 떠올랐다는 듯이 얼른 소매로 눈물자국을 닦으며 말했다.

"언니, 그럼 이렇게 하자."

"어떻게?"

"집주인 언니는 어차피 겁먹고 도망친 거니까 별문제 없을 거야. 자기도 공범이니까. 그리고 저 남자는…"

마네킹처럼 누워 미동을 보이지 않는 남자를 보며 말했다.

"같은 동포가 해코지 한 걸로 하자."

"그건 또 무슨 말이야."

"저 사람 불법 체류자잖아. 몰랐어?"

"불법 체류자?"

"저번에 통화에서 황정자가 말했잖아. 불법으로 들어온 중국인 같다고."

"아… 그랬었나? 정신이 없네."

"경찰도 제일 먼저 불법체류자인 것부터 걸고넘어질 거고. 설령 우리한테 물어오면 우리도 그렇게 대답하자. 그러니까 괜한 자수할 생각하지 마. 알았지? 나도 안 할 거야."

"……"

"응?! 대답해, 언니! 감옥에 또 가고 싶어?!"

그걸로 설명이 될까 싶지만, 잘 생각해 보면 옥녀의 말이 가장 현실적이고 일리 있었다. 2층 남자는 홍희란의 하수인이다. 그리고 황정자의 말에 따르면, 왕언니 살인사건의 용의자로 오늘 경찰 조사를 받고 온 참이라고 했다. 살인 용의자, 불법 체류자, 중국 동포. 그런 사람에게 상해사건이든 사망사건이든 발생한다면 제일 먼저 내국인이 아닌 같은 불법 체류자부터 의심할 것이다. 더 나아가 깊이 수사를 할 의지도 없을 게 뻔하다. 게다가 용의선상에 오른다 하더라도 흉악범죄에 대한 정당방위였다고 둘러대면 된다.

팟!

그때 건너편 주택 2층에서 불이 켜졌다. 두 사람은 본능적으로 몸을 숙였다. 다행히 창문은 열리지 않았다.

"오늘 비 온다고 했나?"

"이따 늦은 밤에."

"됐어. 그럼."

혜수는 옥상문을 활짝 열어 계단 아래로 비가 들이치도록 한 뒤에 곳곳을 살폈다. 그리고 2층 남자가 마시다 만 것으로 보이는 소주병을 찾았다.

"뭐하게 언니?"

혜수가 잘 보란 듯이 철제문의 손잡이에 뿌렸다. 지문을 남겨선 안 되기 때문이다. 안팎으로 소주를 부은 다음엔 손에도 묻혀 병을 닦았다. 그리고 몸을 돌리자 어디선가 사이렌 소리가 들렸다. 경찰차다. 몸을 낮게 숙인 혜수가 옥상 모서리로 달려가 손짓했다.

"이쪽으로 내려와."

"어쩌려고?"

"서둘러."

옥녀가 망설이자 어느새 상반신만 난간에 걸친 혜수가 낮게 소리쳤다.

"빨리 내려와, 잡히기 싫으면."

옥녀가 다가갔을 땐 이미 혜수는 중간쯤 내려가 있었다. 몇 년 전에 떼인 돈을 받겠다고 강남의 모 유흥주점을 찾아갔을 때도 들여보내 주지 않는 웨이터의 눈을 피해서 건물 외벽을 탔던 혜수였다.

"옛날에 학교 담벼락 넘던 실력은 얻다 팔아먹었어? 아, 빨리!"

배관 중간에 튀어나온 마디를 발판 삼아 숨을 고르며 다시 소리쳤다. 그러다가 구조물이 으스러지면서 덩달아 혜수의 한쪽 발이 우습게 훅 빠졌다.

"조심해! 언니!"

높이는 2층. 혜수는 대충 높이를 가늠하더니 심호흡을 하고 뛰어내렸다. 지지직- 하고 발뒤꿈치에서 복숭아뼈까지 감전된 것처럼 고압의 전류가 흐르는 것 같았다. 어찌저찌해서 옥녀가 더딘 속도로 내려오는 동안에도 혜수는 재촉을 멈추지 않았다.

잠시 후, 무사히 내려온 옥녀가 쭈뼛대며 말했다.

"나 이거 주웠어."

손엔 골드바와 돈다발이 들려 있었다. 세영이 실성해서 옥상을 휘젓고 다니는 과정에서 떨어뜨린 것이었다. 굳이 따져 묻지 않아도 노파의 집에서 어떤 일이 벌어졌는지 충분히 짐작이 갔다.

"이리 내, 옥녀야."

혜수가 말했다.

"내가 바꿔올게."

그러자 옥녀가 반사적으로 손을 뒤로 감췄다. 혜수의 손길이 어색하게 멈췄다.

"같이 가."

"뭐 하러 같이 움직여. 오히려 의심만 살 거야. 네 지금 옷차림을 봐."

배관을 내려오면서 시커멓게 더럽혀진 옥녀의 바지를 눈짓으로 가리키며 말했다.

"금방 옷 갈아입고 올게."

"시간 없어. 두꺼비한테 가서 바꿀 거야. 어서. 어서 이리 내."

혜수가 손을 끌어당겼다. 옥녀는 미덥지 못한 얼굴로 여전히 손에서 힘을 풀지 않았다.

"어서 달래도? 내가 가야 호구 안 당해."

"대신 약속해."

"뭘."

"공평하게 나누기."

"당연한 거 아니야?"

답답하다는 듯이 말했다.

"언니, 진짜 우리 의리 알지?"

"알아."

"나 정말 6대4 해도 돼. 그러니까 언니 꼭 바꿔서 와야 해."

"알았어."

확신이 섰는지 옥녀도 순순히 동의했다. 99.99%라고 쓰인 골드
바가 달빛에 번쩍였다. 오만 원권 다발은 그 두께와 무게만으로도
충분히 가슴을 뛰게 했다. 혜수는 그중 한 다발을 옥녀에게 건네며
말했다.

"항구에서 봐."

"뭐라고?"

혜수가 끄덕였다.

"정말? 나 혼자서?"

"응."

"그럼, 언니는?"

"금방 갈게."

"언제까지 올 수 있는데?"

"못해도 1시간 안에."

SD카드를 놓침으로써 수천억이라는 꿈이 날아간 마당에 골드바
와 돈다발은 그나마 건질 수 있는 최저시급이나 마찬가지였다. 혜수
가 먼저 등을 보였다.

"언니 귀는? 응급실이라도 가야 되는 거 아니야?"

"나중에."

"두꺼비 아저씨한테 붕대라도 달라고 해. 알았지?! 없으면 밴드라
도!!!"

뒤에서 옥녀가 뭐라 뭐라 덧붙이는데, 혜수의 걸음이 차츰 빨라졌
다. 어느덧 혜수의 모습은 완전히 사라졌다.

◆ ◆ ◆

"이런 병신 새끼! 넌 오늘부로 해고야!"

금은방 문을 거칠게 열고 들어오면서 두꺼비가 말했다. 뒤이어 이
십 대 중후반으로 보이는 다소 어리숙한 얼굴을 한 조수가 덩치에
안 맞게 어깨를 잔뜩 말고 따라 들어왔다.

"죄송합니다."

"죄송? 장거리 운전하는데 한계령을 트는 새끼가 대한민국에 어디
에 있어, 미친놈아! 가뜩이나 졸려 죽겠는데 사고 나서 뒈지라는 거야
뭐야! 중간에 렉카 오고 경찰차 오고 하니까 아주 재밌어 죽겠지?"

"죄송합니다."

"죄송 같은 소리 하네. 너 때문에 하마터면 오늘 제대로 걸릴 뻔
했어 새끼야! 너 이 새끼 사실대로 말해. 너 군에 있을 때 관심병사
였지?"

아직 환갑도 안 됐는데 일찌감치 죽었으면 어쩔 뻔 했느냐, 멀리 해운대까지 원정 가서 순금을 자그마치 2천만 원 어치나 벌어 왔는데 누구 좋으라고 일찍 죽느냐, 난 일만 하는 기계냐 등등. 사기도 손발이 맞아야 치는 법이라며 인턴 기간 동안의 월급은 일한 날만큼 계산해서 계좌 이체 해줄 테니 썩 꺼지라고 악다구니를 썼다.

딸랑-

출입문 종소리와 함께 조수가 축 처진 어깨로 나가고, 바통 터치 하듯 혜수가 들어왔다.

"뭐야?!"

눈을 부라리다가 혜수를 발견하고 움찔했다. 왼쪽 귓불에서 옷깃까지 흠뻑 적신 핏자국, 땀으로 달라붙은 앞머리, 며칠 잠 못 자는 고문이라도 받은 것 같은 퀭한 눈빛, 다소 흐트러진 옷차림. 두꺼비가 기이한 눈으로 위아래를 훑어보는 가운데 혜수가 말했다.

"아저씨 오랜만."

"어… 근데 너…"

"급해. 시간 없어."

하며, 테이블 위에 골드바 두 개를 올렸다.

"사무직으로 돈 버는 줄 알았더니, 노가다 뛰어?"

"최대한 쳐줘."

"대체 꼴은 또 그게 뭐고?"

"아, 빨리!!!"

"깜짝이야! 애 떨어질 뻔했네. 오자마자 소리는 지르고 난리야. 요양보호사 센터 하나 가져가더니 그 새 돈을 이렇게 많이 벌었어?"

"짜증 나게 할래, 자꾸? 그러는 아저씬 안경은 왜 쓰는데? 시력은 몽골 독수리 뺨치면서. 여러 말 하게 하지 말고. 값이나 잘 쳐 줘. 나 빨리 가봐야 돼."

"어디서 난 거야? 그 작업한다는 노인네 꺼야?"

"응."

"소심하네. 고작 이거 하려고."

"한 번만 더 주절대."

헛기침하며 안경을 벗은 두꺼비가 밑에서 시약 테스트 장치를 꺼 냈다. 까만 시금석에 골드바 모서리를 긁었다. 누런 황금빛이 묻어 나오는 걸 곁눈으로 확인한 혜수가 안도의 숨을 내쉬며 한쪽에 마련된 의자에 풀썩 주저앉았다. 유난히 긴 하루였다.

이어서 시약 액을 뿌려 확인하던 두꺼비가 고개를 갸웃하더니 몸을 숙여 다른 칸의 서랍을 뒤졌다. 다급한 혜수가 자리에서 벌떡 일어났다.

"뭘 그렇게 질질 끌어! 대충 해서 빨리 달라니까!"

귀에는 대충 지혈하기 위해 대고 있던 휴지 조각이 덕지덕지 묻은 채.

두꺼비가 눈을 질끈 감았다 뜨며, 팔 토시를 벗어 내던졌다. 그리고 구석에 처박힌 팔 토시를 멍한 눈으로 좇는 혜수를 향해 한 번도 본 적 없던 매서운 눈으로 말했다.

"이 쌍년들이 진짜 보자 보자 하니까."

"뭐?"

"내가 우습냐 니들? 번갈아 가면서 짝퉁을 가져 와?"

몇 초 후, 눈에 띄게 경직된 얼굴로 혜수가 달려들어 골드바를 낚아챘다. 아무래도 저쪽도 몰랐던 눈치인가 보다 싶었는지 다소 누그러진 어조로 두꺼비가 말했다.

"도대체 뭘 하고 돌아댕기는 거야, 너네?"

"여기 봐! 99.99%라고 쓰여 있잖아! 포나인! 대한거래소! 아저씨 진짜 장난칠래??"

"차라리 장난이면 좋겠다. 아무리 그런다고 짝퉁이 진퉁 되냐?"

"…… 왜?! 왜! 99.99!!!"

"인간하고 침팬지도 유전체는 95%로 같단다. 근데 시발 사는 팔자가 다르잖아! 뭔 말인지 몰라? 너 속았다고! 쯧쯧… 우리 변혜수, 빵에 두 번 갔다 오더니 감을 잃었구만."

그러더니 작고 납작한 자석을 들어 보였다.

"잘 봐라잉."

그러더니 디스플레이 도어를 열더니 판매용 골드바를 꺼냈다. 비스듬히 눕힌 다음 그 위로 자석을 갖다 대자 자석이 미끄러지듯 부드럽게 흘러내렸다. 그다음, 혜수가 가져온 골드바에 자석을 갖다 대자 엿이라도 발라 놓은 것처럼 딱 붙어 꼼짝을 하지 않았다.

"내껀 왜 안 움직여?"

"철이니까."

"……?"

"금이 아니니까."

마술을 성공리에 마친 마술사라도 된 양 두꺼비가 두 손을 나란히 짠, 하더니 판매용 골드바를 다시 원위치에 가져다 두었다. 예기치 못한 전개에 혜수가 고개를 푹 박았다. 그리고 웃는 듯 우는 듯 않는 소리로 지껄였다. 그러다 돌연 고개를 번쩍 들고 주머니를 뒤졌다. 옥녀에게서 온 전화였다. 금은방 실내에 걸린 수많은 시계들이 저녁 8시 40분을 가리켰다. 어느새 약속한 시간이 다가온 것이다. 침을 꿀꺽 삼키고 받았다. 옥녀가 울 것 같은 목소리로 다짜고짜 소리쳤다.

– 언니 어디야!!!

– 금은방.

– 아직도? 언제 올 건데? 나 어디서 기다려?

– 항구야?

– 그래. 언니가 항구에서 기다리라며.

– 알았어. 금방 갈게.

– 금은? 바꿨어?

– 어어… 바꿨지….

두꺼비가 눈을 휘둥그레 떴다. 어떻게 뒷감당할 거냐는 질문을 온몸으로 내뱉으며.

– 얼마야? 수표로 받으면 안 되는 거 알지?

– 어… 그럼, 알지.

– 계좌로도 받으면 안 돼. 무조건 현찰!

- 아, 알았어… 걱정 마.

- 맞다. 금은방에 씨씨티비 끄라고 하지 그랬어?

- 그랬어….

- 근데 언니 목소리가 왜 그래? 무슨 일 있어?

- 무슨 일은. 끊어. 금방 갈게.

언니 꼭 와야 해- 라는 말이 채 끝나기도 전에 전화를 끊은 혜수가 괴성을 질렀다.

"시끄러워! 남의 장사하는 데 와서 왜 진상이야, 이년아."

"미친 노인네! 가만 안 둬! 죽여 버릴 거야!"

"이거 말이야. 원래는 이렇게 중량이 나가는 놈들은 우리 같은 동네 금은방에선 제대로 확인할 수 없어요. 아시겠습니까."

"그럼?"

"금거래소나 보통은 종로에 나가야지. 거기에 전문 검시 기구가 있거든."

"그런데 아까 까만색 판에 긁었을 땐 묻어 나왔잖아. 그건 뭔데?"

"당연하지. 겉에만 살짝 입혔으니까."

"왜?"

"그걸 왜 나한테 물어? 아마도…"

"아마도?"

"긁히는 걸로는 내부 성질까지 완벽하게 파악하기 어렵다는 걸 노린 거겠지. 제대로 알려면 종로에 나가서 테스트를 해봐야 하는데 그만큼 시간이 걸리잖아? 즉, 널 속인 상대가 시간을 벌기 위해서 이따위 장난을 쳤다, 이 말씀이야."

시간을 벌기 위해서 장난을 쳤다.

그렇다면 혜수와 옥녀의 계략을 먼저 알아차린 노파가 그렇게 할 만한 이유가 있을까? 있다면 이유는 딱 하나다.

상속받은 유산을 다른 곳으로 빼돌리기.

구천을 떠도는 귀신처럼 금은방 내부를 왔다 갔다 하던 혜수가 맥 빠진 목소리로 말했다.

"어디 눈먼 장물아비 있으면 소개시켜 줘. 오늘 중으로 당장 살 수 있는 사람으로."

"누가 가짜를 산다고 그래?"

"눈이 삐었으면 사겠지."

"그게 바로 사기야."

"진짜 말꼬리 잡고 늘어질래?! 누구 여기서 혀 깨물고 죽는 꼴 보고 싶어?!"

두꺼비가 항복하듯 두 팔을 직각으로 벌려 고개를 주억였다.

"알았어. 알았어. 그런데 왜 그렇게 급한 건데? 이유나 좀 듣자. 떠날 때 떠나더라도 우리 사이에 그 정돈 알려줄 수 있잖아."

"누가 날, 아니… 우릴 죽이러 올 거야."

"이게 다 뭔 소리래?"

"그 전에 빨리 팔아버리고 이 인천 바닥 떠야 해. 나머지 이야기도 듣고 싶으면 내가 운 좋게 살아 돌아오기를 기도해 줘, 아저씨."

"기다려."

두꺼비가 장물아비의 연락처가 적힌 수첩을 뒤지러 간 사이, 혜수가 무음의 포효를 하며 머리를 마구 헝클었다. 그러다 손길이 귓불을 건드리는 바람에 발을 동동 굴렸다. 옥녀의 말이 맞을지 모른다. 대적할 수 있는 상대가 아니었다. 건드려선 안 될 사람을 건드렸다. 얼마나 높은지도 모르고 위험한 곡예를 저지르다 불구가 된 삼류 서커스단원이 된 것 같았다. 인천 바닥을 잠시만 뜰 수 있을 것이다. 도합 2억 얼마 되는 걸로 버텨봤자 길어야 3년, 그 이상을 버티기엔 충분치 않다. 그 후엔 그야말로 2층 남자처럼 불법체류자가 되어 해외를 떠도는 것이다. 어쩌다 이렇게 됐을까? 답을 알면서도 도무지 모르겠다. 그러다 목을 감싸며 괴로워하는 혜수의 시선이 출입 유리문 어딘가에 멎었다.

● 수배 전단 ●

소정의 검거보상금 지급

〈개요〉

피의자는 요양보호사를 사칭하며 교제남성으로부터 대출을 받게 하는 등
피해자를 속여 12억 1천만 원을 편취 후 도주

〈인적사항〉

.

.

어디서 봤더라.

어디서 봤더라.

혜수가 천천히 무릎걸음으로 다가가 자세히 뜯어보았다. 분명히 아는 사람이다. 머릿속 어딘가에서 흐릿한 이미지가 서서히 선명해졌다. 황정자다!

"본명은 황유편."

그때 안에서 수첩을 가지고 나온 두꺼비가 말했다.

"쉰다섯. 중국에서 온 요양보호사. 돈은 많은데 효심 없는 자식들이 지네 아버지 어깨라도 주물러드리라고 채용했는데, 엄한 데를 주무른 여편네지. 그 덕에 마련한 아파트가 세 채나 된대. 그중 하나는 아들 장가 보낼 때 내줬다나. 벌이가 꽤 쏠쏠하니까 재미를 봤는지, 아예 지 남동생도 데려와서 사기 치고 다닌대. 아, 그 남동생이 이번에 연안부두에서 누구 죽인 살인 용의자라는 소문도 있어. 그 전엔 음주운전으로 어느 재벌 집 부부를 죽였다나 어쨌다나. 히야… 저런 것들은 중국으로 싹 다 쫓아내야 되는데. 야, 여기 장물아비 번호. 그 새낀 좀 사기 당해도 되는 새끼야."

어느새 혜수는 어딘가로 전화를 걸고 있었다. '황정자 010-4389-XXXX'

지금 거신 번호는 없는 번호이오니…

♦ ♦ ♦

한 시간 뒤. PC방.

주변을 둘러보니 법적으로 규정된 시간이 넘어서인지 학생들은 하나둘 사라지고 성인 남자들만 남았다. 다들 게임하느라 정신이 팔려 있어서 누구도 혜수와 접점이 있어 보이진 않았다.

[옥녀야. 먼저 밀항해. 나중에 다시 연락할게.]

메시지를 보내자마자 바로 스마트폰의 전원을 끈 혜수가 모니터를 켰다. 혼자 골드바를 팔아먹고 도망친 배신자라고 원망을 듣는다 한들 지금은 그 무엇도 무섭지 않았다. 실로 무서운 것은 세트장 안에서 벌어지고 있는 미스터리한 일을 정작 혜수 본인은 모르고 있었다는 사실이다.

대륙에서 온 잡범 나부랭이한테 속다니. 그녀가 홍희란에게 고용된 배우일 줄은 꿈에도 몰랐다. 아마도 그동안 사기 친 것보다 훨씬 많은 액수에 손쉽게 회유당한 모양인데, 헛웃음이 났다. 미리 알았더라면 혜수 쪽에서 역 캐스팅을 위해 더 큰 금액을 제시했을 테니까.

결국 이도 저도 못 얻고 가짜 골드바에 뒤통수를 맞은 혜수보다 양쪽에서 지시를 받으며 중간에서 이득을 챙긴 그녀가 최종 위너가 된 셈 아닌가? 노신사와의 통화내용에 대해서 순진무구하게 떠들어댄 것도 결국 황정자 자신은 어차피 중간에서 쏠쏠한 출연료만 받으면 그만인 외국인 카메오였기에 가능한 일이다. 법무사 사무실에 간 혜수를 대신해서 일찍 출근해 줄 수 없냐는 부탁도 순전히 출연료 밖의 일이니 거절한 것이다. 딸이 급성 장염에 걸려서 결근을 해? 개코다. 치매 걸린 노파가 무섭다는 핑계로 일을 그만둔 것도 사실은 적당히 때를 보아 하차하기 위한 사전 니쥬二重, 방송용 은어로 본론에 들어가기 전에 까는 이야기, 밑밥, 암시, 복선에 불과했다는 사실은 다시 생각해도 기가 막혔다. 게다가 남동생이 왕언니를 죽인 놈이라고? 혜수는 자신의 귀를 물어뜯고 변을 당한 2층 남자의 얼굴을 떠올렸다. 그리고 보니 닮았다. 남매가 동시에 더블캐스팅이 되다니 가문의 대단한 자랑이겠다.

함정에 제대로 빠졌다. 교도소에 나온 그 순간부터 제대로 당했다.

눈을 감고 그렇게 30분을 꼼짝도 하지 않았다.

그러다 무슨 생각에서인지 포털 사이트의 검색란에 커서를 찍고 키보드를 두드렸다.

'버림받은 여자의 일생'

책은 오래전에 절판된 데다 무명작가의 비인기 도서인 만큼 정보가 나오지 않았다. 결말을 알아야 한다. 개발 이전의 송도 유원지로 끌려간 홍희란 모자가 김신건의 똘마니들에게 어떤 일을 당했는지, 그래서 그 망할 홍희란이 어떤 억하심정을 품고 인천 바다를 떴는지를 알아야 한다. 이번엔 구글로 옮겨 여러 차례 검색을 시도했다.

'홍희란, 송도'

'버림받은 여자의 일생, 작가'

'홍희란, 김신건'

'신건그룹, 첩'

'신건그룹, 버림받은 여자의 일생'

.

.

.

'홍희란, 작가'

'홍희란, 소설가'

그러자 오래된 웹 문서가 발견됐다. 모 블로거가 그동안 읽어온 희귀도서에 대한 사진들을 소개하는 메뉴였는데, 다만 부가 설명 없이 표지만 촬영한 것들뿐이다. 표지의 뒷날개 부분을 보자 간략한 출간 정보가 적혀 있었다.

초판 2쇄 발행 : 1999년 3월 15일

초판 1쇄 발행 : 1991년 12월 16일

출판사 : 영림정보출판

전화번호 : 02-503-XXXX

전자우편 : queenofnight@netian.com

정가 : 8,500원

연락처라고는 지금은 쓰이지 않는 사무실 전화번호와 PC통신 시절의 이메일 주소뿐이었다. 퀸 오브 나이트. '밤의 여왕'. 혹시 몰라서 이번엔 같은 아이디로 하되 각기 다른 이메일 계정으로 메일을 보냈다. 다음, 야후, 네이버, 지메일 등.

[발송실패 안내] … 으로 메일이 전송되지 못했습니다.

[발송실패 안내] … 으로 메일이 전송되지 못했습니다.

[발송실패 안내] … 으로 메일이 전송되지 못했습니다.

.

.

.

"젠장…"

목 쿠션에 뒤통수를 박으며 절망했다. 더 이상 헛된 집착에서 벗어나야 한다. 서둘러 계정에 로그아웃을 하고 일어나려는데,

새 메일(1)

상체를 반쯤 일으키던 혜수는 다시 천천히 자리에 앉았다. 총 여섯 군데에 보낸 메일 중 유일하게 한 곳에서 답장이 온 것이다. 제목을 본 순간 소름이 끼쳤다. 영화 <트루먼 쇼>처럼 누가 장난치는 게 아닐까 싶은 생각이 들었다. 그러나 트루먼에게 손짓을 하는 그의 첫사랑처럼 누군가 세트장 밖에서 혜수를 나직이 부르는 것 같았다. 이리 잠시 와 보라고. 시나리오의 진짜 결말을 알고 싶다면.

제목 : 제 책을 구입하신 분 맞죠?

전 '버림받은 여자의 일생'을 쓴 작가가 맞습니다.

당신은 제 책을 구입하신 분이고요? 맞다면 답장 주세요.

/ 네. 제가 구입했어요.

그럼 만나죠.

/ 지금요? 내가 그쪽을요? 왜요?

저와 접촉하고 싶어서 이메일을 보낸 것 아니었나요?

시간이 없습니다.

우리 서로 할 얘기가 있는 것 같으니까요.

자세한 건 만나서 얘기하죠.

끊임없이 있을 수 없는 일이라고 되뇌면서도 어느덧 혜수는 계단을 내려가고 있었다. 약속 장소는 '영종도 인스파이어 리조트' 지하 주차장 D7. 왜 그곳에서 보자고 했는지 생각해 볼 겨를 없이 바로 옥녀에게 전화를 걸었다.

– 야! 변혜수!

– 미안. 옥녀야.

– 대체 어디야? 지금 뭐 하자는 거야?

– 시간이 없거든. 용건만 말할게. 우리 완전히 속았어.

– 그게 무슨 소리야?

– 골드바. 가짜였어. 세영이가 가져온 그 골드바. 가짜였다고.

– 가짜라니? 그럴 리가 없어! 거짓말!

– 맞아. 두꺼비가 테스트하는 걸 두 눈으로 확인했어.

– 그 아저씨 우리한테 사기…

– 치는 거 아니야. 커팅기로 반을 자르더라.

– ……

– 금이 아니라 시커먼 철 덩어리였어. 홍희란이 우리의 신경을 골드바에 돌리기 위해서 쳐 놓은 덫이었다고. 황정자도 싹 다 가짜였어. 말하자면 길어. 그래서 말인데, 옥녀야. 먼저 도망쳐. 중국으로 가는,

– 나 혼자 무섭게 어떻게 가라고? 언니는 대체 어디서 뭐 하길래 안 오는데?

– 만날 사람이 있어. 홍희란에 대해서 책을 쓴 사람인데…

– 진짜 이러기야?! 바른대로 말해. 언니 나한테 지금 거짓말하는 거지? 맞지? 골드바고 뭐고 내 눈으로 안 봤으니 어떻게 믿어? 안 그래? 그게 그렇게 욕심이 났어? 날 배신할 만큼??

– 미치겠네. 잘 들어. 서옥녀. 나도 따라갈 거야. 그러니까… 영종도 인스파이어로 가주세요. 그러니까 너는 너대로.

– 언니 지금 뭐라고 했어? 영종도 뭐? 지금 어디로 새는 거야?

– 말했잖아! 꼭 만날 사람이 있다고! 지금 우리 인생을 사지로 몰게 된 배경을 알려줄 유일한 사람이야! 그러니까 옥녀야!

룸미러로 힐끗거리는 택시 기사와 눈이 마주친 혜수가 가까스로 목소리를 낮추었다.

– 메시지 확인해. 그리고 조만간 다시 보자.

언니-! 하는 고함을 뒤로 하고 전화를 끊은 혜수는 바로 메시지를 보냈다.

[파란색 동방 호. 선장은 표 씨. 암호는 평생영사여명월]

그리고 다시 전원을 껐다. 깊이를 알 수 없는 암담함이 밀려왔다. 멀리 보이는 여객터미널에서조차 함께 아르바이트하며 가품을 빼돌리던 시절이 떠올랐다. 혜수가 이건 이렇고, 저건 저렇다, 하면 곧이곧대로 믿던 그 순진함이 이젠 옥녀에게서 찾아볼 수 없었다. 목소리만 들어도 알 수 있다. 옥녀는 갑작스레 등을 떠밀고 연락 두절된 혜수를 원망하고 있다는 것을. 신경 찌릿한 통증이 뒷목을 훑었다. 긴장하고 있다는 증거다. 그러다 자연스레 눈꺼풀이 감겼다.

지난번과 같은 느낌이다. 고도가 높은 상공에서 뛰어내렸다. 비행기가 착륙할 때처럼, 낯선 엘리베이터를 탈 때처럼 묘한 울렁거림이 발바닥부터 정수리까지 빛의 속도로 훑었다. 어느 정도 안정권에 들어서자 저 까마득한 아래가 내려다보인다. 거기엔 끝 모르게 펼쳐진 밀림뿐이다. 혜수는 두 팔을 휘저으며 날갯짓을 멈추지 않았다. 그때 뒤에서 소리가 났다. 돌아보니 뒤따라오는 헬기에서 반쯤 몸을 걸친 익명의 누군가가 소리쳤다.

"배역을 따냈으면 노력을 해! 그렇지 못하면 불명에 하차뿐이라고!"

"거의 다 왔습니다. 손님."

기사의 말소리에 눈이 뜨였다. 꿈이었다.

얼마 전에 그랜드 오픈한 리조트는 멀리서 봐도 발 디딜 틈 없이 문전성시를 이루었다. '저자'가 일러준 대로 혜수는 입구에 다다르자 택시에서 내렸다.

"여기서 내려주세요. 잔돈은 됐어요."

카드 내역을 남겨선 안 되기 때문에 현금을 쥐여주자마자 서둘러 뛰었다. 외부에 있는 주차타워가 아닌 지하 주차장으로 향하기 위해선 리조트 본관을 지나쳐야 했다. 실제같은 디지털 폭포가 쏟아져 내리고, 천장에는 온통 화려한 오로라 쇼가 벌어지고 있었다. 라스베이거스에 가 본 적도 없으면서 라스베이거스를 연상케 했다. 안내 표지를 보면서 걸음을 재촉하는 중에 외벽의 커다란 거울 속 자신과 눈이 마주쳤다. 마치 이런 곳에 어울리지 않는 차림으로 네가 왜 있느냐고 되묻는 것 같았다. 묶었던 머리를 풀어 피떡이 된 귓가를 황급히 감추었다. 그렇게 밀려오는 고독을 억누른 채 비상계단으로 향했다. 그리고 D구역. 3, 4, 5, 6… 7

주차칸은 비어 있었다. 주변을 경계하며 둘러볼 무렵, 어디선가 전조등이 빛났다.

번.쩍.

저만치서 구형 벤츠가 서서히 다가오고 있었다. 자신을 알리기라도 하듯 운전석에 탄 '저자'가 손짓을 했다. 타라는 뜻이다.

"실례하겠습니다."

얼른 보조석에 올라타며 말했다. 서둘러 뛰어온 이쪽과 달리 운전석에 앉은 '저자'에게선 비교적 잔잔한 공기가 느껴졌다. 60대 후반쯤으로 되어 보이는 여성이었다. 생업에 열중하기보다는 고상한 취미나 이따금 봉사활동이 어울릴 만한 그런 인상. 가벼운 옷차림이지만 플라워 실크 스카프는 구찌, 후드 자켓은 샤넬이다. 그리고 무엇보다 진품이다. 그녀는 주차장 주변을 살살이 돌아보더니 입을 열었다.

"제 책을 구입하신 분 맞죠?"

"네. 처음 뵙겠습니다. 자기 소개는 생략해도 되죠?"

"물론이죠. 저에 대한 정보는 책에 나와 있으니 아실 테고… 여기서 보자고 한 이유는 카지노가 있어서예요. 바로 위죠. 방금 거기서 내려오는 길이고요."

"카지노엔 왜요?"

"외국인만 출입이 가능해요. 전 미국 시민권자고요. 아무래도 안전한 곳이라서 여기서 뵙자고 했어요."

"누구한테 쫓기는 사람 같네요?"

"네. 하지만 저야 미국으로 돌아가면 그만이라지만, 변혜수 씨가 더 급한 상황 아닌가요?"

"좋을 대로 생각하세요."

지금부터 본론이다. '저자'가 숨을 고르고 말했다.

"올 초. 김신건 회장이 사망했다는 뉴스를 봤어요. 생전에 손녀가 잔혹하게 살해당하는 걸로 모자라 하나뿐인 아들과 며느리가 교통사고로 사망하는 모습까지 지켜보고 떠났으니 참 안 됐죠. 감히 장담하는데 모든 게 계획된 타살이에요."

"어떻게 확신하세요?"

"직감이 그래요. 또 유산상속 기한은 임박하는데 과정이 매끄럽지 않잖아요. 왜일까요? 받아선 안. 되.는. 사.람.이 받으려고 하니까."

"……"

"도대체 누가 그 일을 꾸미는지 몰라도 참 궁금했어요. 그러던 참에 중고 서적 사이트에 단 한 권 남아 있는 제 책이 얼마 전에 판매 완료됐다는 사실을 알게 됐죠. 그건 아주 오래전에 절판되어 시중에선 구할 수 없는 책이에요. 그런 책을 하필 김신건 회장의 유산상속 기한이 임박할 때 누군가 손에 넣었다? 답이 나왔어요. 제 책이 신건그룹의 유산을 노리는 누군가에게 도움이 되고 있다고 말이죠. 업체에 연락해서 구입자에 대해 알아보려고 했지만 알려줄 수 없다더군요. 개인정보보호법에 저촉된다면서요."

"여기서 잠깐."

"네."

"그럴싸한 추리는 잘 들었어요. 재미있네요. 그런데… 그게 대체 선생님하고 무슨 상관인데요?"

'저자'는 잠시 앞을 응시했다. 어디서부터 뭐라고 말해야 할지 정리하는 눈치였다.

"변혜수 씨… 상속을 받으려는 자인가요?"

"노코멘트 해도 되죠?"

"혹은 눈독을 들이는 사람 중 하나일 수도 있겠군요. 뭐 상관없어요."

"우리 초면인 거 벌써 잊으셨나 봐요. 오지랖이 넓으시네요."

"우리 남편이랑 같은 얘기를 하네요."

"……?"

"급히 한국에 들어가 봐야겠다고 했을 때도 그이가 그렇게 말했거든요. 맞아요. 오지랖. 무슨 상관이냐고요? 상관있죠. 제 책이 그런 악행을 저지르는데 요긴하게 쓰이는 꼴을 결코 두고만 볼 수 없어요, 전."

혜수가 살짝 몸을 비틀고 물었다.

"작가님은 홍희란하고 친분이 있는 사이 아닌가요?"

"맞아요."

여전히 어떤 의혹을 떨칠 수 없다는 듯이 다시 물었다.

"홍희란하고 친분이 있으면서, 그래서 홍희란의 책도 내신 분이 정의의 사도로서 폭주하는 불행을 막으시겠다? 이거 말이 앞뒤가 안 맞잖아요. 그 말은 즉, 작가님이 직접 홍희란에게 칼을 겨누는 꼴이라고요. 아하! 또 모르죠. 그새 절연한 사이라면 충분히 가능…"

"잠깐만요!"

그녀가 도중에 말을 끊었다. 고개를 절레절레 흔들며, 지금 자신이 무슨 이야기를 듣고 있는지 도무지 감을 잡을 수 없다는 얼굴로 이렇게 되물었다.

"지금 무슨 소릴 하시는 거예요?"

"왜 또 시치미를 떼실까?"

"뭔가 아주 잘못 알고 계신 것 같은데… 희란이는 이미 34년 전에 죽었어요!"

12

"희란이는 제 여중, 여고 동창이에요. 물론 그 전에 아버지들끼리 친분이 있으셨죠. 그 당시에 제 아버지는 뼛속까지 군인이셨어요. 고루하고 고지식한 분이셨죠. 반면에 희란이의 아버지는 자기 딸이라면 끔찍이 아끼셨던 걸로 기억해요. 요즘 말로 딸바보라고 하죠? 딱 그랬어요. 그러니 오죽 공주 대접을 받았겠어요? 남들 걸어서 학교 다닐 때, 그 아인 기사를 대동하고 다녔죠. 학교에 발전 기금도 심심찮게 낸다고 들었어요. 사실이겠죠. 그렇지 않고서야 그 친구 아버지가 교장실에서 줄담배를 필 수 있겠어요? 대학도 좋은 곳엘 갔죠. 다 늙어서 고백하자면, 여러 방면에서 저보다 너무 뛰어난 그 애를 한때 질투하기도 했답니다. 사이가 나빴다는 얘기가 아니에요. 물질적으로나 교우관계에서나 늘 저를 도와줬던 희란이에게 고마운 마음이 더 컸죠. 그런 희란이에게서 대학을 졸업하고 얼마 안 있어 연락이 왔어요. 갑자기 결혼한다고… 아니, 결혼을 했.다.고. 뜬금없었죠. 듣기론 남편은 전도유망한 사업가래요. 그런데 제물포에서 알아주는 깡패였다는 소문도 있었고, 사기꾼이라는 소문도 있었죠.

그런 남자의 아이를 덜컥 가지다니… 희란이를 이해할 수 없었어요. 너무 총명하고 사리가 분명한 아이였는데… 그러거나 말거나 희란이는 남편 자랑을 늘어놨죠. 사실 그것도 다른 사람들 앞에선 못 하는 이야기를 저한테만 늘어놓은 거 같아요. 어쩌면 저라면 편들어 줄 거라고, 속아줄 거라고 여겼던 것 같아요. 사실이에요. 정말 속았으니까. 그래도 희란이 딴엔 그 결혼을 선택한 이유가 있겠지, 싶었고. 그런데 아니었어요. 88올림픽으로 나라가 들썩이던 어느 날, 전두환으로부터 산업훈장을 받는 뉴스 보도에 희란이의 남편, 그러니까 김신건이 나오더군요. 옆엔 다른 여자와 함께였죠. 그때 알았어요. 희란이가 정식 부인이 아니라는 사실을요. 충격적이었죠. 몇 년이 지났을까요? 어느 가을 늦은 밤에 희란이가 절 찾아왔어요. 헝클어진 머리칼, 다 찢어진 옷차림, 여기저기 긁혔는지 팔다리엔 상처투성이였고, 퉁퉁 부은 얼굴엔 멍이 가득했어요. 너무 놀랐어요. 무슨 일인지 물어보지도 않고 그냥 병원부터 가자고 했어요. 그랬더니 안 된대요. 갈 수 없대요. 가지 않아도 된대요. 그러면서 대뜸 자신에 관한 책을 써줄 수 있냐고 물어왔죠. 당최 무슨 소리를 하는지 이해가 안 갔어요. 몇 년 만에 그런 모습으로 나타나서 한다는 소리가 책을 써달라뇨? 실랑이 끝에 병원을 가야지만 부탁을 들어주겠다고 말했어요. 마지못해 제 뜻에 따르더군요. 그렇게 해서 듣게 된 이야기는 충격적이었어요. 실은 생모가 따로 있다는 것과 생모의 직업, 사춘기 시절의 방황, 계모의 학대, 이복오빠의 성추행, 그리고 남편에 대한 실체까지도… 그리고 충격적인 일이 벌어졌어요. 희란이는… 책이 출간되고 얼마 후에 스스로 목숨을 끊고 말았어요."

◆ ◆ ◆

한 뼘도 안 되는 유서에 '부모님 옆에 묻어 달라'는 말을 남겼으나 실은 화장되어 인천 앞바다에 뿌려졌을 뿐이다.

◆ ◆ ◆

"곰곰이 생각했죠. 희란이가 죽기 전에 왜 책을 쓰게 했을까, 하고. 어쩌면 자신의 억울함을 세상에 토로하고 싶었는지 몰라요. 자신을 둘러싼 온갖 소문들에 괴로워했거든요. 그렇게 희란이가 죽은 뒤, 김신건 그 작자는 승승장구했어요. 하늘도 참 무심하죠. 유부남 주제에 멀쩡한 처녀의 인생을 망쳐놓고도 말이죠. 반성은커녕 오히려 죄를 더 짓고 다녔어요. 집에서 일하는 가정부부터 시작해서 비서, 골프 캐디, 지역 금고 여직원에 이르기까지 그 작자의 더러운 손길이 닿지 않은 곳은 없었으니까요. 아, 금고 여직원의 경우 나중에 소송까지 갔는데 패소했대요. 그 바람에 자살했다는 건 알 만한 사람은 다 아는 사실이죠. 하지만 지역신문에 한 줄도 보도되지 않았죠. 왜겠어요? 다 돈으로 막은 거죠. 경찰들도 알아서 엎드리고. 시간이 흘러 그 사이에 저희 가족은 미국으로 건너갔고요. 그러던 어느 날, 한인신문에 신건그룹에 관한 기사 한 토막을 발견했어요. 그의 손녀가 살해됐다는 내용이었죠. 너무 충격이었어요. 그리고 이런 말 하면 벌 받을지 모르겠는데 전 대번에 알아차렸죠. 할아버지의 업보를 죄 없는 손녀가 짊어지고 갔구나, 하고. 왜 그렇게 생각했냐고요? 야산에서 시신이 발견된 날이 그 손녀의 다섯 번째 생일이었다죠? 1991년, 김신건이 돈가스를 핑계로 희란이와 아이의 인생을 송두리째 짓밟은 그 날도 희란이 아이의 다섯 번째 생일이었어요. 우연의 일치 같나요? 아뇨. 틀림없는 보복살인이에요. 수십 년에 걸쳐 계획하고 기다려온 보복살인. 세상 사람들은 몰라도 아마 김신건만큼은 잔뜩 겁에 질렸을 거예요. 손녀의 죽음이 뭘 의미하는지 모를 리 없을 테니까요. 사실 그때까지만 해도 저는 한국에 올 생각이 없었어요. 그런데 저를 움직인 건 그 다음부터 줄줄이 터진 사건들이었죠. 바로 김신건의 아들 내외가 음주 운전 차량에 치여 사망했다는 소식, 그렇게 혈육의 잇따른 죽음을 목격한 김신건이 폐암 투병 끝에 고통 속에 눈을 감았다는 소식, 그리고 결정적으로 손녀를 죽인 여자가 출소 후에 갑작스레 죽었다는 소식과 함께 세상에 알려진 신건그룹의 혼외자의 존재. 한 가지 확실하게 알 수 있었죠. 이건 혼외자를 이용해 한몫 잡으려는 누군가의 음모일 거라고 말이죠. 이건 희란이를 위한 게 아니에요. 오지랖으로 한국행 비행기까지 탄 입장에서 주제넘게 한마디 더 하죠. 지금이라도 손 떼고 멀리 도망쳐요. 살고 싶으면."

"그럼…"

혜수는 아까부터 머릿속을 지배하던 물음표를 꺼냈다.

"도대체 그 노파는 누군데요?"

✦ ✦ ✦

신건그룹 유산 드디어 상속 마무리

상속 마지막 기한을 며칠 앞둔 어제 이루어져

《동인천투데이》, 2024년 7월 12일

인천의 향토기업인 신건그룹을 이끌어 온 김신건 회장이 폐암 진단을 받은 지 6개월 만인 올해 1월 72세를 일기로 타계했다. 그룹의 뿌리는 한국전쟁 당시로 거슬러 올라간다. 1953년 인천 제물포에서 태어난 김신건 회장은 자그마한 농기계 점포를 운영했던 부친의 남다른 학구열 덕분에 동인천농고를 졸업, 그 후 가업을 물려받아.

.

.

.

(중략)

이로써 그룹은 승계할 자손의 부재로 창업 50년 만에 폐업의 수순을 밟게 되었다. 생전에 김 회장의 외아들 김 씨는 부친을 따라 각종 행사와 산업 현장에 동행하는 등 경영승계를 위한 행보를 보였으나, 2022년에 불미스러운 사건으로 외동딸을 잃은 뒤에 두문불출, 이듬해에 아내와 함께 음주 운전 차량에 의해 불귀의 객이 되고 말았다. 손녀와 아들 내외를 먼저 앞세운 김 회장은 강력한 처벌과 진상규명을 기대했으나 뜻을 이루지 못한 채 눈을 감아 그야말로 한 많은 삶을 보낸 셈이다.

이후, 세간의 이목은 주인 없는 유산으로 향했다. 김 회장이 사망하면서 남긴 주식은 신건건설 11.65%, 신건엘리베이터 13.5%, 신건금융 8%를 비롯해 총 3천억 원의 규모다. 최근에 나타난 법정상속인은 경영권을 승계하는 대신 지분 매각을 택한 것으로 알려져

.

.

.

(중략)

투자전문 유튜버 '나돈'이 상속과정을 분석한 결과 주식 외에 미술품, 금융투자상품, 송도 일대의 부동산을 합하면 유산이 당초의 3천억 원을 훨씬 웃돌 것으로 파악되고 있으나, 법정 상속인은 법정 대리인을 통해 모든 과정을 철저히 비밀에 부칠 것을 당부하였다.

13

흰 눈 같은 피부, 드물게 난 검버섯, 총기 넘치는 눈빛 너머로 확인할 수 있는 지난날의 미모, 가끔 차갑게 내뱉은 말 한 마디 한 마디에서 느껴지던 맹랑함. 눈앞에 있던 건 인견 저고리를 떨쳐입은 65세 홍희란이었지만, 정작 그 배역을 완벽하게 소화해낸 것은 85세 심애숙이었다.

실제로 심애숙은 결혼은 물론이고 출생신고를 한 적조차 없는 법적 미혼여성. 그러니 부양해줄 자식이 없는 데다 정부가 규정한 기준 중위소득 조건에 부합했기에 기초 생활 수급자가 될 수 있었던 것이다. 자식을 하나 낳았다는 것도, 그 자식이 '먼 데' 산다는 것도 부인하지 않았다.

"내가 있잖아요. 선생님. 큰돈이 생겨요.
이게 다 내 새끼 덕분에 생긴 돈이에요. 히히."

그녀가 말하던 '내 새끼'는 다름 아닌 홍희란이었으니까.

그리고 놀랍게도 심애숙은 자신이 저지른 죄를 자백하는 대범함을 보이기까지 했다.

"뱀이란 놈은요.
한 손으론 머리를 잡아 비틀고, 한 발로는 꼬리를 꽉 찍어 누른 다음에
다른 한 손이 남아 있지요?
그 손으로다가 칼을 쥐고 허리를 냅다 잘라 버리면 되요."

'머리'는 김신건, '꼬리'는 그의 손녀, 그리고 '허리'는 두 세대를 이어주는 아들과 며느리다. '꼬리'가 밟히고, '허리'가 제 몸에서 나가떨어지는 것까지 지켜본 후에야 뱀의 '머리'는 제 기능을 상실했을 것이다. 심애숙은 드러내놓고 자신의 복수 방식까지 상세히 털어놓았다. 자신을 감시하고 약탈하러 온 외부 침입자를 철저하게 농락하고, 우롱한 것이다.

어느덧 혜수는 현관문 앞에 다다랐다. 다시 돌아온 것이다. 도어락을 누르는 대신, 초인종을 눌렀다.
띵- 동-
홍희란이, 아니 심애숙이 모습을 드러냈다. 그토록 벗기고 싶었던 가면을 벗은 채로.

♦ ♦ ♦

"어서 와요."

심애숙이 혜수의 어깨 너머 어딘가를 향해 말했다. 노화로 탁해진 그의 눈동자에 정오의 푸른 하늘이 번지고, 그 위로는 흔들리는 청단풍과 흰 구름이 또렷이 맺혀 있었다.

"날 기다렸나 봐요?"

심애숙의 손아귀에서 빠져나가 힘없이 닫히려는 현관문을 얼른 붙들고 혜수가 말했다.

"바람이 차네요."

"며칠 후면 삼복더위예요. 정신 차리세요."

현관문을 닫자 주광색 센서가 들어오고, 오른쪽 벽에 붙은 태그 단말기는 여전히 천연덕스럽게 달려 있었다. 변함없었다. 물 때 자국의 싱크대, 쿰쿰한 노인 냄새, 바깥보다 고작 2~3도 낮은 실내 온도. 거실 지정석에 주섬주섬 앉는 심애숙의 마른 등에 대고 물었다.

"언제부터였어요?"

"선생님이 죄 짓고 나왔을 때부터요."

"이젠 바로바로 말씀하시네요. 그놈의 선생님 소리 이젠 집어치우시죠."

"내가 선생님한테 무슨 억하심정이 있겠습니까마는… 그런데 그치가 그러지 뭐예요. 저 말고도 이 일을 알고 있는 사람이 하나 더 있다고."

"그 치?"

"감옥에 있을 때, 선생님에게 괜한 허튼 소리를 했던 자 말이에요."

왕언니 얘기였다.

"그 언니가 내 얘기를 하던가요?"

"돈을 안 주면 곧 출소할 제 아우가 날 가만 두지 않을 거라고 했어요."

혜수가 코웃음을 쳤다.

"그래서 죽였어요?"

"죽이다뇨? 사람이 죽고 사는 것은 모두 자신에게 달린 일이에요. 텔레비전에서 의사들이 나와서 그러더군요. 암이 왜 암인 줄 아녜요. 한자를 보면 입 구(口) 자가 세 개나 되는데, 모두 입을 통해 병이 비롯된단 뜻이랍니다. 술, 담배, 음식을 조심하래요. 틀린 말은 아니에요. 그런데 맨 책상머리에서 공부만 한 양반들이 하나만 알고 둘은 몰라요. 가장 중요한 걸 빠뜨렸는데. 그게 뭔지 아녜요? 바로 세 치 혀랍니다. 세 치 혀를 잘못 놀리면 명을 재촉하는 거예요. 예부터 어른들 말 틀린 거 하나 없어요. 말 한 마디로도 천 냥…"

"그래서 죽였냐고?!!! 그 정도로 돈에 욕심이 났어? 도대체 누굴 위한 복수였는데? 물려받을 사람도 없잖아? 딸은 일찌감치 세상을 등지고, 손주는 사람 구실 못하고. 당신도 충분히 늙었잖아. 그럼에도 김 회장이 원하는 대로 흘러가게 두지만 않으면 그걸로 만사 오케이다 뭐 이거야?"

김신건이 폐암으로 투병했다는 사실이 공공연히 알려졌으니 망정이지, 그렇지 않았더라면 그의 명줄도 심애숙에게 달렸을지 누가 알았겠냐며 고함을 질렀다.

"그러게요. 그 작자도 참 운이 좋았죠."

"병에 걸려 죽은 게?"

심애숙은 끙차 하고 바닥을 짚고 일어났다. 그리고 여전히 깨달음을 얻지 못하는 어리석은 중생을 나무라는 노승처럼 말했다.

"선생님. 마음을 천천히 잡수세요. 젊은 사람이 그렇게 벌써부터 돈 욕심이 과하면 좋지 않아요. 애초에 남의 돈은 건드리는 게 아닙니다. 국민학교 적에 다 배웠잖아요."

그러더니 싱크대 하부장을 뒤져 사탕, 과자, 엿, 강정 등 주전부리가 담긴 라탄 바구니를 꺼냈다.

"당신은 돈을 챙길 자격이 되고?"

"말했잖아요. 내 자식 돈이라고."

"자식…! 됐고, 그럼 앞으로 어쩔 셈이지? 나도 곧 죽이겠네?"

"내가 왜요?"

"당신의 돈을 욕심냈으니까."

"말은 바로 하죠. 그건 선생님의 속마음이 그렇다는 거죠."

"……?"

"내 앞에서 티를 낸 적이 없잖아요. 선생님이 어디에 가서 내 돈에 대해 이러쿵저러쿵 떠벌려도 그건 내 귀에 들리지 않았어요. 마음속에 어떤 뱀이 똬리를 틀고 있든 내 눈엔 보이지도 않았고요. 아무것도 들리지도, 보이지도 않았는데 내가 어떻게 악감정을 품겠어요. 이왕 왔으니 과자나 드시고 가세요."

이상하다.

잘 나가다가 삐끗하는 느낌이 든다.

왜.

어째서.

심애숙의 대사가 어딘가 어설프다. 기존의 것을 급히 수정 한 티가 역력한 그런 발연기. 그동안 줄곧 혜수의 속내를 꿰뚫어 봤으면서, 그래서 그때마다 적절한 대처로 농락해왔으면서, 이제 와서 혜수에게 어떤 악의도 찾아보지 못했단다. 심애숙에게 있어서 혜수는 가장 경계해야 할 1호가 아니었던가? 그런데 급하게 용서를 하는 듯한 느낌이 들었다. 영화의 말미에 어떤 미심쩍은 대사가 튀어나오면, 얼마 남지 않은 시간에 어서 그 비밀이 풀려야 맞건만 심애숙은 태평했다. 궁금한 사람이 알아서 풀어보란 듯이.

한동안 황망한 채 서 있던 혜수가 몸을 돌리려다 말고 문득 멈췄다. 순간, 머릿속이 온통 산발적인 단서들로 뒤섞인 것이다. 과자 조각이 입에 달라붙은 심애숙을 가만히 바라보았다. 그리고 라탄 바구니가 놓인 소반으로 시선을 옮겼을 땐

믿을 수 없다.

있을 수 없다.

이것이 사실이라면

처음부터 모든 게 **기만**이다.

전혀 알지 못한 시나리오가 불쑥 전개되고 있다거나 배우의 발칙

한 애드리브이거나, 그게 아니라면 NG다. NG일 수밖에 없다. 아니, 무조건 NG여야만 한다.

어느 외국인 시나리오작가가 쓴 『연기학 수업』에 따르면 스토리의 막바지에 다다라 뜬금없는 소품의 등장은 새로운 국면을 가져온다. 그것이 별 뜻 없이 무난한 결말로 귀결되는지, 아니면 반전을 가져오는지는 전적으로 관객의 눈썰미에 달려 있다. 전자라면 티켓 값이 아까울 뿐 별 상관없겠지만, 후자라면 그 지경에 이르기까지 도처에 깔려 있던 복선들이 빠짐없이 수거되어야 한다.

'허구를 말 할 수 있는 능력이야말로 사피엔스가 사용하는 언어의 가장 독특한 측면'이라고 유발 하라리는 말했다. 그렇게 발명된 것 중 하나가 연기고, 세상 사람들은 곧 그 허구의 예술에 흠뻑 빠져들었다. 그것으로부터 파생된 수많은 직업, 기술, 문화, 역사. 그것이 얼마나 깊은 파동을 만들어 낼 수 있을지에 대해 혜수는 그 누구보다 잘 알았고 그래서 실행에 곧잘 옮겼다. 허구를 진실처럼 보이게 하는 것, 그것이 연기의 매력이고 본질이라고 생각했다. 그러나 단단히 틀렸다. 지금까지 어떤 누군가의 연기는 처음부터 '진실'이었을지 모른다는 불길함이 스쳤다. '연기는 거짓말이 아니라 진실을 찾는 과정'이라고 개론의 중간 페이지쯤에 말론 브란도[미국의 영화배우, 감독]가 말했는데, 이제야 그 뜻을 알 것만 같았다. '누군가'는 지금쯤 진실을 찾았다. 그 진실이 눈앞에 뻔히 있는데도 그동안 혜수는 깨닫지 못했다. 뒤늦게 비로소 보인 것이다. 지금까지 손에서 메가폰을 절대 놓지 않았던 실체가.

"선생님도 잡숴 보시래도요."

크라운 산도. 숟갈로 긁어낸 크림.

심애숙은 크림이 없는 샌드 한 조각을 입안에 넣고 우물거리며 말했다.

"안에 크림은 다 긁어내고 드세요. 내가 우리 손주한테도 어릴 때부터 이렇게 길을 들여 놨답니다. 정 먹겠으면 몸에 안 좋은 유지 덩어리는 빼고 먹으라고."

공상과학 영화에 나오는 빠른 화면 전환 기술처럼, 어느 한 장면이 다시 재생되는 것 같았다. 해당 장면은 필름이 고장 난 것처럼 미친 듯이 반복하며 뇌를 뒤흔들었다.

"언니 그거 알아?

난 어렸을 때부터 이 과자 부분만 좋아했어.

이런 샌드 류가 있으면 안에 크림은 다 긁어내. 살 쪄."

14

1998년. 초등학교 6학년 무렵.

재혼해서 새 가정을 꾸린 아버지의 집을 찾았을 때를 잊을 수 없다. 그 날 혜수는 처음으로 아버지에게 뺨을 맞았고, 그래서 홧김에 아버지의 지갑에 손을 댔다. 훔친 만 원으로 할 수 있는 것은 생각보다 무궁무진했다. 제일 먼저 만화책 『괴짜가족』과 『동경줄리엣』을 빌려 읽고, 왕뚜껑과 사이다 300ml 한 병을 샀고, 남은 돈으로 부평 대한극장에서 그 즈음 개봉한 영화 <타이타닉>을 혼자 관람했다. 영화가 끝나면, 별도로 퇴장을 제어하는 장치도 인력도 없던 때라 죽치고 앉으면서 세 번이나 더 보았다. 하나둘 떠나고 혼자 남겨질 때까지 자리에서 선뜻 일어날 수 없었다. 리얼한 시각적 효과에 마음을 빼앗겨서도, 셀린 디온이 부르는 OST곡을 끝까지 듣기 위함도, 서사의 폭풍 때문도 아니었다. 실은 잭과 로즈를 사랑했다. 레오나르도 디카프리오, 케이트 윈슬렛이 아니라 잭과 로즈 말이다. 왠지 그들이 떠나는 것을 무기력하게 지켜보고 싶었다. 런닝 타임 동안 혜수는 그들과 함께였다. 함께 울고, 웃고, 가슴으로 절규했다.

그런 그들을 엔딩 크레딧이 올라갔다는 이유로 떠나보낸다는 건 못 견디게 고통스러운 일이었다. 물론 집으로 돌아와 배우들에 대해 얼마든지 알아볼 수 있었다. <타이타닉> 외에 출연한 영화는 무엇이 있고, 어디에서 무슨 상을 받았고, 가족관계는 어떻게 되고, 최근 그들을 둘러싼 가십과 지난 연애사에 이르기까지. 얼마든지 알아볼 수 있었지만 그러지 않았다. 비슷한 일은 더 있었다. 중국영화 <영웅>을 보고 사랑에 빠진 이연걸에게 당시에 이미 아내와 딸이 있었음을(심지어 두 번째 결혼이라는 사실조차) 20여 년이 지나고서야 알았다. 배역을 사랑했지, 배우의 사생활 따윈 관심 없었다. 모든 걸 알아버린다면 갑자기 혼자가 된 느낌이 들었으니까. 그 막막한 고독을 견딜 재간이 없었으니까.

사실 이러한 자질구레한 감상은 옥녀의 뒤를 더는 쫓지 않겠다는 고집의 근거로서 작용했다. 옥녀는 그저 인천 앞바다의 호프집 여주인이라는 배역을 훌륭하게 소화해냈을 뿐이다. 극이 끝났으니 제 자리로 돌아간 것은 당연하다. 그래, 당연하다.

그로부터 몇 달이 흘렀다. 어디선가 익명으로 돈 뭉치가 담긴 007가방이 집 앞에 놓여 있었다. 일일이 세어보지 않았다. 그리고 떠올렸다. 그 날, 옥상 위에서 벌어진 일을. 2층 남자에게 귀를 물려 뜯긴 혜수를 위해 옥녀는 메가폰을 던지고 황급히 벽돌을 들었다. 아마 그것은 옥녀의 시나리오에 없었던 내용이었을 것이고, 그렇기 때문에 벽돌을 들어야만 했던 자신의 애드리브 또한 받아들이기 힘들었을 것이다. 당혹스러웠을 것이다. 그러나 던졌다. 혜수를 구하기 위해. 스스로 NG를 내고 만 것이다.

"잘 들어. 저 남자 내가 죽인 거야."

"말도 안 되는 소리 하지 마. 언니 나한테 왜 그래?

왜 이렇게까지 해?"

007가방을 다시 물끄러미 보았다. 옥녀를 만나게 된다면 꼭 말해주고 싶다. 돈 때문에 죄를 덮어쓰려 했던 게 아니라고. 돈이 욕심나서 널 감싼 게 아니라고. 실은 함께라면 이 엿 같은 세상을 등 쳐 먹는 게 그렇게 재미있고 통쾌했기 때문이라고. 살기 싫은 세상에서 살맛이 났었더라고.

쿠키

아주 늦은 밤.

분홍색 줄무늬 윗도리, 청색 멜빵바지, 강아지가 그려진 파란색 양말, 녹색 찐빵 모자. 그때 나의 옷차림새가 그러했고, ○○각 내부 깊이 자리한 작은 방 문을 열었을 때, 안에서는 여자들이 옹기종기 모여 TV 드라마를 보고 있었다. 그 드라마는 우리 엄마도 즐겨 보던 것이라 아직도 기억에 남는다. 어느 여자가 철조망을 붙들고 울부짖는 모습이었는데, 어찌나 서럽게 울던지 그 모습이 마치 아까 본 엄마의 마지막 모습 같았다. 엄마도 날 보며 그렇게 울었다. *"어서 도망쳐! 빨리!"* 나쁜 아저씨들한테 끌려가면서 그렇게 울었다. 나중에 되돌아보니 그 드라마 제목이 〈여명의 눈동자[1991년 에 방영한 mbc드라마]〉였다. 그러니 그때가 아마 1991년 10월 내지 11월쯤 되지 않았을까 싶다.

문이 드르륵 열렸어도 드라마에 푹 빠진 사람들은 내가 온 줄도 몰랐다. 선전이 나오자 그때서야 다들 자신의 감상에 대해 떠들어댔는데, 그때 비로소 나와 눈이 마주쳤다. 제일 나이가 들어 보이지만 제일 화려한 한복을 입고 있는 여자, 그것이 내가 외할머니를 태어나서 최초로 본 순간이었다.

지금보다 훨씬 젊었던 검은 머리의 할머니는 얼음처럼 굳어서 꼼짝도 않고 나를 보더니 나를 데려온 아저씨에게 시선을 옮겼다. 이 애의 등장에 대해서 알기 쉽게 말해 보라는 물음이었다.

"모르겠어요. 저도. 쓰레기 버리러 나가니까 요정 대문 앞에 가만히 서 있던데요."

"……"

"이름이 뭐냐고 물어도 대답도 않고, 너희 엄마 어디에 있냐고 물어도 묵묵부답이고. 그런데 계속 사장님 이름만 말하더라고요."

할머니가 다시 나에게 시선을 옮겼다. 나는 그렇다는 의미에서 평소에 엄마가 알려준 것을 그대로 읊었다.

"기억해. 이게 네 외할머니 이름이야."

"심… 애… 숙… "

"옳지. 그런데 어른 이름 부를 때는 한 글자씩 따로 불러야 해.

심 자, 애 자, 숙 자. 해 봐."

"심짜애짜숙짜."

"잘 했어."

"그런데 외할머니는 어디에 있어?"

"외할머니는…"

천천히 몸을 일으켜 내게 다가온 할머니에게 나는 목걸이를 꺼내 보였다. 미아방지 목걸이였는데 뒷면에는 이 ○○각의 주소가 쓰여 있었다. 목걸이를 빤히 보던 할머니는 표정이 일그러지면서 갑자기 대성통곡을 하였다. 고요하고 황량한 들판에 갑자기 폭풍이 몰아친 것 같았다. 그렇게 우는 모습을 주변에 단 한 번도 보여준 적이 없었는지 함께 드라마를 보던 비교적 젊은 여자들이 할머니를 감히 위로할 엄두를 못 냈다. 다들 입을 틀어막거나 조용히 눈물을 흘리거나 충격에 휩싸인 얼굴을 하였다. 할머니는 곡을 했다. 세상이 떠나가라 울부짖었는데 마치 둔부에 포수의 총을 맞은 한 마리 짐승 같았다. 무서웠다. 처음 본 할머니. 지금 생각해보면 엄마는 어디에 가고 나 혼자 왔는지에 대해 물어보지 않았다. 그러면서도 뭘 지레짐작하고 우는 것 같았다. 한참 흘렀다. 거짓말처럼 뚝 멈추더니, 할머니가 말했다.

"알밤."

"네."

밖에 서 있던 날 안으로 데려간 그 아저씨가 대답했다. 그 와중에도 어떻게 사람 이름이, 그것도 어른 이름이 '알밤'일 수 있는지 내심 우스웠다. 물론 나중에 별명인 것으로 드러났지만.

"너도 알다시피 내가 인생을 개같이 살아왔어."

"사장님 무슨 말씀을 그렇게…"

"개는 개장수를 알아보는 법이거든. 지금은 울고짜고 할 시간이 아니라 토껴야 할 시간이라는 거야."

"네…?"

"지금 당장 내 방 다락에 있는 금고에서 천만 원을 꺼내 와. 네 짐도 당장 싸."

일단 시키는 대로 천만 원을 가져온 알밤 아저씨가 한 손엔 후줄근한 보스턴 백을 들고 쭈뼛대고 서자 할머니가 대뜸 이렇게 말했다.

"월남에서 반병신이 되어서 온 네 큰 형, 병원비 내가 다 낼게."

그러자 알밤 아저씨를 포함한 주변 여자들이 화들짝 놀랐다. 모르긴 몰라도 할머니가 엄청 대단하고 중요한 발언을 한 것 같다는 생각이 들었다. 어딘가 짚이는 구석이 있는지 알밤 아저씨만큼은 우물 쭈물대며 차마 입을 못 열었다. 할머니가 계속 말했다.

"네 밑으로 있는 동생 둘, 대학에 취직까지 내가 책임져. 그러니 너는 이 애 데리고 지금 당장 도망치도록 해."

그 소리에 나와 알밤 아저씨가 휘둥그레진 눈으로 서로를 보았다. 나는 나대로, 알밤 아저씨는 알밤 아저씨대로 그 순간이 몹시 혼란스러웠다. 할머니가 재촉했다.

"시간이 없어. 개장수가 오고 있어."

"그게… 사장님 저는…"

"강요하는 거 아니니까 싫으면 관둬도 좋아."

그러자 할머니의 말이 떨어지기 무섭게 알밤 아저씨가 내 작은 손을 얼른 잡아 올렸다. 그때 내 손을 잡던 그 세기, 그 감촉, 그 크기, 그리고 배어나던 땀을 지금도 잊지 못 한다. 아주 신기하게도 나 역시 그의 손을 꽉 잡았다. 놓칠 수 없다는 듯이, 놓쳐선 안 될 것처럼. 그리고 왠지 모르게 놓치고 싶지 않았다. 어쩌면 생존 본능이었는지 모른다.

○○각을 나온 우리는 앞만 보고 뛰었다. 그때, 뒤에서 끼이익- 하고 차가 급하게 멈추는 소리가 들렸다. 이어서 안에서 내린 검은 옷을 입은 아까

그 나쁜 아저씨들이 서둘러 안으로 들어가는 모습을 본 나는 그대로 멈췄다. 처음 본 할머니였는데, 처음으로 걱정되었다. 저 나쁜 아저씨들이 할머니한테도 엄마한테 한 것처럼 똑같이 하면 어떡하지, 하고. 할머니는 늙어서 그 나쁜 아저씨들하고 더 못 싸울 텐데, 하고. 그러나 내 몸에도 어떤 유전 부호가 각인되었는지 시간을 지체해선 안 된다는 생각이 들었다. 알밤 아저씨의 손을 잡고 다시 뛰었다. 뒤 돌아보지도 않고.

우리는 가쁘게 달렸다. 왜 뛰는지, 어디로 가는지도 모른 채. 하지만 중요한 것은 그때 내가 믿고 의지할 만한 사람은 알밤 아저씨뿐이었으며, 알밤 아저씨는 본 지 삼십분도 채 되지 않은 나를 위해 반평생을 할머니의 집을 오가며 파락호를 연기해야만 했다. 나에게 처음으로 이름을 주고, 가족을 주었다. 그런 그에게 내가 해줄 수 있는 것이라고는 '아버지'라고 부르는 일 뿐이었다. 그것은 내가 죽을 때까지 두 번 다신 불러 볼 수 없는 호칭이자, 알밤 아저씨 또한 누군가에게 온전하게 들을 수 없는 호칭이었고, 실제로 그는 나에게 아버지나 마찬가지였다.

부모와 자식 간의 인연은 '천륜'이라 한다. 혜수 언니는 이제 그마저도 '철륜'인 시대가 왔다며 충분히 끊어 낼 수 있다고 했지만, 그러지 못한 까닭은 천륜에 버려진 나를 구원한 '인륜'이기 때문이다. 때로는 보잘 것 없는 인륜이 저주받은 천륜보다 그 매듭이 더욱 견고할 때가 있다. 나는 그렇게 믿는다. 그리고 그 믿음의 한켠엔 혜수 언니도 자리 했었노라고, 또 언니와 엮은 그 매듭은 그 자리에 두고 왔을 뿐이라고 언젠간 말할 수 있는 날이 오기를.